王跃燕 著

四十无畏

40 WUWEI

中国文史出版社

C 目 录
ONTENTS

第一章　好孕来

一

万花筒躺在诊床上，感受着冰冷的仪器在腹部滑动，万花筒的思绪还停留在半小时前和妇科大夫的交流中。大夫看完万花筒的血液检查报告，告诉万花筒怀孕了，万花筒没想到自己会怀孕，两个月"亲戚"没光临，以为步入了更年期。万花筒头脑有些蒙，不知道该说什么，只是轻轻地说了一个语气词：啊……

万花筒今年四十二岁，四十岁的女人，没有了二十岁女人的活脱，也没有了三十岁女人的锋芒，二十来岁是女人最傲娇的年龄段，虽然不一定雏凤清于老凤声，也不一定夜夜龙泉壁上鸣，却如同奔腾的小溪欢快地追风逐月，哪怕最终流入臭水沟里，也自负地认为超越了自己的时代；三十来岁是女人的黄金期，心雄如江河恨不能化身飞流直下的瀑布，吞灭看不惯不归顺的万事万物，虽然不一定风华绝代，也不一定梅傲千古，却一天强似一天

1

地激进，哪怕最后只能红尘一笑，也血泪交迸地认定自己是一个凄美的传奇。到了万花筒这个年龄，岚烟散尽，不能说大彻大悟活明白了，只能说心理调节能力强大了，即便遇见最糟糕的事情，也可以两肩一扛像挑了一担水，歪歪扭扭地前行，也许会有苦水溅出，但不会羁绊双脚，更不会自艾自怜自弃。

万花筒不知道该说什么了，看着大夫，大夫抬头快速地扫了一眼万花筒，毫无感情地问道："这是几胎？"万花筒对于孕育的专业术语有些听不明白，也不知道该如何专业地接话，想了一下说："我没有孩子。"

大夫再没有看万花筒，盯着电脑显示屏，手指飞快地操作着键盘。万花筒看了一眼桌上的检验报告，问："大夫，会不会搞错？我一直避孕。"

打印机里输出一张检查单，大夫拿起来递给万花筒："先去交费再做 B 超。"

万花筒不明白为什么要做 B 超，但没有直接问，而是婉转地说："可以不做吗？"

"你属于高龄孕妇，宫外孕的几率大。"大夫一边回答，一边按下了叫号键，进来一位年轻的女孩，女孩手里拿着测孕棒，神情紧张。

"高龄孕妇"这四个字让万花筒听起来很刺耳。

"高龄是怎么划分的？"万花筒问。

"三十五岁以后都是高龄孕妇，你今年四十二岁，这个孩子还没有出生就输在了起跑线。"

一旁的女孩听完大夫的话，忍不住笑了笑。万花筒的心里更不舒服了，但她不想和大夫争吵，于是不卑不亢地说："现在的大夫不仅看病，还能算命啊。"大夫一时语塞，没有接上话，一旁的女孩笑得更开心了。

万花筒看了一眼女孩，拿着B超单走了出去，身后传来大夫和女孩的吵架声，大夫说："你是来看病的还是来看戏的？有这么好笑吗？"女孩不甘示弱地嚷嚷着："你什么态度？你们演戏我还不能看了……"

"已经有胎心了，你听听。"做B超的大夫操作着仪器，胎儿的心跳声"哒哒哒"地传出来，是那么强劲急促，万花筒吓了一跳，问："跳这么快？"大夫说："胎儿的心跳每分钟在一百三四十次。"万花筒莫名地有些激动，她的身体里孕育了一个生命。

"大夫，可以再放一次吗？我用手机录下来。"大夫点点头，又播放了一次胎儿心脏跳动的声音，万花筒录了下来。

万花筒拿着B超检验单，看着上面黑乎乎的一坨，这个小生命扎根在了她的子宫里，万花筒无声地笑了笑。人真的很奇怪，同样的事情发生在不同的年龄段，心境可以天壤之别，万花筒在二十多岁时有过一次流产，那个时候，她不认为剥离出子宫的孕囊是一个生命，从来没有遗憾和可惜过，但是此时此刻，她仿佛时时刻刻都可以感受到胎儿的心跳，她不再是一个人，而是两个人了。

万花筒拿起手机拨通丈夫刘武的电话，万花筒告诉刘武自己怀孕了，刘武说："还真怀上了，明天我请个假陪你去医院做了。"万花筒一时不知道该说什么，敷衍地和丈夫聊了几句，便挂了电话。

万花筒之所以一直没有要孩子，是因为她和丈夫是丁克家庭，结婚前两人就约定好了，不要孩子，享受二人世界。俩人婚姻十三年，日子过得轻松潇洒，万花筒经营着一家健身房，丈夫是一家汽车4S店的主管，从恋爱到结婚，俩人的确很享受，丈夫每天下班后都会到健身房接万花筒，俩人一起健身、游泳，然后回家吃饭，看网剧，生活简单而幸福。也有亲戚朋友劝万花筒要孩子，但是万花筒认为孩子不是生活的必需品，可有可无。

刘武准时准点地出现在健身房，刘武四十五岁，由于长期健身，身材有型，上半身完美地呈现出倒三角形，万花筒最早是健身教练，打工的健身房陆续开了很多家分店，万花筒从经理到店长，最后干脆盘下了一家健身房。

万花筒的身材属于穿上衣服好看、不穿衣服更好看的类型，天鹅颈、马甲线、背沟、蜜桃臀，这种身材，不经过长期锻炼是不会拥有的，这也可能是她一直不打算要孩子的一个原因。

万花筒心神不宁地陪刘武健身，刘武觉察出万花筒不在状态，停止锻炼，俩人坐到休息区。刘武摸摸万花筒的脸，说："怎么了？怕痛？我咨询了一下哥们，他女朋友做过三次流产，都是无痛的，明天我们也做无痛的。"

万花筒拿出手机，找出录音，说："我给你听一个声音。"万花筒播放胎儿的心跳声，刘武没听出来是什么，看看万花筒，万花筒用手摸摸自己的肚子，笑着说："是小孩的心跳声。"

刘武微微一怔，疑惑地看着万花筒，问道："你想干吗？"万花筒笑眯眯地看着刘武，笑容里荡漾着暖暖的母爱，这是女性独有的神情。"亲爱的，你为什么不要小孩？"万花筒问道。

刘武的眉头皱了皱，没有回答万花筒的问题，而是反问道：

"你为什么不要小孩呢？"万花筒说："因为不想要啊。"刘武说："我的答案跟你一样。"万花筒调皮地对刘武眨了眨眼睛，说："我现在好像想要了。"

刘武最喜欢看万花筒这种表情，像极了呆萌的猫，刘武忍不住在万花筒的脸上捏了一把，问："你和你的马甲线商量好了？"刘武坏笑起来，因为他了解万花筒对自己腹部的线条要求有多严格。

万花筒打了一下刘武的胳膊，撒起娇来，说："讨厌，人家没开玩笑，是认真的。"万花筒在旁人看来一本正经，不苟言笑，像一座冰山，让人望而却步，只有在刘武面前一直保持着孩童般的天真，会撒娇，会发神经，会癫狂。

刘武发愁地看着万花筒，叹口气说："不会吧？"万花筒点点头。刘武接着问："你想当妈了？"万花筒犹豫着，她好像做好了要这个小孩的准备，还没有做好当妈的准备。

刘武说："养个小孩很麻烦的，且不说你的身材毁了，娃一生下来，你就从小姐姐变成大妈了。"万花筒不说话了。刘武继续开导着："当妈哪有那么轻松，除了付出就是付出，操不完的心，受不完的累，从怀上的那天起，你的好日子就结束了，这不能吃那不能喝，天天提心吊胆担心生个残疾，等小孩出生了，真的是苦海无涯了，活动量大的小孩容易出现反社会人格，活动量小的小孩容易影响到脑部的健康发育，可能形成压抑性格；不会走的时候盼着早点会走，不会说话的时候盼着早点说话，可一旦会走会说了又管不住了，你得跟着他屁股后面追；小孩一个人出去玩你担心被坏人拐卖了，天天待在家里你又担心是不是得了自闭症，小嘴吧嗒吧嗒说个不停的时候你恨不得给他贴个胶带，一天不说

5

话了你又担心是不是病了，一旦当了爹妈，心就像放在火上煎熬，不是担心这个就是害怕那个，上幼儿园，上小学，上中学，上大学，工作结婚生子，哪一样不得操心？亲爱的，别冲动，明天去医院做了，受罪十分钟，享受一辈子，人家是一劳永逸，你是一痛永逸，人生最完美的境界不就是找一个情投意合的人，吃喝玩乐相伴到老吗？我会一直陪着你，哪怕你干瘪成葡萄干了，我也不会离开你，所以，你不用担心没有小孩老了没人管你。"

万花筒被刘武说蒙了，眨巴了几下眼睛，说："亲爱的，我没有想那么多，更没想那么远，我今年四十二岁了，如果把这个小孩做了，可能这一辈子都不会有小孩了。"万花筒说完这句话，突然一下伤感起来，眼圈微微发红。

刘武叹口气说："你想当妈，早干吗去了？你不是已经做好了不要孩子不当妈的准备了吗？"万花筒委屈地说："我以为自己准备好了，所以一直避孕啊，如果没有怀孕，我是不会要小孩的，但是一听到胎儿的心跳声，知道子宫里有一个小生命，那种感觉……太奇妙了，或许那就是当妈的感觉，你让我去做了，我……我真的有点舍不得了，怎么办？"万花筒可怜巴巴地看着刘武。

刘武强硬地说："听我的话，去做了，这孩子不能要。"万花筒问："为什么？"刘武说："因为我们说好了丁克到底。"万花筒疑惑地看着刘武，问："你的意思……"万花筒不想说出"离婚"两个字，万花筒还是很看重刘武的，不想失去他。

俩人心照不宣，刘武明白万花筒想要说什么，点点头说："所以，明天我陪你去医院。"万花筒还想争取一下，拽着刘武的胳膊撒娇："你就不能考虑一下嘛，我给你生个小刘武，让他天天跟在你屁股后面转悠。"

刘武摇摇头说："亲爱的，该考虑的人是你，不是我，因为是你变了，打破了我们的约定，你不能因为自己变了就要强迫我跟你一起变，这不合理。"

万花筒不说话了，刘武说得对，改变的是自己，自己不能逼着对方也要变，但是世间的万事万物都可以改变，为什么唯独男女之间的约定不能变，一旦有一方变了就成了负心汉或者薄情女。

爱情中那一抹甜蜜的美景，我们不妨将它视为海市蜃楼，但那迷幻之美反而更加诱人，或许就在昨天才遭遇它的重伤，今天又邂逅了它的迷美，无论我们以何种姿态遭遇爱情，若想尝试忘记，那是需要特殊的本领。我们从懂得男女之情的时候便开始追逐它，这期间可以跨度十年、十几年、几十年，直到我们遍体鳞伤、人老珠黄时还在颤巍巍地追寻，因为我们都不具备遗忘爱情的特殊本领。

夜色中的城市增添了几分妩媚和暧昧，清亮的月色、闪动的霓虹、摇曳的车灯，都在空气中散发着荷尔蒙，一切都变得骚动起来。万花筒和刘武一直保持着散步的习惯，两个人手牵手，慢慢地走着，聊着一天的新闻，但是今夜，刘武没有牵万花筒的手，万花筒了解刘武，刘武是一个不会装的人，他若是心里有想法了，就会在行为中表现出来，等这个想法化解了，他又恢复到了正常的状态。

心里琢磨的比嘴上说的多，可能是他们这个年龄的特点，遇到问题了，彼此不争不闹，但又固守着各自的底线。万花筒看看刘武，刘武也看看万花筒，万花筒把手放进刘武的手里，刘武轻轻地捏了捏，气氛有点尴尬，因为俩人都有太多的话想说，却又都不想开口。

这时，万花筒的手机响了，万花筒看看来电显示，说了一句："闺密来的。"刘武淡淡地笑了笑，松开万花筒的手，万花筒接通电话，闺密的哭声传了过来，哭得那个撕心裂肺，万花筒哄着闺密，闺密哽咽地让万花筒赶紧到她家，万花筒答应了。万花筒挂了电话，看看刘武，如果是今天之前，刘武会说我开车送你去，但是刘武没说这句话，而是说你快去吧。万花筒点点头，抬手拦了一辆路过的出租车。

二

万花筒的闺密叫丁小妮，比万花筒大三岁，丁小妮刚来北京时在一家大学食堂租了一个餐位，经营祖传的砂锅，生意很火爆，砂锅也是她和丈夫陶君的媒人，陶君是这家大学教务处的科长，每天晚上来吃一个砂锅，人少的时候就和丁小妮聊几句，日久生情，丁小妮每次都给陶君的砂锅里多加一些食物，一个蛋、一些肉、一些肠、一些菜，越加越多，锅越换越大，陶君一个人吃不完，就让丁小妮和他一起吃，先是俩人各自拿一个小碗，用公用的勺和筷子撮砂锅里的肉菜，然后发展到两个人互相给对方撮肉菜，最后干脆两个人共用一个勺一双筷子，幸福满满地吃一个砂锅。

陶君在认识丁小妮之前有过一段婚姻，女方是大学里的教秘，俩人有一个女儿，女儿九岁的时候，女方跟着学校的一个外教好了，抛下陶君和女儿去了加拿大。丁小妮不介意陶君离过婚，还

8

带一个孩子，心甘情愿地做后妈。俩人结婚两三年后，丁小妮想自己生个孩子，但是陶君名下有一个孩子，不想再要二胎。等到他想生二胎了，女儿又上高中，不同意丁小妮生孩子，陶君也担心影响女儿考大学，和丁小妮商量等女儿考上大学了再生，丁小妮通情达理，好吃好喝地伺候继女，终于盼到继女上了大学，丁小妮当了十年的后妈，终于可以当一回亲妈了，丁小妮在四十一岁时生了一个男孩，现在小孩已经三岁了，按理说，丁小妮如愿以偿，开花结果，可以安享天伦之乐了，哪里想到，家庭矛盾日趋白热化。

万花筒坐到丁小妮对面时，丁小妮已经情绪平稳了，脸上丝毫看不出泪痕，还精心地补了妆。丁小妮天生偏瘦，生完孩子不到半年，腰围就恢复到了两尺，丁小妮不喜欢健身，喜欢整容，隔两三年就把脸微调一下，整容大夫是万花筒健身房的会员，医术和审美都数一数二，丁小妮的脸已经被调了四次，但一点也看不出整容的痕迹，只是感觉丁小妮愈加年轻了。丁小妮对整容大夫的夸赞只有两个字"高级"。

万花筒盯着丁小妮这张"高级"的脸，的确很高级，四十多岁的人了，一条皱纹都看不见。丁小妮的美丽是从内心散发于外表的，褪去了矫揉造作，给人一种恬静、舒服之感，在这张脸上看不到岁月践踏的痕迹、生活磨砺的伤痛，只有清澈的眼神、淡淡的微笑，让人越看越舍不得挪开目光。

四十岁以后的容颜都浸满了生活的浓度，有的人一脸怨气和戾气，有的人一脸苦相和不耐烦，有的人一脸和善和慈爱，一个人可以隐藏内心的虚假，却无法抹去脸上的状态，所以，以貌便可以洞悉一个人的精神世界，不要奢望一脸乖戾的人性格温顺、宽容大度，也不要怀疑一脸祥和的人不会和蔼可亲、善良体贴。

每次见面，万花筒都会盯着丁小妮使劲地看，仿佛嗡嗡的蜜蜂遇见了甜蜜的花蕊，一头扎进去，满足地享受着。丁小妮笑了笑，起身倒了一杯红酒递给万花筒，万花筒喜欢喝酒，她刚准备喝，忽然想起了肚子里的小生命，把酒杯放下。

"怎么不喝？"丁小妮问。万花筒打算等解决完丁小妮的家庭矛盾后再告诉她自己怀孕的事情，于是轻描淡写地说："不想喝。"丁小妮的语气加重，说："嚯！谁不知道你是个女酒鬼，你们家老刘不就是被你酒办的。"万花筒开心地笑了，想起了她和刘武的第一次约会。

俩人在精神暧昧了半年后，刘武约万花筒到他家吃饭，不巧的是，万花筒那天的晚饭早在十天前就约给了老乡，几个老乡来京，万花筒尽地主之谊请大伙吃饭。刘武很失落，万花筒说晚饭改夜宵吧，刘武黯淡的眼神刷地一下明亮起来，像探照灯一般照射在万花筒的脸上，万花筒没有感觉到刺眼，反而感觉到一股热浪席卷而来。

刘武精心准备了几道小菜，见时间还早，对着镜子梳妆打扮，看着自己的发型，怎么都不顺眼，便到超市买了电热棒，把头发烫了一下，烫发的时候心猿意马想到了万花筒的背沟，女人的乳沟是天生的，无论胸有多小，挤一挤总会有的，背沟则不是先天具有的，需要长期锻炼，背部的脊椎与两侧肌肤才能形成一条光滑细腻的沟壑，有背沟的女人可谓是一转身便能把人惊艳到目瞪口呆。刘武第一次见到万花筒时，万花筒穿着健身衣迎面走来，刘武并没有特别的感觉，俩人擦肩而过，刘武手里的毛巾掉在地上，转身捡毛巾的时候一眼看见了万花筒那条性感的背沟，刘武腾的一下就有了感觉，赶紧遮掩地捡起毛巾，朝卫生间走去。

刘武越想越心旷神怡，一不小心把脸烫了一下，皮肤瞬间被烫熟了，疼得刘武龇牙咧嘴。刘武每隔半小时看一次手机，一直没有万花筒的信息，他不知道，此时的万花筒已经和老乡们喝嗨了，一帮人又唱又跳，喝到凌晨一点多才散场。万花筒醉了，怎么叫的代驾、怎么到的刘武家，万花筒到现在都想不起来，后来发生的事情都是刘武告诉她的。

刘武说他被粗野的敲门声吓了一跳，听到万花筒的喊声才敢开门，开门前，刘武特意整理了一下发型，没想到，万花筒一冲进屋直奔卫生间的马桶。至今刘武都纳闷，完全没有方向感分不清东西南北的万花筒第一次到他家就可以准确无误地找见卫生间，万花筒抱着马桶吐了半宿，最后打着呼噜睡在了马桶上，呼噜声在马桶的特殊构造中变成了悠扬的回声，刘武哭笑不得，看着狼狈的万花筒，刘武说，就是在那一刻，他决定娶万花筒。

第二天，万花筒看见刘武脸上的烫伤，问是怎么回事，刘武说烫头发时不小心碰到了。万花筒诧异地看着刘武的头发，问她怎么没看到刘武烫发了？此时的刘武已经洗过澡，头发恢复了原貌。刘武恨得直咬牙，又把万花筒压在了身下。

"天堂地狱皆由人创造，古人不肯分明道啊"。丁小妮嘴角上扬地说了一句让人寒彻骨的话。丁小妮的话打断了万花筒的思绪，她心疼地看着丁小妮。

只有女人最懂女人难，只有女人最知女人苦，只有女人最疼女人伤，只有女人最怜女人悲。丁小妮为这个家庭付出得太多，虽然获取了一个女人的成就感，但也付出了一个女人所能付出的最大代价。当妈不易，当后妈更不易，万花筒心疼地看着强颜欢笑的丁小妮，这些不易都是孩子所赐，如果没有小孩，丁小妮的生活会简单很多，她和陶老师的家庭生活也会安逸很多，不会隔三岔五地折腾一回。万花筒的手不由得放在腹部，这个小生命的出现必然也会让她生活不易。

丁小妮说："小羽的辅导员约谈我了，小羽挂科三门，累计旷课十几次，还学会了抽烟，如果再这样下去，学校就要劝退了。我问小羽为什么会这样，没想到这个孩子说了世界上最恶毒的话。"丁小妮苦涩地笑了笑。万花筒没有说话，等着丁小妮继续说下去，她俩闺密情有十五年，比她的婚姻年数还要长三年，丁小妮的玻璃心早已练成了铜墙铁壁，哪里会因为继女的几句话就承受不了，大动干戈地梨花带泪，肯定还有更恶毒的事情，而且这个事情碰触到了丁小妮的底线。果然，还没等丁小妮说话，卧室里便传出儿子小铁蛋的哭闹声，丁小妮快步走进卧室，把小铁蛋抱了出来，小铁蛋一边蹬腿一边号啕大哭，万花筒真担心瘦小的丁小妮抱不住。丁小妮用慈爱的声音安抚小铁蛋，但是小铁蛋越哭越凶，一副非常难受的样子。丁小妮紧紧地抱着小铁蛋，换上鞋子，"陪我去医院。"丁小妮扫了一眼万花筒，万花筒在她的眼神里没有看到一丝慌乱和不安，就像是扛着枪的战士，十拿九稳地击败敌人。

一路上都是丁小妮抱着小铁蛋，小铁蛋已经哭得没了力气，只能痛苦地哼哼唧唧，万花筒要抱小铁蛋，丁小妮拒绝了，一直紧紧地抱着小铁蛋，时不时地在小脸蛋上亲一下，低声说一句："妈妈在，不怕啊。"女人的能量的确不可小觑，脆弱时，连矿泉水的瓶盖都扭不开，刚强时，可以抱着二十来公斤的小人上蹿下跳。

在医院做各项检查时，小铁蛋开始呕吐，吐了丁小妮一身，丁小妮像没有看见一样，极其淡定地安抚着小铁蛋，医生诊断为急性肠炎，小铁蛋输上液体后，不那么难受了，躺在丁小妮的怀里昏睡。万花筒拿湿纸巾擦干净丁小妮身上的呕吐物，丁小妮感激地笑笑，轻声说了一句："小羽给小铁蛋吃了一大桶冰激凌。"万花筒的心一紧，不知道该说什么。丁小妮没有任何表情地说："现在的孩子心真狠啊。"

万花筒微微叹口气，这就是丁小妮的底线，小羽怎么对她都行，但不能碰她的儿子，但同在一个屋檐下，防得了初一，或许就防不了十五，小铁蛋把小羽当姐姐，跟姐姐亲，对姐姐没有丝毫防备，但小羽却把小铁蛋当成多余的人，动动手指头就可以伤害到小铁蛋。

万花筒意识到问题的严重性，问："这是第几次？"丁小妮说："以前小铁蛋跟小羽玩，磕了碰了我都没当一回事，男孩子嘛，这一次，我知道她是气我管她，故意整小铁蛋。"

万花筒气愤地说："她被劝退是她的事，你管那么多干嘛，别管了。"丁小妮无奈地说："能不管吗？我是她后妈，养了她十几年。"万花筒责备地看了一眼丁小妮说："别自作多情了，什么后妈，你在她心里，也就是伺候她吃喝的保姆。"丁小妮点点头说："我知道，但做人嘛，总得问心无愧吧，孩子再不管就毁了，她现在是迷在其中，等清醒了后悔就来不及了。"万花筒说："你让陶老师管啊。"丁小妮说："这些年陶老师也没管过孩子，都是我操心。"万花筒说："那万一……"万花筒担心地摸摸小铁蛋的手，小孩的手软软的，有点潮。丁小妮在小铁蛋的脸上亲了亲，说："我相信小羽还是个善良的孩子。"万花筒不说话了，默默地看着丁小妮，丁小妮慈爱地看着小铁蛋。俩人沉默了一会儿，万花筒问："当妈是啥感觉？"丁小妮想都没想吐出一个字："累。"万花筒无声地笑笑，说："那你还生？"丁小妮："人就是贱呗。"万花筒认可地点点头，摸了摸腹部，她不知道自己是不是也要贱一回。

小铁蛋要在医院留观，陶君出差在外地，在与丁小妮视频的时候，责怪丁小妮给小铁蛋乱吃东西，丁小妮没有供出小羽。陶君五十多岁得了一个儿子，宝贝得不行，一听儿子生病了，心疼得恨不能立马回来。丁小妮让陶君安心工作，她会照顾好儿子。万花筒问丁小妮为什么不告诉陶老师真相，丁小妮说："告诉他也解决不了任何问题，那是他亲闺女，他肯定不相信女儿会这么做，反而会怪责我多疑。等小铁蛋没事了，我跟小羽再谈一谈，我要把自己的底线告诉她，如果她还是不听劝，那我自然有对付她的办法。"

万花筒佩服地看着丁小妮，眼前的女人沉重冷静无所畏惧，遇到事不怕事解决事，对人不抱有幻想但也始终相信人性本为善。

三

丁小妮让万花筒回家休息，打电话叫堂姐丁小秋过来帮忙，丁小秋是大学里的副教授，当年丁小妮来北京就是投靠丁小秋的，在丁小秋的帮助下租了食堂的一个餐位，丁小妮虽然没上大学，但有着非凡的经商头脑，她摸清了学校食堂的操作后，逐渐地把所有的餐位都租了下来，然后再转租出去，昔日的砂锅西施成了大老板，丁小妮把更多的精力放到了家庭里。丁小秋也没想到堂妹这么有魄力，堂妹投奔而来时，自己还不太乐意，担心添麻烦。丁小秋对历史颇有研究，她经常给堂妹讲古论今，丁小妮潜移默化地也喜欢上了历史，唐诗宋词元曲读了个遍，还能时不时地冒出一两句。

由于丁小妮的这层关系，万花筒和丁小秋也成了姐们儿，三个人经常一起吃饭购物，三个人能从商场开门，一直逛到打烊，用万花筒的话说，她们三个人在一起购物有一种酒逢知己千杯少的酣畅，是那么地舒心和满足。

万花筒和丁小秋的友谊就是在购物中建立的，万花筒喜欢丁小秋，丁小秋知书达理，知识渊博，说话做事很有分寸感，简单的几句话，就可以打消陌生人之间的警惕性，让对方快速地接纳她、信任她。万花筒还佩服丁小秋的承受力，她们认识之初，丁小秋十八岁的独生女出车祸亡故了，那一年丁小秋四十二岁。失独家庭的痛苦可想而知，很多母亲没有挺过去，患了抑郁症。丁小秋也有过以泪洗面的日子，也有过一夜白了头的经历，也有过患得患失的悲愤，也有过匆匆了断余年的念头，每个失去孩子的母亲该有的痛楚丁小秋都走了一遭，她用强大的内心让自己坚强起来，她能感觉到身体内的两股力量在较劲，终于，丁小秋挺了过来，她决定再生一个孩子，她和丈夫备孕半年始终没有怀孕后，丁小秋果断决定做试管婴儿，试管婴儿做了两次才成功，丁小秋在四十三岁时生了一个女孩，如今孩子已经六岁了。

丁小秋匆匆赶来，心疼地摸着小铁蛋的后脑勺，问："怎么搞的？吃什么了？"丁小妮轻描淡写地回答："吃了冰激凌。"丁小秋看看丁小妮，丁小妮看着小铁蛋。丁小秋说："你不可能给儿子吃那么多冰激凌，你那五本育儿方面的书不会白看的。"万花筒佩服地看着丁小秋，教授就是教授，判断力不同寻常。

万花筒不明白丁小妮为什么要瞒着丁小秋，瞒着陶老师可以理解，在自己堂姐面前为何不说实话呢？丁小妮岔开话题，说："点点好一些了吗？"丁小秋叹口气，摇摇头，说："还在喝中药，你说这孩子是不是提前进入青春期了？她姐可不像她这样，像她这个年龄的时候，最讨人喜欢了，还知道心疼我，唉……"丁小秋重重地叹口气。丁小妮腾出手，捏了捏丁小秋的手，安慰道："别急，会好的，慢慢来。"万花筒关心地问："点点病了？"丁小秋说："大夫说有自闭症的倾向，小万，还是你好，没孩子，少了多少麻烦和辛苦啊。"

万花筒一时语塞，不知道该说什么。护士走来，递过来一张处方单，让家属去交钱取药。万花筒要去，丁小秋阻拦了，拿着处方离开了。丁小妮悄声地告诉万花筒："点点的病和我姐有很大关系。"万花筒不解地看着丁小妮，丁小妮继续说："其实我姐还沉浸在晨昕亡故的悲伤中走不出来，点点出生后，把点点当成晨昕教育，什么事情都拿晨昕做标杆，点点稍微哪里和晨昕不一样，我姐就要硬掰过来，点点还是个孩子，理解不了。"万花筒说："不应该啊，小秋姐那么通情达理。"丁小妮说："可能当局者迷吧，我说了好多次，点点是点点，晨昕是晨昕，不应该让点点成为晨昕的复制品，但我姐压根意识不到自己在逼点点模仿晨昕。"万花筒叹口气："难怪点点自闭了。"丁小妮说："你那里的会员有心理医生吗？靠谱一些的。"万花筒嘿嘿地笑着说："到了我们这个年龄，哪个不是心理专家？"丁小妮说："医不自治嘛，你帮忙打听一下。"万花筒点点头，问："是给点点看吗？"

"我姐。"丁小妮说，"我想让她看看心理医生，做做心理疏导，再这样下去，会把点点毁了。"万花筒点点头。

丁小秋拿着药过来，万花筒说："小秋姐，你哪天领点点来我这健健身吧，健身时会产生多巴胺，对抑郁症、自闭症都有好处。"丁小秋说："行，我正琢磨着联系你，去你那里健身，你看看你俩，一个身材傲娇，一个脸傲娇，我前进的步伐得大一些了，否则追不上你俩。"

丁小妮说："你是教授，变成我俩这样，不把学生吓跑了。"万花筒笑："不是吓跑了，而是听课的学生越来越多了。"丁小秋认可地连连点头说："对对，我们学校有一个美女老师，她的课，学生齐刷刷的，没一个不去的，用学生的话说，宁可旷早操也不旷课。等我练出了马甲线，也像你这样穿衣服，上衣故意短一些，一抬手，马甲线若隐若现。刚才我去开药，几个小护士夸你身材好呢。"万花筒开心地笑着。

丁小秋说："你可千万不能要孩子，生完孩子，肚皮就回不去了，如果再母乳喂养，乳房能下垂到肚脐眼。"丁小秋自己把自己说笑了，丁小妮和万花筒也哈哈地笑着。小铁蛋好像受到了感染，咧着小嘴无声地笑了笑，丁小妮心疼地在小铁蛋的脸上亲了亲。

和旁边看病的人相比，三个人充满着阳光和活力，到了这个年龄，哪一个女人不是一把辛酸泪，哪一个女人不是满腹牢骚，哪一个女人不是咬碎了牙往肚里咽，稍不注意就活成了怨妇，如同贾宝玉对老妇人的感叹，她们也曾经明媚皓齿、也曾经鲜嫩如藕，怎么如今变成了这副嘴脸，眼睛不再明亮而是污浊，脸蛋不再如花而是乖戾，她们到底经历了什么？

万花筒她们努力让自己不要成为怨妇，三个人在一起的时候不会倒苦水，而是轻描淡写地把烦恼一笔带过，有说有笑地聊着让对方舒心的话题。

万花筒回到家时已经很晚了，她以为刘武在等她，一开门看见屋里的夜灯亮着，愣了一下。万花筒意识到她怀孕的事让刘武不开心了，他俩一直有个习惯，不管对方回来多晚，都会等着一起睡觉，除非两个人生气闹别扭了，一方才会提前睡。万花筒快速地洗漱完，进到卧室，看见刘武侧睡着，万花筒上床钻进刘武的被窝，用手搂住刘武的腰，把脸贴在刘武的背上，温存了一会儿，万花筒说："你不开心了。"刘武转过身，搂住万花筒。万花筒使劲往刘武的怀里钻了钻。万花筒说："别不开心了，明天去医院。"刘武问："想好了？"万花筒点点头，说："要个孩子真麻烦。"刘武忍不住笑了。

万花筒把头枕到刘武的胳膊弯里，闭上眼睛说："讲故事，睡觉。"刘武嗯了一声，开始讲北极熊和企鹅的故事，万花筒听着听着就睡着了，均匀地打着小呼噜。也不知道从什么时候起，每天晚上睡觉，刘武都要给万花筒讲故事，万花筒听着故事睡觉已经养成了习惯，刘武出差到外地，万花筒睡不着，刘武就在电话里讲故事。刘武会讲的故事不多，就那几个，北极熊和企鹅的故事翻来覆去地讲，还衍生出了黄版的，讲着讲着就把万花筒压到了身下。

第二章　那么爱　那么痛

一

万花筒和刘武的婚姻生活可以用"舒服"两字概括，如同俩人的内心弹拨复弹拨，奏响着同一支曲调。刘武和万花筒每天是从"一见你就笑"开始的，早晨一睁眼，万花筒就对着刘武傻乎乎地笑，刘武有严重的起床气，起床后，要坐在那里生一会儿气，就好像全身在不情不愿中慢慢地苏醒，这个时候的身体还不属于刘武，刘武愣愣地坐在沙发或者床边，面无表情，起初万花筒还故意逗他开心，但见刘武丝毫没有反应便不再说话，打开手机一边听《朝闻天下》一边冲两杯蜂蜜水，一杯自己一饮而尽，一杯递给刘武，刘武阴沉着脸接过水杯，一口一口地喝着蜂蜜水，甜丝丝的很舒服，脸上的阴云也逐渐散去。

万花筒动作麻利地准备早餐，把一些牛肉片放入空气炸锅，撒上盐和胡椒粉，在蒸锅里蒸两个鸡蛋两个馒头和一些山药、红薯，然后冲两杯骆驼奶。肉香和奶香弥漫在空气中，刘武感觉身上的细胞蠢蠢欲动兴奋欢呼，不禁咽了咽口水。刘武看着在房间里快速走动的万花筒，霞光照射进房间，万花筒在斑驳的光线中来回穿梭，刘武感觉自己的身体里在发光，这道光是万花筒照射进来的，暖暖的，就这样，刘武的起床气也不知道什么时候没了。

万花筒洗漱完后，早餐也好了，端到桌上等刘武一起吃饭。刘武有先刷牙再吃饭的习惯，他进到卫生间，看见自己的牙刷已经挤好了牙膏，这是他俩的习惯，谁先洗漱就给对方挤上牙膏。刘武一边刷牙一边想着万花筒。

万花筒的自律性很强，自我要求也很高，她不会强迫刘武，更不会啰里八嗦地试图改变刘武。比如俩人一开始在一起时，刘武的饮食油腻刺激，万花筒说了一遍这样的饮食习惯不利于健康，但见刘武并不听，于是再不说了，刘武喜欢吃油大的食物，万花筒就按照刘武的口味做，再给自己做一份清淡的，刘武跟着万花筒健身后，开始自己排斥油腻刺激的食物。

刘武认为万花筒是一个情商很高的女人，她像水一样包容万事万物，让人在不知不觉中向她靠拢。虽然作家卢梭为爱情定了悲观的情感基调"能够以我爱的方式来爱我的人尚未出世"，但是我们依旧像相信太阳第二天会照常升起一样，坚定不移地相信爱情。刘武认为自己很幸运，在对的时间遇见了对的人，他俩的感情虽然没有焚山煮海的激情，也没有气吞山河的浪漫，但就像两片相邻的树叶，相互依偎相互温暖。

这一天的早晨和平时一样，俩人坐在餐桌前吃饭，万花筒吃了一口牛肉，感到胃里翻江倒海，嘴里有酸水往上涌，万花筒跑到卫生间吐了起来。万花筒吐完后看着镜子里的自己，手放在腹部，这个小生命用这种方式提醒万花筒，她（他）在成长哟。万花筒的情绪有些低落，想到一会儿要去医院把这个小生命从自己的身体内剥离出去，突然有点想哭。万花筒努力控制着情绪。

刘武开车陪万花筒去医院，万花筒一直沉默着，手始终放在腹部，刘武看看万花筒，伸出手安慰地拍了拍万花筒的脸，说："别紧张，睡一觉醒来，一切都不会改变。"万花筒欲言又止。

大夫开人工流产的处方单时，看了一下万花筒的年龄，负责任地问了一句："你确定人工流产？"万花筒点点头，大夫不再说什么。刘武去交费，万花筒坐在门诊手术室门口，拿出手机，播放胎儿心跳的声音，万花筒一遍遍地听着，泪流满面，刘武拿着收据回来时，看见一脸泪水的万花筒吓了一跳，这是他第一次见万花筒流泪，万花筒一直很坚强，有一次健身的时候脚趾被哑铃砸断，痛得快背过气去也没有掉一滴泪。刘武走上前搂住万花筒，万花筒抱着刘武，越哭越伤心。刘武的心颤巍巍的，这一刻，他已经知道万花筒不会流产了，那么他该何去何从呢？

二

小铁蛋输液吃药后，病情好转了，丁小妮把小铁蛋送到堂姐家，她决定找小羽好好谈一谈，这一次，她不会再示弱了。丁小妮想，如果时光倒流，她就是一辈子不结婚也不会给人当后妈了，在这个世界上最尴尬的身份可能就是后妈了，无论付出多少情感，永远都被关在心门之外，因为门里扎根着亲妈。

扪心自问，丁小妮这个后妈很称职，精心地照顾着小羽，但小羽并不领情，更不懂感恩，反而对她充满着敌意。丁小妮时常想，这么多年了养个狗养个猫感情也是真的，养个孩子却养成了仇人。唉！丁小妮深深地叹口长气，仿佛要把堆积在五脏六腑的委屈吐出来，自己选择的路，再苦再难也得走下去，当初她看上陶老师有稳定职业，是个靠山，忽略了进门就当妈的现实问题。如果她不找陶老师，找追求她的配菜师傅，或许就不会有这些烦恼。

丁小妮微微摇摇头，叹息声小了很多，生活哪有一帆风顺，不是这问题就是那个问题，日子总是在解决问题中推进，人也总是在经历苦难中成长，真的嫁给配菜师傅又会是另一番苦恼。丁小妮已经解决了四十多年的问题了，不会再焦躁，也不会再抱怨，具备了用平和淡定的心态处理问题的能力。

丁小妮推开小羽的宿舍门，里面乌烟瘴气，小羽和另外两个女生都叼着烟。丁小妮面无表情地让小羽出来，小羽犹豫了一下，跟着丁小妮出去。

丁小妮带着小羽进了咖啡店，给小羽点了一杯星冰乐和一些甜点，都是小羽喜欢吃的。丁小妮等着小羽吃得差不多了，才开口说话："我已经给你们辅导员说了，给你换个宿舍，近墨者黑，那两个女生抽烟不学好，把你带歪了。"小羽不高兴地瞪了一眼丁小妮，说："我的事不用你管。"

"我再不管，你就被学校劝退了，小羽，不上学你能干什么？你想过吗？哪个单位会接收没有学历的人？"丁小妮心平气和地说。小羽不耐烦地说："不用你瞎操心，我想干嘛就干嘛。"丁小妮说："安心把大学读完，然后你想干嘛就干嘛，我不管。"小羽

22

厌烦地看着丁小妮说："你真贱，我那天的话你没听懂吗？你没有资格管我。"

这已经不是第一次被小羽辱骂了，丁小妮虽然在内心狠狠地扇了小羽一记耳光，但表面上依旧风平浪静地说："有没有资格不是你说了算，我到你们家的时候，你九岁，我把你当亲闺女一样疼爱，你不认我这个后妈，把我当保姆是你的事，我始终把你当成我的闺女。"小羽翻了一个白眼，骂了一句："贱货！"丁小妮还是没有发火，极其冷静地说："你这么恶毒像谁了？小羽，你一直很自卑，因为你亲妈不要你了。"

丁小妮的话像一把利剑刺向了小羽，这是小羽的软肋，母亲抛下她时，她九岁，她求母亲不要扔下她，但母亲还是狠心地走了，她求父亲不要给她找后妈，但父亲两年后娶了丁小妮。

"我嫁给你爸，你认为是我占了你妈的位置，幻想着你妈还能回来。你今年二十三岁了，不要再做白雪公主的梦了，你妈在国外又生了两个孩子。"

小羽倔强地挺着脖颈，是的，她始终幻想着妈妈会回来，妈妈还爱她。

"你应该学会承受生活中的酸苦了，你还应该感恩遇见了我这个后妈，没有受过虐待，有几个后妈能像我一样，被你骂贱货还和颜悦色地跟你说话，你现在就可以百度一下，输入"后妈"两个字，科普一下人家的后妈都是什么样的。小羽，你也是女性，以后的日子谁也说不准，或许你也会当别人的后妈，也会被骂贱货。"

丁小妮不温不火地说着，她已经过了像小羽这个年龄段骂些脏话只图嘴巴过瘾的吵架方式，她不骂人但句句直扎人心，直戳对方的痛点，用言语把对方驳得体无完肤。

果然，小羽的态度软了下来，后妈待她确实很好，是她的内心不愿意接纳后妈。

丁小妮继续说："你嫉妒弟弟，因为弟弟有妈妈有爸爸，你只有爸爸。"小羽的心再次被戳痛，有了弟弟后，爸爸把父爱都给了弟弟，对她不闻不问。丁小妮说："你认为自己在这个家里成了多余的人。"

"不是吗？你们天天围着弟弟转，有没有正眼看过我？我爸以前还和我聊聊天，现在连句话都没有了。"小羽气愤地说。"所以你就伤害弟弟，你的心真狠啊，跟你亲妈一样。弟弟那么小，那么喜欢你，像个小跟屁虫一样黏你，你也能下得了手。"丁小妮平静地说着。

小羽不服气地嚷嚷着："我又没咋样他？"丁小妮反击道："没咋样？你给他那么一大罐冰激凌吃，是在要他的命。小羽，我对你好，照顾你，不是因为喜欢你，说句良心话，我一点都不喜欢你，你浑身上下都是臭毛病，年纪轻轻活得跟个怨妇一样，没法让我喜欢，我对你好，只是让自己良心安，做到问心无愧。"

小羽没想到丁小妮会这么说，心再一次被刺痛。小羽虽然一直抵触丁小妮，但她分得清好歹，知道丁小妮是真心疼自己，有时候，小羽还是挺喜欢丁小妮的，没想到丁小妮根本不喜欢自己，她白白自作多情了，小羽委屈地想，看来自己真的很让人烦，亲妈不要自己，后妈也不喜欢自己。小羽委屈地抿着嘴，强忍着不哭。

丁小妮继续说："我说这些会让你更加自卑，但这就是生活的真实面目，很残酷也很现实。现在，我们这个家的安稳就掌握在你的手里，你再伤害小铁蛋，我就带着小铁蛋离开这个家，和你爸爸离婚，然后，你又会有一个新的后妈。"小羽不说话了。

"你认为爸爸疏远你了，你可以和他沟通，弟弟小，我们对他的关注肯定要多一些，爸爸不是有意疏远你，你和他谈了之后，他意识到了，自然会多关心你。我们是一家人，大家心里有什么芥蒂一定要及时沟通，就像现在我和你一样，我把底线告诉你，如果你还去挑衅，那么对不起，我肯定会按照我的方式来解决。你把你的底线也告诉我们，我们就知道该怎么做了。"小羽沉默了。

"你每天不照镜子吗？我劝你好好照照镜子，看看你现在的模样，你自己喜欢吗？你喜欢抽烟的你吗？你喜欢骂脏话的你吗？你喜欢浑浑噩噩的你吗？如果你自己都不喜欢，谁还能喜欢？我虽然没上过大学，但我不讨人厌，我像你这么大的时候，砂锅店开得正红火，身后追求的男人五六个，你呢？你都二十多岁了，有男孩子追求你吗？有哪个男孩子对你表白过吗？我想一个都没有，男孩子的眼又不瞎。"

这是压倒小羽的最后一根稻草，是的，没有男孩喜欢自己，自己也不知道为什么，自己长得也不丑，为什么就没有男孩追？比自己丑的女同学都交男朋友了，自己却落单了，后妈说得没错，连亲妈都不喜欢自己，谁还会喜欢自己？小羽再也忍不住眼泪，哭着离开了咖啡店。

丁小妮看着小羽的背影，眼圈也有些发红，她清楚这些话对小羽的打击有多么惨重，如果小羽没有伤害小铁蛋，她一辈子也不会说这些话，但是根据目前的情况，自己再不挺身而出，小羽会认为丁小妮不敢怎样她，会继续伤害小铁蛋。丁小妮是小铁蛋的母亲，她不保护小铁蛋，再也没有人会保护他了。

三

小铁蛋还没有完全康复，蔫蔫的，丁小秋给小铁蛋喂完药，问小铁蛋为什么吃那么多冰激凌，小铁蛋说是姐姐给他吃的。丁小秋愣了一下，怪不得那天她问丁小妮，丁小妮岔开了话题。丁小秋又问："姐姐对你好吗？"小铁蛋点点头。丁小秋微微叹口气，嘀咕了一句："傻孩子。"小铁蛋想睡觉，丁小秋抱着小铁蛋，轻轻地摇着。

丁小秋的丈夫倪东领着点点回来了，倪东看看丁小秋，丁小秋示意小声一些，点点没有看丁小秋，面无表情地进了卧室。丁小秋探究地看看倪东，倪东微微叹口气。丁小秋把小铁蛋哄睡着，抱进卧室睡下，让点点照看小铁蛋，点点没有理丁小秋，搬了个小凳子坐到床边，看着小铁蛋。

丁小妮敲门进来了，手里拎着菜。丁小妮礼貌地向倪东问候，丁小秋从卧室出来，丁小秋说："小铁蛋睡了。"丁小妮："嗯，我去做饭。"丁小妮正准备进厨房，没想到丁小秋和倪东俩人异口同声道："你先别做饭，我有话说。"丁小秋和倪东诧异地对视一下，丁小妮问："哦，那你俩谁先说？"丁小秋好奇地看着倪东，问："你有啥话要说？"倪东的神色沉重，示意丁小妮和丁小秋坐下来。

丁小妮看着倪东的神情，意识到倪东要说的话是重量级的，能砸碎这个家。果然，倪东用双手使劲地搓了搓脸，很艰难地开口了："我们离婚吧，我带点点过。"

丁小秋震惊地看着倪东，愣了片刻说："你俩到底谁去看病了？你咋也病了？"丁小秋说了一句玩笑话，想调节一下气氛，倪东重重地叹口气，说："有病的人是你。"

倪东爆发了，跳起来，指着墙上的照片，照片是倪东丁小秋和晨昕的全家福，还有一些是晨昕获奖的照片。倪东说："晨昕已经离开我们了，还挂着这些做什么？"倪东取下全家福，重重地摔在地上。

丁小妮赶紧过去阻拦，丁小妮清楚这些照片对堂姐意味着什么，但她从内心还是支持倪东这么做的，过去的毕竟过去了，我们不能一直沉浸在痛苦中。丁小秋异常冷静地看着地上的碎片，对丁小妮说："你先去卧室，我单独和你姐夫谈一谈。"丁小妮点点头，迅速地进了卧室。

丁小秋走到倪东的身边，抬手狠狠地给了倪东一记耳光，恶狠狠地说："该死的人是你，你怎么不去死？"

倪东痛苦地捂住头，女儿晨昕出事那天，他下班早，就开车顺道去学校接女儿，女儿很开心，俩人有说有笑。车辆行驶到路口红绿灯时，绿灯灭了，黄灯闪烁，倪东犹豫了一下，还是一脚油门踩了下去，没想到与一辆大货车相撞，倪东受了轻伤，女儿当场死亡。

事故发生以后，丁小秋始终没有责怪倪东一句，反而是倪东内心愧疚，认为女儿的死是自己造成的，丁小秋安慰倪东，让倪东不要有压力。倪东以为丁小秋真的不责怪自己，今天这一巴掌让倪东清醒了，丁小秋压根就没有原谅自己，只不过没有表现出来罢了。

丁小秋继续说着狠话："那天要是死的人是你，会有今天吗？"倪东愣住了，丁小秋不仅没有原谅他，反而一直在恨他，而且恨得咬牙切齿，可能对于女人来说，爱孩子胜过爱丈夫。倪东想，女人太可怕了，居然可以充满仇恨地跟自己有说有笑。

倪东像不认识一样仔细打量着丁小秋，丁小秋的面容老了，但长年被书香熏陶，整个人散发着浓浓的书卷气，举手投足之间洋溢着自信和从容。丁小秋优雅的气度让她在人群中显得很特别，有一种酒酿的醇香之美，再加上她那滔滔不绝的口才、温暖亲和的笑容、在电视节目中做专家评委经常口吐莲花，很受观众的欢迎，身边不乏爱慕者。

倪东的同事都羡慕他娶了这么优秀的老婆，他自己也心满意足，平心而论，丁小秋是一位合格的妻子，家里操持得井井有条不需要倪东操心，不像有的女性为了工作不管家庭，丁小秋的规划性很强，把时间安排得合理有序，有时候倪东忙得焦头烂额心情浮躁，还得求助丁小秋帮他分解一下，丁小秋用她敏锐的头脑很快抓住事件的核心，让倪东从核心问题入手，其余的放任不管，起初倪东不太认同，但通过几次实践后发现丁教授的头衔不是虚的，用丁小秋的话说：读史可以明智，我们现在遇见的事情在几千年前就发生过了，事是人做的，几千年来人性都未曾改变，善与恶、高尚与猥琐并存在我们的大脑里，这就是人性的两面性，在你面前或许是恶人，但在别人面前却是善人。

倪东和丁小秋是大学同学，倪东追了丁小秋四年，临毕业时丁小秋才答应，丁小秋毕业后考研读博在大学任教，倪东大学毕业后考进了司法部门，当了一名法官。丁小秋是倪东费力追到手的，所以一直呵护着丁小秋，丁小秋并没有把这种宠爱当成可以肆意撒娇无理取闹的筹码，而是一直对倪东保持着尊敬之情。

"互尊互敬"应该是夫妻两人最佳的相处状态，不会因为对方是自己的配偶就随意地指手画脚，也不会因为有了婚姻这个法宝就放任自己的陋习而不顾及对方的感受，更不会因为进入爱情的"牢笼"而把自己活成了困兽。丁小秋在外人看来很强势，但在家里从来不会当家作主，所有的事情都会征求倪东的意见，就连一日三餐这样的琐事都会和倪东商量着来。

女儿晨昕出生后，一家三口的日子过得其乐融融，哪知中年丧子的悲哀降临到了他们的头上，如同一团重重的氤氲笼罩着他们，虽然丁小秋抓住女人生育期的尾巴生下了点点，但这团氤氲还是没有散去，而且把无辜的点点也拽了进来。今天，倪东带点点去看心理医生，医生给点点做了催眠治疗，点点在迷迷糊糊中说出了心里话，点点虽然才六岁，但她已经明白自己是姐姐的替代品，她活得很不开心，不想再活了。倪东在一旁听着泪流满面。

点点出生后，他意识到丁小秋把点点当成晨昕培养，提醒过丁小秋，丁小秋嘴上答应，但还是改不了，软硬兼施地逼着点点做晨昕。倪东想不明白，平时知书达理的丁小秋，怎么在这件事上绕不过去呢？今天他算是才明白，晨昕的亡故，丁小秋不能接受，只有把点点当成晨昕，她才不会让自己崩溃，貌似坚强的丁小秋，其实已经脆弱得如同深秋树上的一片枯叶，随时都有坠落到泥土中的可能。

倪东同情地看着丁小秋，他走上前想紧紧地抱一抱丁小秋，没想到，丁小秋一把推开他，眼神里透露着嫌弃，说："你这个金牌律师打了多少昧良心的官司？让女儿遭到报应替你还债。人在做天在看，老天爷是在用这种方式惩罚你！"倪东像被闪电击中了一样，无力地后退了几步，瘫坐在沙发上。这是世界上最狠毒的语言了，倪东是父亲，他对女儿的爱不会次于丁小秋，现在，他成了杀害女儿的凶手。倪东说："你不该这么说，你这么恨我，为什么不和我离婚呢？"丁小秋说："因为点点不能没有父亲。"倪东苦涩地笑了一下，说："你去看看心理医生吧，你再这样下去，会把点点逼死的。"丁小秋说："她现在小，理解不了，等她长大了，会感激我的。"倪东深深地叹口气："你真是执迷不悟啊！小秋，我们离婚吧，点点我带走，我不能让她活在晨昕的阴影之下，这对她不公平。我对你已经失望了，我还幻想着你能跳出痛苦，没想到越陷越深，你不再适合抚养点点。"丁小秋凶狠地说："点点是我的女儿，你敢带走，我跟你拼命。"倪东说："就是拼命我也要带走，我已经失去一个女儿了不能再失去点点。"丁小秋逼近倪东，一字一句地说："倪东，我真的会杀了你。"倪东无所畏惧地看着丁小秋，冷静地说："你现在就可以拿刀杀了我，我不会还手，我死了，你接受法律的制裁，点点离开你，还能活命，用我的命换女儿的命，值。"丁小秋说："你疯了，我是她妈，我能害她吗？"倪东说："是你疯了，小秋。"倪东不再说话，去厨房拿出扫帚，把地上的玻璃碎片打扫干净。

丁小妮在卧室，一直抱着点点，用两只手捂着点点的耳朵，点点一直看着熟睡的小铁蛋。丁小妮想，完了，堂姐的婚姻走到头了，那么点点呢？如果倪东把点点要走，堂姐哪里能承受得了？但点点跟着堂姐，堂姐如果还是执迷不悟，点点就毁了。丁小妮不知道以后会发生什么事情，但她已经嗅到了血雨腥风，怎么办？

丁小妮心疼地看着怀里的点点。

四

万花筒和刘武坐在咖啡店里，万花筒像做错了事情一样看着刘武。刘武心疼地拍拍万花筒的脸，说："舍不得了？"万花筒点点头，说："我两个都舍不得，舍不得肚子里的小生命，也舍不得你，我知道，是我撕毁了我们结婚时的约定，我很抱歉。亲爱的，你真的不想当爸爸？"刘武点点头，说："是的，不想。"万花筒说："如果我要这个孩子，你会离开我吗？"刘武沉默了，看着万花筒。"刘武，我们不要分开，好不好？"万花筒带着哭腔说。刘武的鼻头也有点酸，他何尝舍得离开万花筒，离开他们俩的家，有万花筒在身边，才有家的温暖，但这一切，被一个精子和一个卵子的结合打破了。万花筒说："要不我们都冷静冷静，再好好想一想？"刘武紧紧地抓住万花筒的手，他知道，他们俩注定情深缘浅了，万花筒不会打掉肚子的孩子，他也不会当爹。刘武沉重地说："亲爱的，我现在告诉你，我为什么不想当爸爸。"万花筒急切地看着刘武，她的确太想知道了。刘武说："在你之前，我在家乡有过一次短暂的婚姻，也有过一个孩子，小孩在六个月大的时候得了脑瘫，不到三岁时病故了，这对我打击很大，让我对小孩产生了恐惧和排斥……所以，你怀了我的孩子，而我不能跨越心理的障碍，只能说声抱歉。"

万花筒诧异地看着刘武，她没想到刘武还有这么一段历史，万花筒看见刘武的目光中充满了绝望和忧伤，这种眼神万花筒从来没有看见过，它在告诉万花筒那段经历对刘武的摧残有多么惨痛。万花筒没有责怪刘武为什么不早告诉她，事情已经久远，再说了谁还没有一点经历呢。

万花筒说："我明白了，那几年一定很难熬吧？"刘武点点头，刘武看着万花筒，心想情商这么高的女子，以后估计再遇不到了，如果换成另外一个女人，一定会责怪自己对她隐瞒了这么重要的事情，但万花筒不会，她永远知道什么该说什么不该说，什么说了有用，什么说了没有用，拿捏有度，这也是刘武和万花筒在一起感觉舒服的原因。

万花筒问："如果我要这个小孩，你会怎么做？是离开我们，还是……离婚？"万花筒说出来她这一辈子也不愿意说的话，万花筒迫切地看着刘武，希望刘武给她期盼，但是，刘武说："我们离婚吧。"万花筒的泪一下涌了出来，刘武的眼眶也红了，紧紧地捏着万花筒的手。

万花筒决定先回父母家住几天，她想冷静一下，刘武答应了。万花筒告诉父母自己怀孕了，母亲有些意外地看着万花筒，问："你怀孕了？想干吗？打算生下来？"万花筒说："妈，我怀孕了，你是不是要祝福一下？"母亲说："听到你怀孕的消息，我还不高兴呢，这些年，我们已经习惯了你不要孩子。"父亲说："都多大了？在农村，你都是当奶奶的年龄了。"万花筒没有想到父母会是这种反应，心里不是滋味，难道她真的不该要这个孩子？母亲问："小刘呢？他什么意见？你们不丁克了？"万花筒不想告诉父母真相，父母年龄大了，让他们知道太多只能让他们着急上火。

万花筒进到卧室换了睡衣斜靠在床上，母亲可能感觉到刚才说的话有些不近人情，进到卧室坐到万花筒的身边。母亲问："几个月了？"万花筒说："快三个月了。"母亲接着问："做好当妈的准备了？"万花筒不解地看看母亲。她没想过当妈还要准备什么。母亲说："当妈可没那么简单，心理生理都得改变。我和你爸是担心你，你年龄大了，女人生孩子就是过鬼门关，什么意外都会发生，万一有点闪失，我和你爸承受不了。孩子生下来，最初的两年，你啥也干不了，孩子吃喝拉撒都离不开人，你轻松日子过习惯了，伺候不了孩子，到时候可退不了货。还有，你生完小孩谁照顾你月子？小刘的父母在外地，我和你爸自己照顾自己都颤巍巍的，伺候不了你，你想过没有？"

过来人就是过来人，母亲说的这些，万花筒的确还没有考虑，她的思维还没有延伸到这些领域，一直徘徊在要不要这个小生命的方面。是啊，怀孕只是十个月，小孩出生以后，才是当妈的开始，自己是否做好了准备？万花筒问自己，答案是没有。万花筒垂下眼睛，母亲拍了拍万花筒的腿，说："一看你这样，我就知道你啥也没考虑，养孩子和养个小猫小狗可不一样，想养就养，不想养就送人。还有小刘的态度呢？我估摸着他是反对的。"万花筒意外地看看母亲，姜还是老的辣啊，不用多言，母亲凭过来人的经验给出了正确的答案。母亲接着说："他要是想要孩子，早让你生了，在中国，传宗接代的传统思想一直影响着男人，生女娃还不行，得生个男娃，小刘也是男人，跳不出老传统的。你们结婚这么多年，他压根不提要孩子的事，那肯定是不想要，至于为什么不想要，这之前我和你爸也讨论过，怀疑他没有生育能力，现在你怀孕了，这个猜测就不成立了，那肯定有别的原因。"

谁人背后无人说，哪个人前不说人。背地里，父母可能闲得无聊时就津津有味地讨论这个事，万花筒不打算告诉母亲刘武不要孩子的真正原因，这个原因是刘武内心的痛，她不能拿他的痛苦给别人做茶余饭后的谈资。

母亲探究地看着万花筒，问："你就没问过他吗？"万花筒微微地摇摇头。母亲接着问："那他要这个孩子吗？"万花筒点点头。母亲有些怀疑，但万花筒也是四十多岁的人了，母亲也不好再说什么，便语重心长地说："那就好，你们都是快小五十的人了，做事情考虑周全。"

万花筒不乐意地撇撇嘴，刚四十出头，到母亲这里就是小五十了，但万花筒没有跟母亲争论。不知道从什么时候开始，遇见不同的意见，做子女的开始保持沉默，父母反而开始滔滔不绝，非要争个是非对错，可能是年龄越大越不好相处，也可能是通过这种方式证明自己的重要性。

万花筒不再说话，微微闭上眼睛，母亲看看万花筒，说："累了？那你睡一会儿。"母亲开门出去，万花筒听到父母压低声音的交流声，听不太清楚，但可以听出来，两人你一言我一语谈论得很欢实，万花筒无声地笑了笑，拿起手机看了看，没有电话也没有微信，万花筒有些失落，往常这个时候，刘武的电话早打过来了，看来，刘武已经做好了离婚的打算，万花筒的鼻头一酸，又落泪了。万花筒对自己说，哭吧，哭够了，再想一下以后该怎么办？

此时的刘武正拿着手机，他想万花筒，但又不愿拨通电话，他在琢磨是哪一次意外走火让万花筒中弹了，应该是那一次，他给万花筒买了一套性感的内衣，万花筒穿上后，在他的面前晃来晃去，撩拨得他兽性大发，饿狼一般扑倒了猎物。刘武和万花筒的夫妻生活一直很和谐，这么多年也没有进入审美疲劳期，他以为能够和万花筒"死生契阔，与子成说，执子之手，与子偕老"，不料却输给了一颗精子。

刘武是个慢性子，一心只能一用，一次只能做一件事，万花筒则和他相反，性子急动作快，经常一次做几件事，而且做得都还不错，两个人没有因为脾气性格不同而闹矛盾，刘武不会嫌弃万花筒简单粗暴，万花筒不会埋怨刘武磨磨叽叽，俩人好像都很受用对方的脾性。万花筒把刘武当成孩子一般地疼爱，有时候甚至是宠爱，这让刘武很满足，对万花筒越来越依恋。

有一次刘武健身做硬拉动作，决定挑战一下自己，直接上了一百二十公斤的重量，这个重量仅是万花筒热身用的，刘武打心底里不服气，没想到伤到了腰椎，当时就不能动了。健身这种事情，来不了虚的，没有那个力气硬要逞能，只能伤到自己。万花筒带刘武到医院拍了片子，腰椎骨错位了，大夫让刘武卧床休息。

那段时间，万花筒天天在家照顾刘武，刘武不能下地，万花筒就把刘武抱下来，每次刘武搂住万花筒的脖子，万花筒毫不费劲地把他抱起来，在房间里走来走去的时候，刘武就在心里感慨，娶个撸铁的女人就是好啊。

刘武打算这辈子好好爱万花筒，没想到，这么快两个人就要分开了，一想到要离开万花筒，刘武的心就抽搐地疼一下。

夜深了，刘武担心万花筒不听故事睡不着，刘武犹豫着是否拨通万花筒的微信，最终还是放弃了，这一夜，刘武彻夜未眠。这一夜，万花筒听着小孩的心跳均匀地打着小呼噜睡得很踏实。

第三章　不恋昨日花

一

　　万花筒告诉了丁小妮和丁小秋自己怀孕的消息，姐妹俩异常兴奋，丁小妮说："恭喜恭喜，终于赶上了末班车。"丁小秋说："你天天健身，身体素质好，生完这个，缓一年赶紧再生一个，最好直接再生对双胞胎，人这一生啊，三件事不怕多，知识、钱和孩子。"丁小妮连连点头："对对，赶紧生，你带不过来，我们都可以搭把手。"当万花筒告诉丁小妮和丁小秋自己要离婚的消息后，姐们俩像是被封印了一般，面面相觑，不知道该说什么了。

　　在父母家住的那几天，万花筒彻底想明白了，她要把孩子生下来，自己抚养。万花筒做事执着，这一点从她健身就可以印证，她一旦决定做一件事就会做到底，中途不会再改变。一个人带孩子会很艰辛，但她无所畏惧。自从下定决心后，万花筒再没有流过泪，虽然离开刘武会难过伤心，但一切都会过去的，她也会慢

36

慢地将刘武从自己的记忆中剔除。

丁小秋佩服万花筒的勇气，人家都是奉子结婚，到了万花筒这里成了奉子离婚，她也失去了女儿，所以理解刘武内心的伤，这可能就是男人和女人的区别，男人在遇到伤害后，选择逃避，女人则会勇敢地面对。

自从丁小妮和丁小秋有了小孩后，三个人的逛街购物顺其自然地改成了陪孩子玩耍，此时三个女人正坐在小板凳上，笑眯眯地看着在游乐区疯玩的小铁蛋，点点则躲在一个角落，一直看着小铁蛋。

谁能想到这三个光鲜的女人蕴藏着饱满的痛苦，谁又能想到她们乐呵呵的外表之下是苦涩，这或许就是人生的无奈，也或许是人生的魅力，因为我们永远不会知道明天会发生什么，前方有何痛何爱何罪在等候着我们。曾有人说过，每一个活着的人都是勇士，在年轻时可能体会不了这句话，随着岁月的更替，经历的叠加，血泪的浇灌，的确每个人都活成了勇士。眼前的这三位女性何尝不是勇士，她们不能有一丝脆弱，更不敢有半毫懈怠，她们必须赢，因为她们面对的是心爱的孩子，她们输不起。

万花筒微笑地对刘武说："选个黄道吉日，我们离婚吧。"万花筒知道刘武有看吉凶的习惯，理发要选个日子，远行也要选个日子，虽然万花筒觉得很可笑，但是一直尊重刘武的这个习惯，谁都有属于自己的做事风格，既然刘武迷信这些，就不能嘲笑和讽刺，配合支持就好了。

刘武默默地看着万花筒，他能看到万花筒笑容背后的酸楚，俩人在一起这么多年了，说散就散，而且是感情没有裂痕的散，的确让人痛苦。

刘武说："你想好了，一个人抚养孩子。"万花筒点点头。刘武："你是不知者无畏，你知道养个孩子有多操劳吗？有你哭的时候。"万花筒："哭也罢笑也罢，都是我的事了，你不用操心。"刘武："你生存能力强，我是不用操心。"万花筒撇了撇嘴，说："我生存能力强就活该一个人养孩子吗？刘武，你不想当爹我不勉强你，因为在我们结婚的时候就约定了丁克，现在我变了，我就要承担后果，这个我认。但是你想过自己的问题吗？人总不能因噎废食吧，你面对痛苦的态度就是逃避吗？"

刘武苦涩地笑了一下，说："我们不讨论这个话题，等你有了孩子后，就会明白的。"万花筒不说话了。刘武说："亲爱的，我不能对你负责了，你怪我吗？"万花筒的眉头微微皱了皱，说："我从来没想过让谁负责，我为自己负责，不需要旁人来替我负责。"

刘武不再说话了，自从万花筒同意离婚、决定把孩子生下来后，万花筒明显地和刘武保持了距离，以前紧紧贴在刘武身上的心，往回收了一些，又收了一些。

黄昏用它特有的色彩涂抹着城市，奔波了一天的城市仿佛耗尽了精气，显得迟钝缓慢。陆续点亮的霓虹灯映衬着大地，宣告另一番天地的开始。有一首歌叫《白天不懂夜的黑》，"白天和黑色只交替没交换，你永远不懂我伤悲，像白天不懂夜的黑，像永恒燃烧的太阳不懂那月亮的盈缺。"此时此刻的万花筒和刘武就是这种情境，不管谁是太阳谁是月亮，都不会再同时出现在他俩的天空了。

万花筒和刘武各怀心事地散步，这条路熟悉得不能再熟悉，无论春夏秋冬，他俩都会手牵着手散步，走过了一年又一年。万花筒看着前方，心里伤感地想着，人和人之间哪有什么永恒，哪有什么亘古不变，爱情或许是世界上最脆弱的物质，也或许是最容易变质的物质，今天可以为了爱而死，明天也许会恨得咬牙切齿。到了万花筒这个年龄，爱得很理智，两个人开心了就在一起，不开心了就平和地分开，谁离开谁都能活，或许活得更精彩。

刘武主动拉住万花筒的手，万花筒扭过脸，对刘武笑了笑。

刘武的心酸了一下：多好的女人啊。

刘武选了一个吉日，和万花筒到民政局办理离婚，工作人员问为什么离婚时，俩人愣住了，万花筒不说话，刘武也沉默了。工作人员提示了一句："感情不和？"

万花筒和刘武同时摇摇头，他俩的感情很和睦，每天两个人在一起都乐呵呵的，仿佛有数不清的开心的事情。一次刘武出差去外地，刘武总感觉少了什么，等忙完工作，晚上和万花筒视频聊天的时候，看见万花筒笑眯眯的脸，他才醒悟缺少的是什么，他对万花筒说："咱俩不在一起，你知道少了什么？"万花筒神秘兮兮地做了一个暧昧的动作，刘武开心得大笑起来，说："喂，万教练，认真一点，不要带坏学员。"万花筒故意逗刘武，又把动作升级了一下，刘武笑得前仰后合，说："你再挑逗我，小心我现在就飞回去。"万花筒嘿嘿地笑着，露出她特有的招牌式的傻笑，眼睛和鼻子使劲地凑到一起，刘武每次见到这种招牌笑容就忍不住用两只手使劲地揉万花筒的脸蛋，遗憾相隔千里，刘武只能使劲地揉揉自己的脸蛋。

刘武说："亲爱的，我今天几乎没笑过，跟你在一起，我好像时刻都在笑。"

"那你俩为什么离婚？"工作人员的声音打断刘武的回忆，刘武看看万花筒，万花筒舔了舔嘴唇，像是做错事的学生一般，轻声地说："感情破裂了。"刘武看着万花筒的模样，忍不住笑了。

万花筒的身上一直保留着一丝纯真，那是阅尽繁华后的返璞归真，那是知世故而不世故的超然，万花筒活得比较真，不会矫揉造作也不会无病呻吟，所以，在胡编乱造的时候，会自己先心虚，就像现在，非得编造一个离婚的理由，万花筒有些心虚，刘武观察着万花筒，如果他没有猜错，万花筒的下一个动作是摸鼻子，果然，万花筒抬起手，摸了摸鼻子。刘武想起普鲁斯特在《追忆似水年华》中写道："永远努力在你的生活之上保留一片天空。"万花筒的这片天空清澈碧蓝。

工作人员看了一眼刘武，刘武正一脸深情地含笑看着万花筒，便说："要不你俩先回去冷处理一下？"万花筒不解地问："为啥？"工作人员说："你俩这状态也不像是感情破裂了啊。"万花筒看看刘武，见刘武笑眯眯地看着自己，不满地瞪了刘武一眼。刘武凑近万花筒，问："你想好了，真离？"万花筒说："都到这里了，不离还干啥？"刘武微微叹口气，对工作人员说："我没有生育能力，女方想要孩子，所以离婚。"工作人员同情地看看刘武，不再说什么，开始办理离婚手续，万花筒无语地看看刘武。

结婚证换成了离婚证，虽然都是红色，但红得那么大相径庭，结婚证红彤彤的，火一般地跃然纸上，仿佛想用这红色预示红火幸福的日子；离婚证则是暗红色，好像把结婚证的鲜红色洗染了一遍又一遍，直到褪去光鲜变成了暗沉，就如同夫妻两人的感情从激情到亲情再到无情，又如同两个刚步入婚姻殿堂的新人在经历了一波又一波的磨砺后新人变旧人变仇人。

万花筒看着暗红色的离婚证，又看看刘武，朝夕相处了十来年的男人，就这样和自己没有任何关系了，万花筒突然想笑，婚姻真是个怪物，把两个互不相干的人结合到一起，共同生活，哭哭笑笑、吵吵闹闹，过不下去了，就去领个暗红色的本子，然后又变成了两个互不相干的人。

此时，万花筒一下觉得刘武陌生了，对刘武的感情也好像急刹车并且迅速地退回到了原点。万花筒健身房的一个女会员说过，她离婚之后，从来没有想起过前夫，好像这个人在她的生活中未曾出现过，反而会常常想起他们养的狗。女会员很困惑地问万花筒，这到底是为什么？一起生活了十几年啊，夫妻之间的感情太扑朔迷离了。那个时候万花筒和刘武生活幸福得一塌糊涂，无法理解女会员的感受，万花筒只能应付地说着："呵呵，是嘛。"万花筒不知道以后会不会想起刘武，也不知道刘武会不会想起自己，反正两个人成了平行线，各自走向前方。

万花筒想喝一杯。

二

丁小妮自从约谈了小羽后，小羽看她的眼神里时不时地会反射出内心愤恨的光芒，但对小铁蛋收敛很多，小铁蛋"玩耍磕碰"的次数少了很多。小铁蛋喜欢姐姐，姐姐一回来就缠着姐姐，都被小羽冰冷地请出了闺房。小铁蛋以为姐姐生病了，就用蒸蛋机蒸了鸡蛋，颤巍巍地端着送到小羽的房间，小羽看着黄嫩嫩的鸡蛋想哭。小铁蛋说："姐姐吃，吃完病就好了。"小羽看着小铁蛋的眼睛，小铁蛋的眼睛像一湾湖水清澈见底。小羽捏捏小铁蛋的脸蛋，问："你喜欢姐姐吗？"小铁蛋使劲地点点头。小羽又问："为什么喜欢姐姐？"小铁蛋用夸张的表情说："姐姐是天下第一号美女。"小羽被逗乐了，把小铁蛋搂到怀里，小铁蛋用胳膊环绕着小羽的脖子，在小羽的脸上亲了一下。小羽不自然地躲了一下，这或许就是被人喜欢的感觉，温暖得如寒冬的阳光、甘甜得如干涸的雨露，小羽的心柔软了，浑身支棱的刺纷纷收了回去，她多久没有被亲吻过了，好像自从妈妈离开之后就没有了，小羽不禁落下眼泪，小铁蛋见小羽哭了，急得用小手擦小羽脸上的泪水，一边擦一边说："姐姐不哭，不哭，我是小男子汉了，可以保护姐姐。"小羽哭得更伤心了，她觉得自己很可怜，在这个世界上心疼自己的人居然是一个孩子，也很失败，把自己活到了人见人烦的境界。

小羽换了宿舍，同宿舍的女孩见小羽抽烟，让小羽去外面，小羽不去，俩人吵了一架，女孩向宿管告状，宿管把小羽的烟全部没收了。女孩又把这事告诉了父母，父母如临大敌，来到学校闹到校长办公室，校长好说歹说才安抚了这对父母，校长把气全部撒给了院长，院长又责怪系主任，系主任把辅导员、宿管一顿臭骂，辅导员和宿管把小羽当成了靶子，狂轰滥炸，小羽成了反面教材，一个人住在一间宿舍里，没有家长愿意让自己的孩子和小羽一个宿舍，大家跟躲病毒一样躲着小羽。小羽感到委屈，学校里抽烟的女生又不是她一个，她也是跟着同宿舍的女生学会抽烟的，人家怎么没有遭遇像她这样的攻击，是她的运气太差？还是她的人缘太浅？小羽琢磨来琢磨去，认为是丁小妮把这盆脏水间接地泼向自己，如果丁小妮不多管闲事给自己换宿舍，自己也不会成为众矢之的。小羽又想亲妈了，如果亲妈在，不会让自己受这么大的委屈。

人为情迷，这份亲情早已徒有虚名，亲妈离开小羽十来年了，头一两年还有越洋电话问候一声，最后连电话都没有了，但在小羽心中，亲妈是对自己最好的人，或许就像陷入泥潭求生的人，把毫无作用的一截木头当成救命的稻草，宁可和稻草同亡，也不愿意相信稻草救不了自己的命。就像古往今来那些千古绝唱的爱情故事，哪一个不是为情而迷，面对负心汉薄情女仍然执迷不悟一厢情愿地认为对方是爱自己的，哪怕被爱情的小刀划得遍体鳞伤也要再一次地扑向它。

丁小妮听说了小羽的境况后，气得咬牙切齿，怎么可以如此过分地对待一个孩子，虽然小羽二十多岁了，但在父母的心中永远是个孩子。丁小妮在堂姐的影响下，也喜欢读史书，让她困惑的是，人是越来越进步了还是退化了，在古代二十来岁打江山称王称霸的人比比皆是，是那个时候的人成熟得太早还是我们心智发育得过晚？丁小妮给出的答案是教育的问题，而不是人的问题。自打计划生育后，每个家庭只有一个孩子，六个长辈围着一个孩子转，把孩子当成宠物养，什么事情都大包大揽替孩子做主，小时候是衣来伸手饭来张口，长大了是坐享其成不思进取，孩子的能力都被长辈们扼杀，渐渐地退化消失，很多孩子成了无脑之人，父母成了他们的大脑，这也是现在很多二十来岁的年轻人遇到事就会说"我得回去问问我妈"的原因。学校的教育更多关注的是分数，德智体美反而成了多余，学生只要能考高分，品德差一些老师们都会视而不见，或者说不想教育，把育人的责任推给了家庭，这也是目前很多学生有学历没学识没常识没胆识没见识的原因。这些综合原因导致了一代不如一代，等家长们恨铁不成钢的时候已经晚了。

丁小妮计划打一局只能赢不能输的暗战，小羽现在孤立无援，像被抛在了孤岛上，就是喊破了喉咙也无人愿意帮助她，因为她没有被帮助的价值。丁小妮是小羽的后妈，虽然她不喜欢小羽，甚至还有一些讨厌，但后妈的责任感让她不能视而不见，学校这样严惩小羽，这么不善待一个没有走出校园大门的学生，是不是太冷酷无情了。

丁小妮把这个事告诉了堂姐，堂姐一听就炸了，说："这叫什么事？他们家长一闹，我们的孩子就成反面典型了，欺负我们的孩子没有亲妈吗？女生抽烟是不好，但要站在人权的角度分析，她满十八岁了，有权力决定自己是否抽烟，那些指手画脚站在道德制高点的人就不抽烟了？又不是吸毒，搞得这么兴师动众，考虑过对小羽心灵上的伤害吗？小妮，这事我们得给小羽说清楚，学校挤兑小羽，我们不会不管，会让学校给小羽一个解释，但小羽抽烟的恶习要改掉，年纪轻轻叼支烟，以后怎么嫁人。"

丁小妮替小羽解释，说："她也是被同宿舍的人影响的，人是环境的产物嘛。"

"那也不是吧，那个女生不是没被她影响，还告诉了父母，闹到校长那里。"丁小秋反驳了丁小妮。丁小妮认可地点点头，说：

"小羽的情况有点不同，内心挺自卑的，她或许以为抽烟能引起别人的关注，或者让自己看起来很厉害，不会有人欺负她。"丁小秋叹口气说："结果呢？是引起了关注，还是全学校的，唉，这孩子，执于一念困于一念，一念放下自在心间，亲妈扔下她不管不问，她想不通啊。"丁小妮苦涩地笑了笑，说："有亲妈这个盾牌，我这个后妈一辈子也走进不了她的内心，摸着良心说，我对她真的是无微不至，有时候甚至对她比对小铁蛋好。"

丁小秋探究地看着丁小妮，问："对她好是一方面，你对她的感情对她的爱，有没有小铁蛋的一半？对一个人的好和对一个人的爱是不同的。"丁小妮被问住了，因为小羽一直抵触她，对她冷漠厌烦，让她从心底里喜欢不起来，丁小妮说："让我去喜欢一个讨厌我的人，我好像还没有这个能力。"丁小秋说："这就是问题的症结，小羽又不傻，她能体会到你那份好而无爱的空心感情。晨昕在青春期的时候，比小羽的态度还过分，跟个炸弹一样，一点就爆，你说得对也好错也罢，就是不听跟你对着干，我气得恨不得塞回肚子，但我对她的爱还是满满的，这就是无条件的母爱。孩子是上天送给我们的礼物，我们有挑选礼物的权利，可以要可以不要，但孩子没有选择的机会，你要她，她就来到你的身边，不管她是不是愿意，如果她能挑选，她或许不会选择我们当父母，所以，孩子都是被迫给我们做子女的，我们所有的辛苦都是自己选择的结果，不要怪责到孩子身上，更不要说为了养孩子自己付出了多少改变了多少，这些付出和改变不是小孩带给你的，是我们种下了辛劳树结的必定是苦累果。你说，小羽如果能选择，她会选择那个女人当她的亲妈吗？肯定不会吧，或许她会选择你呢。"丁小妮苦涩地笑了笑，说："这辈子我和她的母女缘走到尽头也不会发生质的改变，只能祈求相安无事，这个事出了，她还不知道有多恨我，认为是我把她推到火坑里。"丁小秋担心地问："她不会又拿小铁蛋撒气吧？"

丁小妮看看丁小秋，丁小妮没有告诉堂姐小羽欺负小铁蛋的事，因为她觉得没必要，毕竟小羽是她的继女，她还是要在外人面前保留一点小羽的形象，但是丁小秋还是知道了，丁小妮想堂姐就是堂姐，仅靠察言观色就可以准确地分析出来。

丁小妮摇摇头说："还没有，小羽嫉妒小铁蛋，认为他把父亲对她仅存的那点父爱也夺走了。"丁小秋说："正常，同胞手足都会争风吃醋，何况他俩是异母。"丁小妮点点头说："所以啊，我尽量不让小铁蛋单独和她待在一起。"丁小秋感叹道："唉，家家有本难念的经，不是这事就是那事，你多开导开导小羽，遇见问题了不要抱怨谁，多从自身找问题，然后积极乐观地解决问题。"丁小妮自嘲地笑了一下，说："我和她的交流仅限于吃饭了、天凉了多穿一点、早点睡觉这些琐碎之事。每次从学校回来，那个脸阴沉得能攥出水，年纪轻轻，法令纹都下垂了，这以后得花多少钱才能拽上去……"丁小秋忍不住笑了，丁小妮一本正经地说："姐，你别笑，她那张脸到了我这个年龄估计都没法看了。"丁小秋说："你别跑题好不好，三句话离不开你的整容。"丁小妮笑了笑，说："是微调。姐啊，我知道你想说什么，你担心小铁蛋的安全嘛。"

"是的，当初劝你不要嫁给陶君，陶君带个孩子，会有斩不断的麻烦，你非得嫁，认为陶君是你的靠山，结果呢，十几年过去了，自己成了别人的靠山。"丁小秋有点恨铁不成钢地埋怨道。

"谁知道你妹子这么优秀呢，哈哈，"丁小妮开心地笑着，"如果真到那一天，我这个靠山就带着小铁蛋闪了，他爷俩自生自灭呗。"丁小妮的心里有些酸楚，但脸上仍然笑着，强颜欢笑也是笑嘛，到了这个年龄，活得没心没肺是最高境界了，只要把最坏的退路想清楚了就不会畏惧。

丁小妮嫁给陶君后，全身心地照顾这个家，无微不至地关心着陶君和小羽，如果不是陶君想要二胎，她也心甘情愿地不要孩子，把小羽当成亲闺女。自从她承包了学校的食堂后，经济像高铁建设一般飞快地发展，她买了大房子，买了豪车，还带着陶君和小羽出国旅游了几次。虽然有人说过经济收入决定着家庭地位，陶君的工资早已不能与丁小妮的收入相提并论了，但是丁小妮从来没有改变自己在家中的地位，还是任劳任怨地照顾着陶君和小羽。一想到也许有一天会离开这个家，丁小妮就想落泪，自己付出的太多了，是真心舍不得啊。

三

丁小妮走后，丁小秋开始琢磨如何帮助小羽扭转乾坤，小羽有些地方是讨人嫌，但站在小羽的角度来体察她的内心，小羽也不想把自己活成悲剧。都说父母是孩子的保护伞，时时刻刻在保护孩子不受伤害，但最惨痛最深远最无法治愈的伤害往往来自父母，只不过有些父母意识不到。

丁小秋给教育部写了一封信，希望学校能够理性对待这件事情，以保护学生身心健康为前提，大学是为社会培养创造有价值的人才，而不是为社会增添隐形的毒瘤。信寄出去后，迟迟不见回复，丁小秋在内心冷笑一下，官方太小觑她的能量了，既然学校如此不豁达，那么丁小秋就要出大招了，这叫先礼后兵。丁小秋给电视台的主任通了个电话，希望下一期的节目针对女大学生吸烟的问题进行讨论。主任爽快地答应，这个话题具有争议性，越有争议的节目越有收视率。

丁小秋去了一趟丁小妮家，她希望小羽参加节目的录制。小羽一听，自己的劣迹都闹到电视台了，这不是让全天下的人都知道自己是个差生吗？小羽愤怒地看向丁小妮，丁小妮也没有想到堂姐会把事情搞到电视台，没有底气地问了一句："姐，这……是不是搞大了。"

丁小秋从小羽的眼神中读懂了愤怒和埋怨，说："小羽，你先别恼，听我给你分析一下，听完后，你若不同意，再用这杀人的眼神盯着你后妈。首先，你后妈告诉我这个事情，目的是让我想出一个办法让你走出目前的尴尬境地。抽烟，女大学生抽烟，在中国的传统观念中被认为有伤大雅，很容易被那些伪高尚伪道德的人小题大做上纲上线，认为抽烟的女学生道德败坏人品残缺，就像你现在的状态。其实，这是严重的道德绑架，抽烟是一个习惯问题，和道德、人品无关，为什么男生抽烟就可以，女生抽烟就大惊小怪，还是我们根深蒂固的女性歧视在作怪。你已经是成年人了，属于社会的自然人，有自我行为的权利和自由，虽然抽烟的习惯不好，但是不能这么惩罚你，你还太年轻，不知道该如何保护自己，这就需要我们出面替你撑起保护伞。"

小羽的目光渐渐地收起了怒火，低垂下来，丁小妮佩服地看着丁小秋，心里感慨道，口才真好啊，如果堂姐给小羽当后妈，或许不会像自己这么失败。

丁小秋继续说道："人这一生，没有一帆风顺的，人生不易，这一点，我相信你已经体会到了。"

丁小秋用充满母爱的目光暖暖地笼罩着小羽，小羽被感动得眼圈发红，但仍然倔强地抿了抿嘴唇。丁小秋微微地轻叹一声，声音不轻不重，刚好敲击到小羽的心头，像一把小锤头"噗"地一下击碎了挡在心门的盾牌，隐藏在后面的内心暴露出来，小羽委屈地落泪了。

丁小妮看见小羽哭，眼圈也红了，她照顾了小羽十来年，嘴上说没有感情那是假的。

丁小秋接着说："小羽啊，每个人都是向死而生，每个人都是生活不易，但我们仍然要坚强地活着，你现在还没踏出校门，货真价实的人生还没有开始，等你工作了结婚生子了属于你的人生才刚刚开始，那个时候，你遇到的难事会更多，你得让自己具备解决问题的能力。国外有一所大学的校训是：如果生活给了你石头，你要自己决定将它建成一座桥还是一堵墙。小羽，你面前就是一块石头，你躲不开的，要么被石头压死，要么站在石头上面跳过去。"

丁小秋用坚定的目光注视着小羽，目光散发出来的自信、坚强的光芒好像架起了一座五彩桥，吸拽着弱不禁风的小羽一步步走过去迎接风雨过后的彩虹。

小羽的目光里泛起了一丝亮光，那是濒临绝境的人看见曙光

49

的希望之光，那是干枯的大地迎来雨露的喜悦之光，小羽有太多的话想说，但不知道从哪一句开始说起，于是选择了沉默。

丁小秋继续说着："你不是差生，不能因为吸烟你就必须变成差生，这两者之间不是等于号，如果因为这件事你甘愿沉沦那就太傻了，不仅没有人会同情你，反而都会幸灾乐祸，你一定要记住，要想打败对手、折磨背叛我们的人，我们要努力再努力让自己站在人生的制高点，高高在上，那样这些人才会仰视我们，后悔当初的无知。比如你的亲生母亲……"

丁小秋停顿了一下，观察着小羽的表情，这个话题是小羽最深层次的痛点，果然，小羽的面部肌肉不自然地抽搐了一下。

"她离开你已经是事实，你靠乞求是无法召唤回来的，唯一的办法就是你自己变得优秀，优秀到让她后悔离开你，让她主动回来找你。"

丁小秋说完这些后沉默了，房间寂静无声，每个人都能听见自己的心跳声，丁小秋的高明之处就是适可而止，她不会逼迫小羽要做什么不做什么，而是说了一通心灵鸡汤，当然，这碗汤不是被人嚼烂无味无营养的寡汤，而是浓浓的富含高蛋白高营养的浓汤，它能够引导人去思考。

小羽正在思考着丁小秋的话，句句在理句句有分量，如同一根火柴点燃了一堆木柴，一堆木柴又引燃了整片森林一般，噼噼啪啪地燃烧着，火势越来越凶猛，猛烈地撞击着小羽的胸膛。

丁小妮佩服地看了看堂姐，有学问和没学问真的是不一样啊，自己虽然在堂姐的影响下也读了很多书，但和堂姐完全没有可比性，自己只是一条汩汩流淌的小溪，堂姐则是深不可测的大海，那种厚积薄发的力量看似一朵轻描淡写的浪花，实则夯实有力能够砸醒沉睡的万物。丁小妮不禁感叹道，还让万花筒找什么心理医生，堂姐就是最优秀的心理医生，但面对点点的问题，堂姐是只缘身在此山中，被迷雾围困了看不清事情的本质。

丁小秋开导完小羽后，并没有让小羽立刻给出答案，但她自信小羽会参加节目的录制。每个人都希望越来越优秀，这是人的最本能的欲望，不同的是在奔赴优秀之路上，有的人被困难吓瘫，有的人被懒惰拖垮，有的人被浮华迷惑，有的人被膨胀夭折，最后抵达终点的人是凤毛麟角。丁小秋也年轻过，她那时候对自己的希望值可比现在高出很多，但现实让她明白无论多么努力百分之九十九的人还是普通人。

丁小秋回家后，点点不在家，她以为点点出去玩了，便进厨房准备晚饭，她做了晨昕最爱吃的粉条炒肉和西红柿蛋花汤。饭菜都准备好了，还是未见点点回来，丁小秋感觉不对劲了，进到点点的房间，发现点点的背包不见了，打开衣柜里面的衣服也不见了，丁小秋的心嗖地一下好像被挖空了，丁小秋捂住胸口身子晃了晃差点摔倒，这种感觉在她得知晨昕出事后也出现过，丁小秋浑身无力，像是煮熟的面条一点点地瘫软下去，丁小秋想去客厅拿手机打电话，但她已经支配不了自己的双腿，从这里到客厅的距离不足两米，但对于此时此刻的丁小秋来说却如同隔着千山万水，丁小秋嘴里呢喃着，吐出"晨昕"两个字。

丁小秋把头靠在墙上，泪水顺着眼角流淌下来，内心的痛翻江倒海，压得她喘不上气，只能像鱼儿缺氧一样一开一合地张着嘴。晨昕离开她七年了，她一刻也没有忘记她，那是她的女儿，

51

是她的心头肉，她怎么可能忘记，她们母女的感情像浓浓的糖浆，自始至终包裹着丁小秋的心。

丁小秋虽然不提及晨昕，但每天在心里不知道呼唤多少遍晨昕。点点的降临并没有替代晨昕的位置，而是让丁小秋更加想念晨昕，她不由自主地把点点当成了晨昕。

世界上有一种感情永远无法被替代，这可能就是亲情了；有一种感情最容易被替代，那可能就是爱情了，所以人们常说，治愈失恋最有效的办法就是开始一段新的恋情，而治愈失去亲情的痛苦则无药可医。

丁小秋哭得筋疲力尽，自从有了点点之后，她再没有这么哭过，哭能释放压力，丁小秋感觉顶在心头的高压一点点地排泄出来，等到全部释放完了，她抹干净脸上的泪痕，把身体蜷成一团紧紧地抱着自己，她要给自己力量，让自己振作起来，考虑接下来该做什么了。

这就是丁小秋一直强调的一个人必须具备解决问题的能力，遇到问题时，我们可以脆弱，但不能将这种脆弱放大无限蔓延，就像长期没有修葺的花园，野草肆意地攀爬侵占整个花园，鲜花成了配角野草成了主角。无论哪个年龄阶段，学会控制情绪是必修课，无论是负面的还是正面的，都要适可而止，及时刹车，否则只会车毁人亡。

丁小秋的思维一点一点地梳理起来，很快具备了逻辑性，丁小秋死灰复燃了，她充满了斗志，像一名披上盔甲的战士左手举盾右手握矛，准备打一场硬战，对手是和她同床共枕二十来年的丈夫。都说百年修得同船渡，千年修得共枕眠，谁能想到修来的是仇人。丁小秋恨不得把倪东千刀万剐，但理智告诉她这是最愚蠢的办法，她要靠智商打败倪东，把点点带回来。

倪东是一名合格的父亲，对晨昕倾注了满格的父爱，那起车祸导致宝贝闺女命丧黄泉，倪东感觉生命被掏空了，缓了很久才恢复了元气，他自责伤心但一切都无法挽回，倪东只能依靠安眠药才能入睡，药力过了之后，他也就醒来了，瞪着空洞的双眼看着天花板等着天亮，常常是一脸泪水地迎接第一缕阳光。

这一切，丁小秋何尝不知道，她睡在他的身边，他醒她也就醒了，只不过她不去打扰他，让他沉浸在思念女儿的幻境中。点点出生后，丁小秋看到了倪东脸上的笑容，倪东的内伤被点点慢慢地治愈，晚上也不需要服用安眠药了，只要摸着点点的小手就能一觉睡到天明，所以点点对于倪东来说不单是闺女，更是精神寄托和心理依靠，如同一棵被虫蛀空的树摇摇欲坠只有借助缠绕在枝干的藤蔓才能屹立不倒一样，又如同被飓风吹散的孤雁筋疲力尽只能躲避在岩壁中才可以保全性命一样。丁小秋现在要做的事情俨然是把藤蔓拽断岩壁敲碎，倪东当然不会坐以待毙。

第四章　天堂地狱皆由人创造

一

刘武搬走了，按照万花筒的意思，在她上班的时候刘武搬走自己的物品，刘武理解万花筒，这个家虽然不大，却充满了欢声笑语，他俩每天最幸福的时刻就是在家里待着，刘武舍不得离开啊，而且他也清楚，离开这个家和别的女人再组成一个家庭，也不会有往昔的舒服感，但不离开又能怎样？和万花筒一起养孩子？一想起孩子，刘武的心就哆嗦一下，生个病孩子对于一个家庭来说是灭顶之灾，小孩每次犯病时口吐白沫浑身抽搐的情景历历在目，小孩遭罪大人煎熬。那三年可谓是度日如年，刘武感觉天天都是阴云密布，他变得发潮发霉发臭，他害怕回家，害怕看见小孩犯病但又不能不回去，因为他是父亲。

刘武明白生而为人要有所为有所不为的道理，他懂得作为一个男人要有勇气有担当的义理，他清楚父亲代表着责任和付出的情理，刘武咬着牙硬扛着。那几年，刘武的性情大变，为一点小事就可以情绪失控歇斯底里，可能处于崩溃边缘的人都是这样不堪一击吧。

孩子病故后，刘武感觉解脱了，虽然这种解脱中掺杂着痛心和悲伤，但总算不用再看着孩子发病而束手无策了，总算不用看着孩子接受治疗时而痛不欲生了。孩子没了，家也就散了，刘武和前妻的感情早已在煎熬中烟消云散，两个人迅速办理了离婚，因为看见对方就能想起孩子，就能想起那些被悲痛浸满的岁岁年年。

离婚后，刘武到了北京，在这座城市只要你自己不说，没有人知道你的过往，你可以把不堪回首的经历严严实实地包裹起来，你不打开没有人会替你打开，哪里像在家乡，左右邻居、亲朋好友总会充满同情地帮你打开包裹，这还不够还要逼着你把包裹里面血淋淋的经历拎出来与他们分享。

到北京之后，刘武断了和家乡所有的联系，内心的包裹一直被他尘封，如果万花筒没有怀孕，他不会打开，他以为时间过去这么久了，这段惨痛的经历应该磨平了刺人的棱角，但是那喷射而出的锋芒在他的胸膛剧烈地撞击，好似尘封的痛苦一直随着岁月发酵增长，沉甸甸的，往昔历历在目，痛苦的分量一直没减少。刘武不寒而栗，瑟瑟发抖，如同又倒挂在悬崖边摇摇欲坠，他必须离开万花筒，离开这个给他暖暖阳光的家，他不能再回到过去了。

一个女人怀了自己的孩子并且打算生下来，无论任何原因，作为一个男人都应该担起责任，这个义理刘武明白，他一旦逃避人设就崩塌了，就会被推入万劫不复的境地，但他宁愿天天被无情无义的烈火炙烤也不能再蹚一道血泪河。

刘武仅是带走了自己的衣物和生活物品，房间基本保持着原貌，他临出门时，恋恋不舍地环顾房间，内心万般不舍却又不得不离开，走出这个家就再回不来了，他和万花筒也就形同路人了，接下来，刘武要做的事情就是把这段时光再打个包裹安放在内心，这次不同的是里面储存的是阳光雨露是欢声笑语是甜蜜温情，他会时不时地打开品味一番。

万花筒忙碌了一天，处理完健身房的事务，看看表，这个时间刘武应该下班来找她了。万花筒准备了一些健身者的轻食等着刘武来了后一起享用，但是一个小时过去了，刘武还没有来，万花筒纳闷地拿起电话准备拨打刘武的手机，当她打开手机看见上面提示：刘武今天走。万花筒愣住了，呆呆地看着手机，这是刘武算的黄道吉日，她设置了手机提示。

万花筒莫名地委屈，泪水哗地一下就滚落了，一边哭一边拿起桌上的食物吃了起来，这时候店长小常推门进来，看见万花筒梨花带泪嘴边沾着食物，不知所措地站在那里。

小常是万花筒的得力干将，刚来店里时是游泳教练，凭借自己的能力一步步提升，直到升为店长。小常愣了一会儿，拿起纸巾递给万花筒，说："人家吃的是草挤出来的是牛顿，你呢？"万花筒一听忍不住破涕为笑，这是万花筒上学时的一个段子。有一次语文考试，万花筒粗心大意，把吃的是草挤出来的是牛奶，写成了牛顿，老师在旁边批注：牛顿都是这样出来的，那我们的社会得进步成啥样？并在班级上读了万花筒的"神来之笔"。从此，这便成了万花筒的人生名片，万花筒把这个段子告诉过小常，小常听完笑得上不来气。

小常是店里的老人，万花筒信任他，万花筒用纸巾狠狠擤了鼻涕，说："我离婚了，我怀孕了。"小常愣愣地看着万花筒，说："信息量有点大啊。"万花筒说："孩子是前夫的。"小常点点头，表示明白了。小常一直羡慕万花筒的丁克婚姻，因为没有孩子，俩人的感情一直保持着热恋的状态；因为没有孩子这块"压舱石"，俩人都担心翻船小心翼翼地把最好的一面呈现给对方；因为没有孩子这个"四脚吸金兽"，俩人活得自我玩得潇洒。小常向万花筒学习和女朋友商量也丁克。

小常发愁地看着万花筒，问："你打算当妈了？"万花筒不点头也不摇头，小常继续说："花姐，这可是大事，有孩子和没孩子可真不一样，生下来再后悔就来不及了，咱到时候该咋办？塞不回去了。"万花筒嘀咕一句："我能生就能养。"小常说："单亲妈妈，那不是更辛苦，花姐啊花姐，你潇洒日子过惯了，这养娃还一个人养，我感觉你是应付不来的。咱别激动冷静冷静，一切都还来得及。"

万花筒瞪了一眼小常，可能是小常对她太了解，知道她还没有准备好当妈。万花筒的确没有准备好，确切地说她不知道该准备什么？是啊，她是得准备准备了，不能再像现在这样，这样是养不了娃的。丁小妮曾经说过，女人一怀孩子，不仅仅是身体发生变化，所有的都得变，不变就当不好妈。那时候万花筒理解不了，现在她深有体会，孩子还在肚子里，她就开始计划改变了。

万花筒回到家，家里漆黑一片，月光透过窗户洒进屋内，正好照在摇椅上，万花筒没有开灯，坐在摇椅上，凝望着月亮，她和刘武经常坐在这里欣赏月亮。今夜只有万花筒一个人，万花筒环顾房间，屋里的物品几乎没动保持着原貌，她明白刘武的良苦用心。

以后该怎么办？万花筒问自己，她得重新开启另一种生活模式，这个模式是专门为单亲妈妈准备的。万花筒躺在摇椅上计划着，似睡非睡，晨光照射到万花筒的脸上，万花筒醒来了。

这套房间有两扇很大的落地玻璃窗，可以看到日出。万花筒看着远处的天空由青朦色渐渐地变得清澈明亮，墨色的云朵按兵不动，好像不情愿退场，这个时候还看不到太阳的尊容，只有霞光驱赶着夜晚的迷雾，如同皇帝驾到前，侍卫们大张旗鼓地清扫障碍物，滞留在天空的夜色被霞光照射得无处躲藏，要么纷纷退场要么被霞光改变了形态，紧接着万道金光强势地横扫而出，把属于夜晚的星星、月亮、晨霭全部一扫而空，傲娇地宣告着太阳的驾到。太阳并不着急，迈着四平八稳的步伐一步步地上升，直到露出了小半个脸，才喷射而出，瞬间，天空、大地、万事万物被它的光芒穿透，宣告着新的一天的开始。万花筒整个人笼罩在金灿灿的晨光中，她已经考虑清楚该准备什么了。

二

万花筒打算把健身房转租出去，她要把全部的精力投入生孩子方面，再在妇产医院附近租一间房子，这样孕检、听孕妇学校的课程比较方便。丁小妮建议万花筒到私立医院生产，连坐月子一起了，她当初就是这么过来的，虽然价格贵一些，但产妇不用太操劳。万花筒不太信任私立医院的临床水平，妇产医院虽然每次孕检要排队等候，检查环境比不上私立医院，但在生孩子这个特殊的阶段安全性比舒适感重要很多，毕竟她的年龄属于高龄产妇，又是第一次生产，有很多未知的问题只有在生产的过程中才能爆发，妇产医院每天平均有三四十个孩子诞生，有应对各种病症的措施和手段，这是私立医院不可相比的。坐月子就到月子中心吧，到时候包一间房，把父母接过来。月子期结束后，她就自己带孩子，她相信自己的能力，虽然她没养过孩子，但并不代表不会养育，人都是从不会到会再到精。丁小妮已经把自己怀孕时研读的五本关于从怀孕到生产到哺育的书转送给了万花筒，这套书是丁小秋从海量的生育书籍里选出来的五本，都是北京妇产医院、协会医院出版的，具有相当的权威性，丁小妮已经从堂姐那里真传了书中自有黄金屋的理念，懂得了从书中汲取知识和经验。

　　万花筒已经开始学习第一本，讲的是高龄产妇从备孕到生产时的方方面面，万花筒一直排斥"高龄"两个字，但这就是医学的冷酷和严谨，女性从三十五岁以后妊娠都被划入高龄的范围，不管你的身体素质有多好，不管你是不是有马甲线和背沟，不管你是不是保养得脸上没有一条皱纹，只要医保卡上过了线就是高龄。

　　丁小秋说过一句经典：一百年的树和二十年的树当然不一样，从外表看同样枝繁叶茂，但老树就是老树，机能和养分都力不从心了，你硬在它身上开个槽做嫁接，指望来年吃上鲜美的果子，可能性不是很大。

　　万花筒听了丁小秋的话感到很沮丧，丁小秋又说了一句暖心的话：高龄并不等于高危。高龄产妇怀孕后引起妊娠高血压、糖尿病的几率大，但并不等于每个高龄产妇都会有，二十多岁的产妇也会有这些病症，这就得拼个人的身体素质了。

万花筒相信自己的身体不会掉链子，这么多年一直健康饮食、运动健身，好像都是在为生这个孩子做准备，她和刘武一直在避孕，就这样都挡不住这个小生命的降临，可想而知这个小生命有多么顽强和倔强，如果不要她（他），真的是天理不容了。万花筒想到了"天赐良缘"这四个字，是啊，这是上天赐予她和小孩的缘分，虽然这缘分来得太突然让她措手不及，虽然让她改变了很多成了单亲妈妈，但是一想到自己的体内孕育着一个小小人，这些改变和付出都不算什么了。

当天空大亮时，万花筒已经把以后的计划都安排好了，她不会再迷惘和恐惧，她已经跨上战马冲进战壕以一名勇士的姿态傲视即将发生的一切。万花筒从摇椅上起来，舒服地伸个懒腰，打开手机播放莫扎特胎教音乐。一提到胎教音乐，莫扎特几乎是全世界孕妈的选择。伊利诺伊大学医疗中心曾经进行过一个试验，莫扎特的音乐每三十秒有一个频率高峰，而大脑中枢神经的许多功能运行的频率也是三十秒左右，再加上乐曲有着出色的韵律、曲调、频率、节奏，纯净而简洁，很适合给孩子启蒙时听。

在明快的节奏中，万花筒的心情拨云见日不由自主地哼唱了起来，万花筒开始准备早餐，习惯性地煮了两个鸡蛋，冲了两杯骆驼奶后，才想起来刘武已经从她的生活中消失了，一片氤氲覆盖了阳光，但仅仅停留了十几秒，就被太阳驱赶走了。万花筒嘀嘀咕咕地骂着："臭男人，没勇气当爹，那好，我来。"万花筒把两个蛋两杯奶全部吃了，用手摸了摸腹部，脸上荡漾着母性的温柔和慈爱。

万花筒没想到第一个难攻的堡垒不是生孩子而是在医院建档，她跑了五家医院都被告知已经满员了，不再收产妇。也就是说，医院不给建档万花筒就不能在这家医院生孩子，而且建档时必须提交社区开具的母子健康手册。

万花筒蒙圈了，这太复杂了吧，生个孩子前期还有这么多的手续！万花筒向丁小妮和丁小秋请教，但两个前辈都是在私立医院生的，钱到位全方位的服务就跟上了，不用这么复杂，俩人都无法给万花筒提供过来人的经验。

万花筒只好先去社区咨询如何办理母子健康手册，到了社区工作人员说跑错地方了，要去社区卫生院，万花筒又跑到社区卫生院，工作人员问万花筒的婚姻状况，万花筒说离异。

工作人员说："虽然计划生育放开了，你们外省户口在北京生小孩不用结婚证、准生证，但最起码小孩的父亲要拿着身份证一起来办理母子健康手册，因为上面要填写父亲的信息。"

万花筒说："我手机里有小孩父亲身份证的照片，至于信息，我都清楚。"万花筒调出手机中刘武的身份证照片给工作人员看，工作人员想办不想办，万花筒说："我是高龄产妇了，跑一趟不容易，能办就办了吧。"工作人员还在犹豫，万花筒接着说："小孩父亲没有做好当爹的准备，所以我们才离婚的，我打算一个人养这个小孩。"万花筒面带笑容看着工作人员，工作人员微微叹口气，说："现在是政策放开了，要是搁在去年，你这种未婚生育的情况只能去私立医院生。"

万花筒说："我不是未婚是离异。"工作人员说："不在婚姻内都属于未婚生育。"万花筒不想和工作人员争执，她的目的是把母子健康手册办下来，至于离异也好未婚也罢就是个说辞。

万花筒说："我没想到生个孩子手续会这么烦琐，今天跑了一下午，先去了医院又去了我们社区。"工作人员冷笑一下，说："这还烦琐，搁以前你得开准生证，还得多跑两个地方。"万花筒说："是啊，现在的服务都很人性化了，设身处地为我们着想，我这个情况没有违反你们的规定，你们只是需要小孩父亲的资料，我这里都有，人来不来现场没有多大的关系。您看，能办就帮我办了吧，接下来我还要再去找医院建档，已经跑了五家医院了，都满员，唉……"

万花筒无奈地叹口气，不再说话，等着工作人员高抬贵手给她办理业务。万花筒的大脑没有闲着，在思索着朋友中有谁认识社区卫生院的人，如果这个工作人员不给她办理，她就立刻打电话求援，她不想再跑第二趟了。

工作人员看看时间又看看万花筒，万花筒低垂着眼睛坐在那里，工作人员也是一位女性，有四十来岁，岁月在她的脸上、身上无情地留下了脚印，眉心一条深深的竖纹，应该是生活不顺心，每天皱眉头形成的，脸颊脂肪堆积显得臃肿，两道深深的法令纹下垂着，她的双眼皮一看就是开的，可能是开的年数长了，那个时候整容大夫的技术有限，上手就在脸上留下整容的痕迹，哪像现在一张脸做了七八项整形，恢复好后完全看不出一点痕迹，用丁小妮的话说：高级。

万花筒想，如果自己也是二十来岁要了小孩，估计也被折磨成老妇人的状态了，哪能像现在这么精致。万花筒认为她这个年龄要孩子正好，二十来岁还没玩够疯够浪够多个孩子总会有一些不甘心，三十多岁正是拼事业的时候生个孩子总会影响工作，四十多岁一切都很从容，经济上不用太发愁，心态上不急不躁，被理智控制得四平八稳。

工作人员见万花筒还垂着头坐在那里，没有起身离开的意思，心生一丝同情，便说："你把身份证的照片给我吧。"万花筒抬起头感激地对工作人员笑了笑，说："好的，太感谢您了。"万花筒拿起手机调出刘武的身份证照片递给工作人员，工作人员记录起来，不到十分钟，母子健康手册就拿到手了，接下来就是到医院建档了，多年的健身习惯让她养成了咬定青山不放松的毅力，为了练一块肌肉的线条，她可以坚持半年一年直到见效果，解决生活中的问题也是一个道理，只要不放弃不退缩是一定会解决的。

三

丁小秋几夜未眠，因为点点被倪东带走后拒绝丁小秋看望点点，丁小秋气愤到了顶点，若稍微放纵一下情绪，估计丁小秋会像泼妇骂街一般冲到倪东的单位大闹天宫，丁小秋竭尽全力控制着情绪的发酵、膨胀，她明白一个简单的道理骂街是解决不了任何问题的，她面对的是金牌律师，而她是专家教授也不逊色，两个高智商的人博弈靠的不是语言是行为，倪东已经先下手为强把点点带走了，她现在要做的是把点点抢回来。

丁小秋咨询了几个法官和警官，她和倪东还没有离婚，点点是他俩的孩子，倪东有权利看护点点，至于不让丁小秋母女相见，这属于家庭矛盾，丁小秋只能起诉提出离婚争取点点的抚养权。这是一个复杂漫长的过程，丁小秋担心熬不到那一天就崩溃了。丁小秋去倪东的单位找倪东，倪东已经辞职了，打倪东的手机，电话也停机了。

夜色中，丁小秋站在天桥上，眺望着灯火通明、车水马龙的街道，北京的夜景始终保持着二十来岁年轻人的朝气，满满的胶原蛋白浓浓的荷尔蒙让人眼花缭乱梦幻十足。这座城市的白天和夜晚完全是两种状态，在蓝天白云的映衬下显得肃穆庄严厚重，在绚丽斑斓的灯光笼罩中却是那么撩骚荡漾迷幻。丁小秋在北京生活了二十多年，学生时期每晚泡在图书馆，结婚生子后每晚耗在家里，对灯红酒绿纸醉金迷的夜生活很陌生，她决定今晚去三里屯领略一把传说中的北京夜生活。

三里屯的夜生活是潮流人群的聚集地，是放纵人群寻求刺激的理想地，是狂野人群排空压力的释放地，在这里你只要不干扰到旁人可以肆意地发狂，只要不扰乱社会治安可以狮吼虎啸，没人会把你当成疯子，形形色色、不同风格的酒吧满足着各种人群。

丁小秋步行在亮如白昼的街道上，仿佛这条街道的路灯要比学校里的路灯亮很多，楼宇的霓虹灯光怪陆离活泼地跳跃着，丁小秋打量着街景，感觉这里呈现的是一种魔幻现实主义的风格，既能让人浮想联翩，也能残酷地把人拉回现实，高潮和失落同时发生着，在这里发生的故事应该永远不会发生在阳光下，不管路灯有多亮，也不管黑夜亮如昼，夜晚就是夜晚，掩饰不了躁动和欲望。

丁小秋进了一家貌似清静的酒吧，点了一杯鸡尾酒慢慢地喝着，丁小秋环顾四周，酒吧不大，零零散散地摆放着七八张小桌子，显得很拥挤，五个人的乐队挤在墙角边卖力地弹唱。酒吧里有一半的顾客是外国人，他们大部分或站或坐在吧台边喝着啤酒。

一首悠扬的歌曲结束后，接下来是震耳欲聋的重金属音乐，像一支无形的兴奋剂注入到了空气中，在场的人不由自主地晃动起来，有的已经坐不住站起来跟着节奏点头跺脚，更有的离开座位摇头晃脑地在空隙中穿梭。这时墙角处传来男女兴奋的吼叫声，丁小秋探头望去，只见一个女孩站在桌子上疯狂地扭动身体，兴奋到不能自制时一把扯掉上衣狠狠扔到远处，露出蕾丝文胸，起哄的尖叫声更加魔性了，女孩又脱掉了裙子踢到远处，只穿着蕾丝的三角底裤，丁小秋担心女孩控制不住把仅剩的内衣也脱了。丁小秋扫视了一下围观的人，男人们虎视眈眈地盯着女孩，像是盯着一只待宰的羔羊，眼睛犹如 X 射线早已穿透女孩的内衣，女孩用这种低廉的方式博得眼球达到了吸引男人的目的，暂时成了这场闹剧的主角。女人们则一脸的幸灾乐祸，她们又恨又气，巴不得女孩倒霉。

丁小秋想起鲁米的一句诗：白天是为了谋生，而黑夜只是为了爱。是啊，这应该是人生最佳的状态，白天在单位忙忙碌碌，晚上回到家与亲人们耳鬓厮磨，白天是穿着盔甲的战士，晚上是洗去铅华的少年，丁小秋和倪东结婚后第二年有了晨昕，三人之家充满着温柔和欢乐，夜幕降临，把爱之外的事物全部遮蔽，让爱的光环放大再放大，浓浓的爱意弹指即破滋养着心灵，那个时候真幸福啊，丁小秋无奈地笑了笑。

丁小秋同情地看着跟随音乐癫狂地扭动身躯的女孩，这个女孩的黑夜没有爱，所以才会到这里来宣泄，人哪，最怕两个人的寂寞和放纵后的落寞，丁小秋想自己还是幸运的，她二十来岁时没有像这些女孩那么迷茫焦躁烦恼，一直都很平和，在辛劳付出中一步步得到收获，日子过得充实。

丁小秋一直在酒吧坐到凌晨三点，她把前半生总结归纳了一番，又规划了一下后半生，后半生的计划都是围绕着点点的，把点点培养成人，等点点大学毕业后就抓紧时间结婚生子而且要多生几个孩子，她领教了失独的痛苦和无奈，不能再让点点承受了。丁小秋想点点了，拿出手机拨倪东的电话，还是停机状态，丁小秋分析着倪东会带着点点去哪里，该问的人都问遍了该去的地方都找过了，但没人知道倪东在哪里。

丁小秋想不通一个问题，为什么夫妻两人过着过着就变成了仇人？夫妻感情到底是一种什么样的感情？大女儿晨昕是坐倪东的车出的意外，这是不可预知和阻挡的劫难，丁小秋虽然在心里怨恨倪东，但看到倪东痛苦的双眼，她知道自己的怨恨是不理性的，谁都不愿意发生这种事情，但丁小秋还是会控制不住地让这种怨恨在心中生根发芽，或许出了这场意外后他们就应该离婚，这样那棵树就不会再继续成长，也或许她不是和倪东再生一个孩子，而是和别的男人生一个，这样那棵树就不会结出今天的苦果。

"唉……"丁小秋深深地、重重地长叹一声，种下什么树就结什么果，甜也罢苦也好都得自己受着，古往今来，不要说平民老百姓了，就连可以操纵千军万马的帝王将相哪一个的人生是四平八稳，不都是满目疮痍，所以才有了"君不见黄河之水天上来，奔流到海不复回。君不见高堂明镜悲白发，朝如青丝暮成雪……

人生得意须尽欢，莫使金樽空对月"这般仰天长啸的诗句。

其实，想透了人这一生扑面而来的沙砾多于珍珠、狂风骤雨多于和风细雨、荒芜凄凉多于鸟语花香的道理，明白了即便是开怀大笑也是站在痛苦的尸体上强颜欢笑的真知，便不会遇到苦难就自怨自哀，而是会坦然面对欣然接受，雪落无尘雨过无痕地努力活着。

丁小秋不敢回到冰冷的家，往昔的暖日洋洋今朝的寒气逼人让她不寒而栗，她决定去万花筒那里暂住几天，万花筒现在是一个人比较方便。丁小秋敲开万花筒家的门时天空已经泛白，万花筒看着浑身酒气一脸铁青色的丁小秋愣了片刻，她知道丁小秋遇见迈不过去的坎了，丁小秋看到万花筒，好像看见了可以依靠的支柱，把身体靠了上去，万花筒有力的双臂牢牢地搂住丁小秋，丁小秋再也忍不住了，抛下了自尊心委屈地哭了起来，越哭越伤心，万花筒搂着丁小秋，轻轻拍打着丁小秋的后背，柔声说："哭吧哭吧，哭完就没事了。"于是，丁小秋敞开了哭，几次差点背过气去，万花筒把丁小秋抱起来，放到窗户前的摇椅上，自己也坐在旁边，让丁小秋靠在她的怀里。万花筒明白，她这个时候能做的就是陪着丁小秋，不用啰里八嗦地说那么多话，因为此时的丁小秋不需要语言的安慰。

丁小秋依偎在万花筒的怀里酣畅地哭着，她不想再控制自己的情绪，她需要发泄。炫目的日出干扰了丁小秋，丁小秋一动不动地看着太阳缓缓升起，渐渐地停止了哭声，丁小秋说："真壮观，我有二十年没看见过日出了。"万花筒呵呵地笑了，说："我天天看。"万花筒起身给丁小秋倒了一杯热水，丁小秋一口口地喝着，目光还是没有离开窗外，万花筒开始准备早餐，丁小秋问："你要搬到医院附近住？"万花筒说："嗯，这里离医院有点远，我现在一个人了，万一有什么事情，离医院近一些总归是好的。"丁小秋说："你天天举杠铃壮得跟头小牛犊一样，不会有事的。"万花筒笑了，很快早餐做好了，水煮蛋、面包、蔬菜水果沙拉、烤牛肉片、两杯骆驼奶，万花筒分成两份装在盘子里，端给丁小秋一份，丁小秋看看早餐，喝了一口骆驼奶，感慨道："健康人群的轻食，讲究。小万，要不咱俩搭伙过日子吧。"万花筒说："行啊，你要是搬过来住，我就不去医院旁边租房了，有你在我心里就有底气了。"丁小秋看看万花筒，说："我是认真的。"万花筒也一脸认真地看着丁小秋，说："我也是。"俩人对视了片刻，笑了笑，万花筒举起骆驼奶与丁小秋碰了碰杯子，说："丁教授，同居愉快，以后的日子还请多多关照。"丁小秋说："我们共同努力，把日子越过越好。"两人碰杯，喝了一口骆驼奶，丁小秋灿灿一笑，说："当初和点点爸同居时，我就是这么说的，日子是越过越好了，房子越换越大，车子越跑越快，但两颗心却越走越远。"万花筒安慰地拍拍丁小秋的腿，说："两个人哪可能只如初见，都一样。"

"我恨不能一刀杀了他，他带着点点躲起来，有没有想过我的感受，太自私了。"丁小秋又气又怨地说着，泪水又涌了上来。

万花筒无奈地叹口气，丁小妮已经把丁小秋和倪东吵架的事情详细地告诉了自己，倪东这么做是自私，但他也是为了点点，万花筒不想做评判官，也做不了评判官，丁小秋也不需要她做评判官，而且自己也不具备一语点醒梦中人的本事，所以还是不要随意地发表意见，于是说："点点会回来的，别着急。"丁小秋大口地吃着面包，连同泪水一块咽了下去，万花筒吃了一口牛肉，胃里翻江倒海，子宫里的小生命用这种方式宣告他（她）的存在，万花筒强忍着，像骆驼一样吞咽着，眼睛里泛起了点点泪花。丁小秋一抬眼看见万花筒那个难受劲，忽略了自己的伤痛，关切地看着万花筒，也不由自主地跟着万花筒吞咽起来，都是过来人，知道孕吐是什么滋味。有的人能忍，有的人不能忍，有那么几下丁小秋感觉万花筒快要吐出来了，但万花筒靠自己的毅力活生生地把嘴里的牛肉咽了下去，然后又往嘴里塞苹果，快速地嚼，把一盘蔬菜水果沙拉吃完后，万花筒感觉好受多了，说："以前一恶心就去吐，我发现越吐越想吐，越吐越难受，于是就用意念控制，现在已经能忍回去不吐了。"丁小秋佩服地看着万花筒，感叹地说："健身的女子的确不一样。"万花筒哈哈地笑了起来。

丁小秋打量着房间，说："我今天回去拿几件衣服。"万花筒指指衣柜说："搞那么麻烦，穿我的呗，有好多衣服都是你帮我选的呢。"丁小秋走到衣柜前，打开衣柜翻看里面的衣服，女人无论多大年龄都会对服装情有独钟，要说服装是女人一辈子都不会厌烦的情人一点也不为过。丁小秋饶有兴趣地把衣柜里的衣服取出来在自己的身上比画着，万花筒的衣服风格和丁小秋的完全不同，多以紧身为主，丁小秋很多年没有穿这种风格的衣服了，但她想挑战一下不同的风格。丁小秋选出一套衣服，这是一款膝以上的紧身裙加长外搭的套装，焦糖色。丁小秋换上后，看着镜子里的自己，整个人都变了模样，知性中增添了几许妩媚，成熟中透露出淡淡的性感，万花筒赞许地欣赏着丁小秋。

万花筒和丁小秋、丁小妮的个头、胖瘦差不多，审美也在一个段位，所以三个人经常会买同一款衣服，然后再约好穿同款的衣服吃饭、逛街或者看电影，别人都担心撞衫，她们三个却常常穿一样的衣服，这可能就是闺密情。

丁小秋去学校上课，万花筒约了人谈转租健身房的事，有丁小秋陪她住，她就不用去医院附近租房了，孕期会出现什么意外谁也不知道，一旦发生了，就算住在医院附近，她一个人也是解决不了的，身边有个人就不一样了，心里踏实了很多。

这家健身房万花筒经营了八年，投入了很多心血，现在要租给别人，内心还是舍不得的，但她现在没有精力再继续经营下去，小孩一出生，只有她一个人带小孩，父母年龄大了心有余而力不足，所以她得把全部的精力都放在带小孩上面，这样她就不会焦躁，否则又是管理健身房又是带小孩，操心不过来的，只能导致手忙脚乱心情急躁，到头来什么也做不好。

对方把价格压了一些，万花筒同意了，但提出一个条件，半年内不能开除店内的员工。这些员工都跟她很多年了，她得为他们着想，新来的老板都不愿意用老员工，不能因为健身房换了老板就让员工们失业，她留出半年的时间足够他们找到新的去处。

签完合同后，万花筒一个人站在路边望着川流不息的车辆，所有的过去都将湮没于时间的洪流，就像泪水消逝在汗水中，从今天开始日子就翻到了新的篇章，等待她的会是什么呢？

第五章　精神避风港

一

　　倪东没有离开北京，他带着点点在西城租了一套别墅，这里安静祥和，鸟语花香，每天清晨都是在叽叽喳喳的鸟叫声中醒来，北京还有鸟啊？这是倪东的第一反应，在北京这么多年了，天天都在忙碌中早出晚归，只顾着低头赶路遗忘了抬头赏月，只顾着双手挣钱淡忘了指尖拈花。

　　"不要把你的生命献给无知平庸和低俗"，这是爱尔兰艺术家王尔德的名言，倪东很喜欢，从上高中时就把这句话当成自己的座右铭，他努力让自己远离无知平庸和低俗。如今，跃跃欲试的青春男生已经变成了双鬓花白的中年男人，扪心自问是否真的远离了它们？答案是否定的，他感觉自己越来越无知越来越平庸越来越低俗，无知到同床共枕的妻子如此恨自己自己却天真地以为妻子对自己的爱亘古不变，平庸到每天都在为当事人争夺利益中

71

分得可怜的一杯羹，低俗到为了那一杯羹不惜违背品德为信口雌黄的当事人摇旗呐喊。

又一个闯北京的人，又一个失败的男人，当一个人只是为钱而活时，会在某一天的某一个瞬间觉得自己很可悲。"平庸这东西犹如白衬衣上的污痕，一旦染上便永远洗不掉，无可挽回。"这是村上春树的人生感悟，也是倪东的。倪东总结自己的前半生，错就错在过于自信，以为自己会在律师界叱咤风云，以为自己能够成为施洋、章士钊那样的大律师对社会产生巨大的影响力，以为自己会是正义和公理的化身，但是现实给了自己一记狠狠的耳光。

倪东在律师行业的鼎盛期辞去法官的职务，用了一年的时间通过司法考试，又用了一年的时间实习，取得了律师执业证，那十来年，法官、检察官辞职当律师的人不少，因为律师相对自由一些，而且钱挣得多。倪东辞职的时候丁小秋是反对的，丁小秋认为律师行业到了清末才诞生，说明这个行业不是国家发展的刚需，说不定哪一天铁饭碗就被敲碎了，到那个时候后悔就来不及了，而司法机构不同，中国五千年的历史发展进程中，夏朝建立后司法制度就诞生了，大理寺职责是审判、刑部是司法行政、御史台是监察，之后再没有断裂过，这就说明一个最基本的问题，法官这碗饭是可以养活你一辈子的。

倪东没有听取丁小秋的劝告，结果真的被丁小秋言中了，他当律师没几年就成了社会人，律师行业进入了尴尬的境地，在当事人眼中，律师是挣他钱的人就应该拿钱办事而且要办成了，一天二十四小时，想打电话就打电话，律师成了他们的贴身管家，因此一些当事人就是当时人，当时是人过后就不是人了，官司输了什么出格的事情都能做出来。在法官眼中，律师不再是一个战壕里的战友，而是跳出龙门捞大钱的阔佬，于是在开庭时，没有哪一位法官可以耐心地听完律师的发言，常常以时间有限为由打断律师，也不会采纳律师的代理意见。那种在法庭上滔滔不绝、口若悬河的律师只能出现在影视作品中，现实中法官给律师发言的时间不超过几分钟，不会让律师成为法庭上的主角，更不允许律师在他们面前秀舌头。

一般案件会拖到几个月或者一年半载开庭，审理时却不能多给律师几分钟，这种现象有些像去医院看病，好不容易约了一个专家号，在诊室外等候了两三个小时终于可以进去看病了，说不了几句话就被专家打发出来了，心里那个憋屈无奈又无从发泄。

倪东想念当法官时的尊严，虽然不是威震八方，但也是威风凛凛，被告原告包括律师哪一个不是毕恭毕敬，不敢得罪法官。倪东托关系想调回去，出门容易进门难，一旦成为律师只能终身以其为职业了，无法再进入体制内成为国家机关里的职员，这就是现实。

倪东当律师的生涯越来越不舒心，律师这碗饭端得摇摇晃晃力不从心，和另两位合作伙伴也是貌合神离。中国的律师事务所强制规定必须有三名以上的执业律师作为合伙人，最难的就是合作，三个人三观不同资源不同必然会产生分歧。在北京处处需要钱，房租欠一天，第二天门就被封了，电费欠一秒钟，当时就断电了，开门做生意不想着赚钱那是不务正业，虽然人们的法律意识越来越强，但并不是当事人拿着钱排队在门口请律师打官司，大部分时间是律师出门自己去找案源，送上门的钱和出去找的钱大相径庭，找就意味着要降低身价，对于律师最稳定的收入是给大型企业做法律顾问，提供相关的法律咨询。但现在的企业越来越精，宁肯相信关系比律师有用，也不愿防微杜渐，真正请得起法律顾问的企业就那么多，律师们都虎视眈眈地盯着这碗饭。

任何职业做久了都会打上其特殊的烙印，倪东做法官时的职业气质已经消失殆尽，每一年的同学聚会，倪东发现自己在这些体制内的人群中那么黯淡无光，无论自己多么努力都始终无法进入他们的光圈，只能徘徊在外围，他这个老班长也在同学们半开玩笑中以班干部不能是终身制的理由罢免了，选了一位检察官当班长。倪东有怨说不出有苦倒不尽，只能干笑着无言以对，像极了开庭时的无奈和尴尬。

当初辞职当律师是为了挣钱，挣钱挣大钱拥有财富这是每一个男人的诉求，但选错了职业，可能这一辈子都会和金钱保持距离。丁小秋安慰倪东，既然走不了回头路就迈开步子往前走，也许不会走出繁花似锦，但总归路会越走越宽，丁小秋不图倪东挣多少钱，只希望倪东保留职业尊严，不要做黑心律师。倪东明白丁小秋指的是什么，这些年当律师，接触的案件形形色色，让他对人性有了更深层次的理解。

有人的地方就有善良和丑恶，人类的特殊基因使人性变化莫测，它可以美丽若天使，也可以凶残如魔鬼，它不遗余力地撕扯人类，让人类毛骨悚然。放眼人生这条长途，虽然辅路上有绿树鲜花，但是主路上到处都是圈套和陷阱，一不留神就会被套牢。

"理想不一定能实行，实行起来也不见得会理想"。理智与道德不容，理想与现实矛盾，正面与反面酿成悲剧。人性只有置身

74

安全距离之外观摩才不会失望，一旦逾越安全区认清了真面目会不寒而栗。人的善与恶俨然太阳与月亮齐挂天空的景象，它们虎视眈眈冷眼逼射，谁也没想着去温暖谁，谁也没想着去冰冻谁，因为它们知道，这些都是枉然。我们可以说"人总是脏的，沾着人就沾着脏"，我们也可以说"世界不是缺少美，而是缺少发现"。

利益面前，夫妻可以撕破脸父子可以反目成仇手足可以自相残杀，在北京为了挣一套房产多少爱情亲情不堪一击，有的当事人所作所为不配为人，但为了挣律师费，就得暂时把自己的道德底线拉低再拉低，昧着良心去为他们争夺利益。时间久了，就怕心变黑了。律师是最有能力拿起法律的武器行侠仗义打抱不平的，可悲的是这种能力被现实打压得抬不起头来，扪心自问，代理的案件有几宗是在行侠仗义，又有几宗是在打抱不平？久而久之，倪东整个人都处在"既无半点野心，又无一丝希望"的状态，像是进入了团雾，明明知道前方是阳光明媚却始终找不到突破口。

让倪东最有成就感的事情就是娶了丁小秋，读大学的时候俩人不在一个系，倪东是在图书馆认识丁小秋的，丁小秋每天都会到图书馆看书，一边看一边做笔记，倪东想能静下心来读书的女孩差不到哪里去，于是对丁小秋展开进攻，但丁小秋婉转地表示毕业后才考虑交男朋友，倪东也很固执一追就是四年，毕业典礼上，倪东打算最后一次表白，如果还是被拒绝就撤退头也不回地离开，没想到，丁小秋点头答应了，倪东看着丁小秋又激动又不知所措，那种感觉倪东记忆犹新，有时候回想起来那时的青涩还会哑然失笑。和丁小秋结婚后，倪东经常感慨那四年幸亏没有半途而废，这一辈子若是和丁小秋失之交臂将会是他的终生遗憾。

时间的长河让卷裹在其中的人变得物是人非，倪东看着熟睡的点点，心中的怨恨一点点地膨胀，倪东想如果没有和丁小秋结婚而是和别的女人组成了家庭，这些苦难是不是就躲避了？大女儿已经是他心中无法治愈的痛，点点又被丁小秋逼得犯了自闭症，倪东真担心哪天点点去找她姐姐了。他不能再失去点点，点点是他活命的最后稻草，他要牢牢地抓住。

倪东代理了无数的离婚官司，大部分都是因为背叛，要么男的背叛女的，要么女的背叛男的，没办法好合好散的根本原因是利益分配不均，所以就闹到了法庭上，为了钱当庭说假话的人比比皆是，所以倪东一般不会相信当事人说的话，而是看证据，这也是法官判案的依据，说得天花乱坠没有用，谁也不会信，证据才是根本。

倪东打算代理自己的离婚官司，他要争取点点的抚养权就要有证据证明丁小秋不是一名称职的母亲，丁小秋的心理有疾病。至于财产分割，倪东认为自己抚养点点就应该多得。孩子就是钱，打过离婚官司的男女都清楚，谁抚养小孩谁就会多分到财产，比如夫妻两人只有一套住宅，离婚时谁抚养小孩这套住宅就会归谁居住，即使房产是婚前财产，小孩也是有继承权的，法官不会让抚养小孩的一方没有房子住。

丁小秋没有那么好对付，倪东了解丁小秋，丁小秋有头脑有智慧，她怎么可能任由倪东想当然，倪东前前后后考虑了几遍，认为打赢这场官司的核心就是拿到丁小秋心理有疾病的证据，他打算从外围入手，从丁小妮那里借力。

二

丁小妮接到倪东约见面的电话有些紧张，丁小秋是她的堂姐，她迫不及待地想告诉丁小秋倪东露面了，然后带着丁小秋一起去见倪东。但是倪东在电话里语重心长的话让丁小妮放弃了告诉丁小秋的念头，倪东说约丁小妮见面是为了解决问题，如果丁小妮告诉了丁小秋，倪东就不见丁小妮了，那么问题就永远解决不了。

在丁小妮思前想后矛盾纠结的时候，丁小秋打来电话，丁小秋询问倪东是否联系过丁小妮，丁小妮吞吞吐吐地说没有，丁小秋告诉丁小妮有倪东的消息一定要第一时间通知她，丁小妮答应了。

丁小妮如坐针毡啊，心里想这夫妻俩真是心有灵犀哪，一个电话刚撂另一个就打来电话了，丁小妮不知道该如何是好，给万花筒打电话说了这件事，万花筒思索了片刻，让丁小妮先不要告诉丁小秋，去见倪东的时候用手机录音，然后再把录音给丁小秋。

丁小妮来到见面的地方，提前把手机的录音功能打开，第一次做这样的事情，丁小妮有些紧张，不时地环顾四周。这里是秀水街的临街咖啡店，店铺和商场相通，往里面看是琳琅满目的商品、悠闲购物的游客，往外面看是车水马龙的街道匆匆奔波的人群，里面是音乐悠扬清凉习习，外面是嘈杂喧嚣热浪滚滚，悠闲和奔波形成了两种风景，丁小妮一会儿看看里面，一会儿看看外面，好像在体会着不同的人生状态。

秀水神话从改革开放初期一直延续到现在，从大使馆区街边的摊位发展成北京地标性质的"民间贸易中心"，这里的摊主都会说简单的英语，拿着计算机用天南海北的英语方言和老外讨价还价是秀水的特色。这里号称中国丝绸一条街，也号称高仿帝国，世界奢侈品的品牌在这里都有一席之地，只不过是高仿，仿得比真的还真，价格与真的相比便宜很多，光明正大的销售高仿是秀水的又一个特色。

秀水街具有神奇般的国际影响力，当年从街边地摊往大楼里搬迁时，摊主不同意联合起来抗议，外媒当成新闻事件报道，来中国旅游的外国人秀水街是必不可少的一站，记得有一年，各国总统夫人来中国，其中的行程安排有一项是参观秀水街，几个夫人商量把同一天参观某景点的活动取消，这样逛秀水的时间会充裕一些，这些夫人们在秀水街愉快地购物，那一刻忘记了高高在上的身份，还原了女人的天性。

丁小妮经常约着万花筒和丁小秋逛秀水街，淘一些高仿，喝杯咖啡，看着身边行色匆匆的外国人，是另一种心满意足的感觉。此时的丁小妮完全没有了那种惬意，内心焦灼地等着倪东，丁小妮有些后悔没有告诉堂姐，但倪东说得很清楚，如果丁小秋来，他就不会出现，那么问题就解决不了。

倪东说的解决问题应该包含几层含义：他和丁小秋的问题；他和丁小秋、点点的问题；丁小秋和点点的问题；他的问题；丁小秋的问题。丁小妮不知道自己在这些问题中充当着什么角色，能做什么，丁小妮有自知之明，以她的能力是无法解决堂姐的问题，但每个人的内心都不愿意承认自己没有能力，都会自以为是地以智者的身份参与他人的生活，评头论足指手画脚，美其名曰"我是为你好"，其实是好心办坏事，自以为是应该是中国人最深沉的诟病。丁小妮不知道她的好心即将成为一颗定时炸弹，引爆的那一天堂姐会被炸得体无完肤。

丁小妮的咖啡喝了一半，倪东出现了，丁小妮看看倪东，倪东憔悴了，一张脸上写满了疲惫，头发胡须都潦草地整理了一下，衣服也是敷衍了事地乱搭，没有了往昔的精神和严谨。

这些年，在丁小妮的印象里，姐夫一直是"蜉蝣之羽，衣裳楚楚"。在晨昕出意外的那段时间，姐夫都没有像今天这么不修边幅。

"谢谢你一个人来。"倪东感激地对丁小妮笑了笑，但笑比哭还难看，就像面部肌肉一直被痛苦撕扯着，非得让它做一个反向的动作，只能在僵硬下坠中硬挤出肌体向上。丁小妮不忍心再看倪东，垂头喝口咖啡，问："点点呢？"

"在医院接受心理疏导。"倪东叹口气接着说，"你姐丁小秋心理有疾病，她把点点当成第二个晨昕，点点是个孩子，被丁小秋逼得犯了自闭症，她在接受治疗时说自己不想活了，想去天上找姐姐，她想看看姐姐到底是什么样子……"

倪东哽咽了，说不下去了，掏出一支烟抽了起来，吐出来的是烟雾咽下去的是泪水。丁小妮有些意外地看着倪东，倪东从来不吸烟，而且排斥吸烟，家庭聚会时陶君吸烟，倪东还劝陶君戒烟。

"那天我俩吵架，你也听见了，丁小秋一直在恨我。"倪东又猛吸了几口烟，说，"我何尝不恨我自己，如果可以时光倒流，我宁愿用自己的命换女儿的。"

丁小妮不知道该说什么，作为局外人都不会怪罪倪东，因为谁也不想出这种意外，但作为母亲就不会那么理性和宽容了，丁小妮问自己，如果换成陶君和小铁蛋，她会如何？她肯定早已和陶君离婚了，而且一辈子不会再理陶君。

"我姐已经够勇敢了。"丁小妮替丁小秋说话。

"是的，她是生活的勇士，我和点点都是她的俘虏。"倪东一边说着一边叹气，"我可以都听她的，但是点点是个孩子，她承受不了的，你是看着点点长大的，点点以前是什么样现在是什么样你难道看不出来吗？你难道没有意识到问题的严重性？你难道没有想着开导一下你姐吗？"

倪东一连问出三个问题，像重重的铁锤在丁小妮的头上砸了三下，一下比一下沉重。丁小妮说："我说过，效果不大。"倪东说："丁小秋太固执了，她应该看看心理医生。"丁小妮为了显示她没有袖手旁观，说："我让万花筒帮忙找大夫了，我们说的话姐姐都抵触，只能求助大夫了。"倪东问："万花筒找的是哪里的大夫？"丁小妮说："她说有一个从国外回来的心理调理师，她的意思去医院肯定行不通，我姐不会去的，想着把大夫约出来和我们见面。"

倪东不再说话，丁小妮看着倪东，她不知道倪东为什么不说话了。倪东皱巴巴的脸部稍微舒展了一些，抽烟的神态也不那么焦躁了，丁小妮不知道倪东的内心在欢呼雀跃，够了，足够了，足以证明丁小秋有心理障碍。丁小妮的这些话都已经被倪东用手机录了下来，点点的抚养权已经牢牢地落在了他的手里。

人心似海，深不可探；人心如刀，伤人至深。虽然我们小心谨慎，还是会掉入陷阱，人与人交往，交的到底是什么，真心？利益？情分？或许一片真心换来的是虚情假意，也或许假仁假义换来的是情深义重，遭遇虚情的不必长歌当哭，生活的真面目本该如此，得到真情宠幸的也无须沾沾自喜，那只不过是生活中的昙花一现。

倪东知道这种取证的手段猥琐，这也是他让当事人经常做的事情，没办法啊，法官判案要的是证据，没有证据说得天花乱坠都是废话。倪东代理了这么多的官司，深知击败对手的捷径和计谋，倪东匆匆与丁小妮告别，去医院接点点。

丁小妮到万花筒家，等着丁小秋下课回来，万花筒提前听了录音，感觉丁小妮和倪东的这次见面并没有解决存在的问题，丁小妮点点头，说："是啊，我问姐夫接下来打算怎么办？总不能带着点点一直躲着我姐吧，两口子就算离婚了，还可以每周探望小孩。"万花筒说："但是你姐夫没接你的话呀，他到底想干吗？"丁小妮说："他一直围绕着让我姐看心理医生的话题，你约那个大夫了吗？是不是我姐看了心理医生后，姐夫就带着点点回家了。"万花筒说："我约了，人家在国外，一个月以后才能回来，你也觉得你姐心理有病？"丁小妮："她走不出那个心结，我旁敲侧击地提醒过她，没用的，她自己意识不到。"

万花筒还想说什么，被清脆的敲门声打断了，万花筒起身开门，丁小秋拎着水果蔬菜进来，丁小秋说："今天我做饭啊……"丁小秋一转脸看见了丁小妮，开心地笑了，"小妮也来了，小铁蛋呢？"丁小妮起身接过丁小秋手里的菜，说："在幼儿园，今天老陶去接。"丁小妮把菜放进厨房，倒了一杯水递给丁小秋，"姐，我给你说个事，你别生气"。丁小秋接过水杯喝了一口，点点头示意丁小妮说。

丁小妮说："我刚才去见姐夫了。"丁小秋一下跳了起来，水杯里的水洒了出来，说："他人在哪？点点呢？"丁小妮说："你别急嘛，我们在秀水街见面的，点点在医院做心理疏导。"丁小秋问："你去见他，为什么不告诉我？我还特意打电话嘱咐你，你是怎么答应我的？"丁小妮委屈地说："我当时也很纠结，想告诉你，但姐夫说你要是去，他就不会露面，那么你们之间的问题也解决不了。"丁小秋犀利地问了一句："你去问题就解决了？"丁小妮摇摇头。丁小秋问："他住哪？"丁小妮又摇摇头。

丁小秋："你怎么不跟着他呢？你怎么能让他跑了呢？你怎么不给我打电话呢？你是他妹还是我妹，你不听我的却听他的？"丁小妮说："姐，你别急啊，我和姐夫的谈话都录了音，你听听。"

丁小妮打开手机录音，丁小秋侧耳听着，越听脸色越难看，由于气愤胸部起伏着，录音播放完后，丁小秋的脸已经变得煞白，嘴唇哆嗦着说："小妮，你以为自己挣上钱了，就很聪明了，就可以解决超出你能力范围的事情了，有钱和有智商是两回事。"

丁小秋努力控制着自己的情绪，冷冷地说出这句话。丁小妮一下没有反应过来，疑惑地看着丁小秋。

丁小秋说："你知道倪东为什么要约你见面吗？你以为真像他说的是要解决我们之间的问题吗？你太愚笨了，你的愚笨导致我来埋单，你还自作聪明地录音，你知不知道倪东也录音了，而且他会拿着录音在法庭上证明我心理有病不适合抚养点点，连我最亲的妹妹都认为我心理有病，法官还能把抚养权给我吗？"

丁小妮和万花筒面面相觑，她们的确没想到会是这样一种结果。

"我为什么要打电话嘱咐你，就是因为我知道你的智商和他没有可比性，结果呢，你自我感觉太好，幻想着帮我解决问题，现在好了，问题是真解决了，接下来我就会收到法院的传票。"

丁小秋端起茶几上的水杯一饮而尽，又接连倒了两杯水一饮而尽，仿佛要把内心的怒火浇灭。

丁小妮和万花筒都不敢说话了，丁小妮又委屈又伤心，忍不住抹起了眼泪。丁小秋的话虽然很伤人，但分析的是正确的，每个人都不会承认自己智商低，都自以为很聪明很有头脑，尤其是挣上了一些钱之后，更加认为自己了不起不属于低智商人群，应该站队到精英行列。

如果这件事发生在丁小妮刚来北京的时候，她绝对不会自作主张去见倪东，因为她清楚自己去解决不了任何问题，但这些年金钱让她自信起来，她能赚取这么多钱足以证明自己不是等闲之辈，这可能就是迷之自信吧。今天的事情犹如一记重拳狠狠地砸醒了她，她还是最初的那个她，她的智商、见识、认知是无法与姐姐姐夫抗衡的，一种浓郁的挫败感席卷而来，她往自己身上贴的金片在一点点地剥离，露出原本的模样。

万花筒认为事到如今自己也有责任，丁小妮找她商量时，她并没有让丁小妮告诉丁小秋，而是提醒丁小妮录音，现在好了，录音成了倪东有力的证据。是倪东太有心机还是她们太愚笨？万花筒自责得心都在颤抖，艰难地说："小秋姐，小妮找我商量，我……唉，我以为……唉，事到如今，怎么办啊？"

万花筒发愁地看着丁小秋，丁小秋又倒了两杯水一饮而尽，然后深深地叹口气，说："你们是我最贴心的人，连你们都认为我心理有病，是吗？"丁小秋用她刀子一般的目光划过丁小妮和万花筒，丁小妮和万花筒躲避着丁小秋的逼视。

"你们都认为我把点点当成晨昕大错特错，我只是按照抚养晨昕的方式方法养育点点，晨昕虽然出了意外，但是她在我的培养之下还算是一个优秀的女孩子，试问一下，小妮，你再生一个孩子，是不是会采用养育小铁蛋的方式呢？"丁小妮认可地点点头。丁小秋说："那为什么到了我这里，就是我在逼点点做晨昕呢？就是因为晨昕走了，如果晨昕还在，你们是不是就不会这么认为？那么，到底是我心理有病还是你们心理有病？"

丁小妮和万花筒无言以对，默默地看着窗外。

"晨昕走了，我时不时地念叨她，这难道不是人之常情吗？我是她妈养育了她近二十年啊……"丁小秋又倒了两杯水一饮而尽，这一次浇灭的不是怒火而是苦水，万花筒看看纯净水的桶，里面还有半桶水够丁小秋喝了。

丁小妮小声地说："姐，你说得没错，我完全认可，现在是点点得了自闭症。"

"是的，这孩子内心过于敏感了，我以前没有太在意，以为是小孩子的逆反心理，没好好和她沟通过，等点点回来了，我好好和她交交心，帮她打开心结。都是一个爹妈生的，晨昕就没有这么敏感。"

丁小妮担忧地问："姐夫有录音怎么办？我们打官司能赢吗？"

丁小秋没有回答丁小妮的问题，对万花筒说："你那个医生朋友回国后我们就约见面。"

万花筒和丁小妮疑惑地对视一下，丁小秋接着说："我相信自己没有心理疾病，不怕见心理医生。"万花筒说："嗯，我明白了。"

三个女人不再说话，望着窗外，天空渐渐地昏暗下来，云朵好似被刷了一层厚厚的青灰色的浆，显得笨拙狰狞，完全没有了阳光下的轻盈和洁白，就像是经历了生活的磨砺后很多人失去了生命的原色一般，被涂抹得一塌糊涂。房间也暗了下来，但是谁也没有起身开灯，都目不转睛地盯着窗外。

　　暮色中，三个女人看上去是那么悲壮，"倾辉引暮色，孤景留思颜"。万花筒的手轻轻地放在腹部，一个小生命又要来到人世间体验一番人生的百味，丁小秋思念着两个女儿，她不知道前方还会有什么磨难在等着她，无所谓了，中年丧女的痛苦都熬过来了，还有什么挺不下去的？

第六章　迷之自信

一

刘武和万花筒在北京有两套住宅，两辆车，财产明晰，好像专门为离婚做好了铺垫，离婚时，万花筒问起财产的问题，刘武说一人一套房一辆车，存款一人一半，万花筒同意了，她并没有提出自己要抚养小孩应该多分一部分，刘武也没想着多给万花筒。丁小妮和丁小秋替万花筒打抱不平，认为刘武在这件事情上太不仁义，一个大男人扔下老婆和腹中的孩子，分走一套房子一辆车可以理解，怎么还好意思把钱分走一半？这说明刘武这个人不仅自私还不够善良，都说分手见人品，看来这话一点不假。

丁小秋心疼地责怪万花筒做事欠考虑，是不是撸铁的女人都这么鲁莽？万花筒无所谓地笑了笑，她让丁小秋放心，每年健身房的收入可以养活她和孩子。丁小秋则不这么认为，历朝历代经商最有风险，有一夜暴富的神话也有一夜倾家荡产的事实，像万花筒这样的小个体户稍有个风吹草动就有可能颗粒无收，万花筒的户口在外省，小孩出生后只能随她落到外地，以后用钱的地方就太多了，如果真到了经济拮据的那一天，再回头问刘武要钱，肯定是一分钱都要不来的。

万花筒对丁小秋的担忧不以为然，这些年健身房的收入一直平稳，虽然不能让她大富大贵，但也不至于一穷二白，戒掉以前大手大脚花钱的习惯，年年有余还是可以达到的。但是，万花筒没有料到，在小孩刚出生没多久，全球性的疫情大爆发，她不仅颗粒未收，还要把积蓄往里贴。

刘武和万花筒离婚后成了钻石级男人，隔三岔五会有朋友热情地给他介绍女朋友，他碍于面子不好拒绝就请客吃饭喝茶，这些女人，要么离异有小孩，要么大龄未婚急着结婚生孩子，刘武都婉转地拒绝了，他既不想当爹更不想当后爹。刘武想念万花筒，俩人分开后，万花筒再没有和他联系过，就像断了线的风筝消失得无影无踪，甚至让他怀疑万花筒对他是不是没有感情，十来年朝夕相处卿卿我我，被一张离婚证还原到了未曾相识的起点。"天空中没有翅膀的痕迹，但我已飞过。"刘武凝望着湛蓝的天空微微地叹气再叹气，两个人的感情可以海枯石烂地老天荒，也可以彩云易散琉璃脆，刘武感叹万花筒刹车太猛太快，一脚踩下去感情就戛然而止了，但是他俩分手时爱情未曾旧老啊。

刘武想去看看万花筒，看她离婚后变成了什么样子，但是找个什么理由呢？

刘武翻看钱包时看见了那张健身房的 VIP 会员卡，这不就是最好的理由吗？健身房虽然是前妻开的，但也不能把前夫拒之门外吧，让刘武没想到的是，他还真被拒之门外了。

刘武特意收拾打扮了一下，然后直奔健身房，要见万花筒了，心里有些激动，在前台刷卡时，刘武发现没有像以前一样提示更衣柜的编号，他以为系统出了问题，就直接刷卡进门，结果刷了几次都没有刷开。前台的工作人员是新招聘的，她不认识刘武，询问刘武是健身房的会员吗，刘武反问她是新来的吧，工作人员笑了笑点点头。

工作人员拿着刘武的卡到前台的计算机上刷了一下，说："先生，您的卡无效了。"刘武不开心了，什么叫无效了，变成前夫了连健身卡都无效了，这个万花筒也太绝情了吧。刘武理直气壮地说："你们老板呢，我叫刘武，你让她出来一下。"工作人员说："好的，您稍等。"工作人员拨通一个电话，很快一个中年男人出现在刘武的面前，刘武纳闷地看着中年男人，这个男人他也不认识。中年男人客气地对刘武笑了笑，问："先生，您找我？"刘武想，他才多久没来健身房啊，人都换了，一个个全是陌生面孔，想当初，刘武来健身房，哪个人对他不是笑脸相迎、客客气气，时不时地还有健身教练送他礼物，如今，身份一变，一切都变了，居然被挡在了门口。

刘武越想越生气，没好气地说："我不认识你，万花筒呢，我找她。"中年男人说："万经理把这个店盘给我了，她今天应该来游泳……"中年男人的话音未落，刘武就看见万花筒穿着泳装和小常有说有笑地朝一处走去，小常用毛巾擦着万花筒的头发，万花筒把头发剪短了，不再是长发飘飘，身材还是那么健美，完全看不出怀孕的姿态。

中年男人顺着刘武的目光也看见了万花筒,大声地喊:"万姐,有人找你。"万花筒一扭头,看见刘武,愣了一下,随即灿烂一笑,这是万花筒的招牌式笑容,眼睛一眯鼻子一抽嘴角一翘,看着让人亲切。

万花筒对刘武挥挥手说:"你等我一下,我去换衣服。"刘武点点头,目视着万花筒和小常朝更衣室的方向走去,小常又在用毛巾擦万花筒的头发,刘武心里不是滋味。

"先生,您先在休息区坐一会儿。"中年男人客气地对刘武说。刘武问:"这店什么时候盘给你的?"中年男人说:"有两个多月了。"刘武算了一下时间,应该是他们离婚没多久的事情。

刘武坐在休息区,万花筒换了衣服走了过来,坐到刘武的对面,万花筒的装束还是以前的风格,紧身的短裙,短小的上衣,露着修长的胳膊和双腿。刘武扫了一眼万花筒的肚子,还是那么平坦。

刘武说:"你咋把店盘了?"万花筒说:"一生小孩就没精力管理健身房了。"刘武还想说什么,小常端着一杯热气腾腾的牛奶过来,递给万花筒,小常看看刘武,说:"刘哥来了。"刘武阴沉着脸点点头。小常以前喊他姐夫,现在叫刘哥了,这么快就跟他划清界限了。小常说:"你们聊。"然后充满关切地对万花筒说,"趁热喝,温度刚好。"万花筒点点头,拿起杯子喝牛奶。刘武心里那个不舒服哟,哎呀,两个人够默契的啊,难怪万花筒不与自己联系,原来身边有帅哥陪伴。

万花筒喝完牛奶,看看刘武,问:"你找我有事?"刘武已经气得快爆炸了,没好气地说:"你是不是太绝情了,连个电话都没有。"万花筒不解地看着刘武，说："婚都离了，还打电话，是不是太多情了。"

刘武一时不知道该说什么，是啊，离婚是他提出来的，要说绝情也是自己绝情在先。刘武让自己冷静下来，打量着万花筒，说："你还好吧？"万花筒点点头。刘武还想说一些关心的话，这时，小常又端着一盘水果走来，把水果放到万花筒的面前，水果有三四种，都精心地切成了小块，上面插着牙签。万花筒接过水果，对小常笑了笑，小常也温暖地笑着，然后坐到了一旁的椅子上玩手机。

刘武刚灭下去的火又噌地一下冒了出来，啊？！这算啥事？坐在一旁监视吗？刘武见万花筒吃着水果，丝毫没有邀请他吃的意思，更恼火了，要是在以前，万花筒早就把水果塞进他的嘴里了。

万花筒喜欢喂刘武吃东西，两人在家时，万花筒总会拿出各种小吃，时不时地给刘武的嘴里塞一个，一会儿无花果，一会儿枣夹核桃，一会儿板栗，一会儿腰果，一会儿水果，那种幸福甜蜜的感觉至今还悠荡在唇齿间。

小常见万花筒把水果吃完了，从口袋里掏出一小袋干果递给万花筒，万花筒接过来，慢悠悠地吃了起来，俩人默契地好像一对生活多年的夫妻，刘武真想破口大骂，他早就看小常不顺眼了，小常是万花筒招进来的，在他们老家是市级运动员，来北京发展得并不顺利，到了万花筒这里如鱼得水，从游泳教练升为店长，小常喜欢万花筒，这个傻子都能看出来，即使小常找了女朋友，但万花筒在他心中的位置始终排在前面。每一次搞团建，万花筒都邀请刘武参加，刘武发现小常一直围在万花筒的身旁，吃饭的时候也必须坐在万花筒的旁边，这让刘武很不舒服。刘武曾经在万花筒面前说起过小常，万花筒让刘武放心，她和小常的关系是老板加朋友，不会再有延伸和发展。如今看来，他们已经延伸和发展了。

刘武有些不甘心，他明知故问："小常，你女朋友呢？"小常说："在代课。"小常简短地回答，然后耷拉着眼皮不理刘武了。

小常的女朋友也是一名游泳教练，比小常小五六岁，认识小常时还不到二十岁，刚来健身房时在前台做招待，因为和小常是老乡，时常缠着小常教她游泳，就这样，俩人好上了，小常教会女朋友游泳后，让女朋友去考了一个证，也做了游泳教练。刘武认识小常的女朋友，和万花筒相比，一个是"少女，一个永远清冽的浅滩"，一个是"态浓意暖淑且真，肌理细腻骨肉匀"，每个人的审美不同，刘武还是喜欢万花筒这样的女人，看来小常的审美跟他相同，他一让位小常直接上位了。

刘武的内心酸溜溜的，既失落又嫉妒，好似一盆吐露芬芳的花被人连盆抱走，从此她的婀娜、甘露再与自己无关，虽然这盆花是他拱手送出的，但还是自私地奢望花是属于自己的。

刘武家乡的前妻听说刘武到了北京，而且发展得不错，专门跑到北京希望破镜重圆，那个时候刘武正在追求万花筒，对前妻的死缠烂打很是反感，现如今，他也活成了自己反感的样子。前妻和万花筒是完全不同的两种人，前妻在复合无望下回到老家，但人走了电话、信息不断，刘武心情好的时候搭理一下，心情不好的时候直接删除，刘武掌握了一个规律，只要前妻一交男朋友就不再骚扰他，和男朋友一分手就立马电话、信息侵入。万花筒则把分手当成了分水岭，一旦两人分开，就不再来往，好像这个人从来没有出现在自己的生活中。

刘武沮丧地离开健身房，万花筒目视着刘武的背影，嘴里慢慢地咀嚼着一粒无花果，眼里泛起点点泪花，等刘武完全从万花筒的视线中消失后，大滴大滴的泪水顺着万花筒的脸颊纷纷砸下，仿佛一桶水被凿了一个洞，迫不及待地要顺着洞口流出，洞口就那么大，水急不可耐地在洞口打着漩。万花筒哭得快上不来气了，太多委屈拥堵在心口火急火燎地变成泪水往外倒，与刚才在刘武面前泰然自若的状态判若两人。小常在一旁关切地轻拍着万花筒的后背，他担心万花筒被嘴里的无花果呛到。

不联系不代表不思念，不见面不代表不愁肠，"这次我离开你，是风，是雨，是夜晚；你笑了笑，我摆一摆手，一条寂寞的路便展向两头了"。对于万花筒而言，离婚就是从一条路迈向了两条路，各人走各人的路不再交集，如果有交集的话，为什么要离婚呢？那不是自己找虐吗？思郎恨郎郎不知，万花筒每天都会想起刘武，想起两个人的幸福时光，尤其晚上夜深人静时，万花筒把手放在腹部，想到这个小生命是她和刘武的结合体，甜蜜又悲戚，如果刘武在身边陪着她该多好，想着想着就是一脸的泪水。谁又能知道万花筒每次在医院孕检完，看着 B 超单上清晰的小孩的图像，躲在车里号啕大哭的痛苦，谁又能知道万花筒感受到胎动想与刘武分享拿起手机又放下的落寞，谁又能知道万花筒在屋里习惯性地喊一声刘武却得不到回应时的悲凉，谁又能知道万花筒开车行驶在偌大北京城时的孤单。万花筒不诉说谁都不会知道，只有她知道自己有多苦，她强颜欢笑，只是要保留最后的体面和尊严。

万花筒又委屈又伤心，小常心疼地哄着万花筒，说："行啦行啦，别把肚子里的孩子哭醒了。"这句话如同斩断情丝的利剑、阻隔洪水的闸门，万花筒立刻不哭了，几把抹干净脸上的泪水。万花筒看书上说小孩在子宫里是昼伏夜出，万花筒第一次感受到胎动就是在夜晚十一点半，她朝左侧躺着看书，腹部像是有一条鱼儿快速地游过，万花筒一时没反应过来，快把一页书看完了才醒悟过来，小孩在动呀！万花筒激动地放下书，用手轻轻地拍拍肚皮，说："小家伙，你睡醒了。"小孩再没有动，万花筒甜丝丝地回想着刚才肚子里游动的感觉。孕期过了五个月后，每天晚上固定的时间小孩都会在子宫里游逛，万花筒会积极地与小孩互动。

　　初为人母不是等到小孩呱呱坠地才开始，小孩在子宫里闲庭信步时就已经成为母亲了，就开始履行母亲的职责了，先是要管住自己的嘴，不能想吃什么就任性地吃什么，然后是迈开腿，每天坚持锻炼，最后是与未曾谋面的小孩进行亲子互动。

　　万花筒把孕妇学校的课都听了一遍，深知母体对胎儿的影响，她的一日三餐严格按照书上提供的食谱来，胎儿在发育的过程中，每个月所需要的营养不同，书上会科学地提醒这个月的胎儿是神经、大脑或者眼睛的发育，应该多吃哪一类食物，有助于胎儿的吸收。孕妇的心情也很重要，怀孕期间如果情绪不稳定、经常发火生气，小孩出生后会倾向于不容易带型，而且会影响到小孩的性格，万花筒努力让自己开心起来，每天都处在笑呵呵的状态中，实在开心不起来了，她就看看喜剧片或者娱乐节目，被逗得傻笑一阵。

　　万花筒一个人承担了太多，这是她自己选择的路，所以没什么好抱怨的，她不知道刘武突然出现在她面前想干什么？只是来看看她吗？其实，在万花筒的内心还奢望刘武能够战胜过去，接纳她和小孩，这一切会发生吗？

二

小羽对着镜子仔细地打量着自己，美颜相机用习惯了，一直误以为自己长得花容月貌，今天，小羽才发现镜子里的自己那么不耐看，皮肤暗沉、眼睛无神、嘴角下垂。小羽点燃一支烟，观察着自己抽烟的样子，丝毫也没有电影里演的那些吸烟女性的性感和妩媚，反而显得猥琐丑陋，怪不得她落单了，她若是男生也不会喜欢这样的女孩，太影响心情。

谈恋爱是大学生的必修课，有的人及格有的人挂科，有的人收获了初恋的甜蜜有的人初尝了情感的苦果，有的人芬芳引蝶比翼齐飞有的人落花有意流水无情，不管是喜剧抑或悲剧都比小羽这样没剧的人幸福。小羽大四了，已经到了学姐的尴尬处境，同级的男生都找学妹了，学弟不会找学姐，她只能带着遗憾毕业了。小羽同班的女生差不多都谈恋爱了，有的还谈了两三次，她们经常在小羽的面前以炫耀的口吻说起自己的恋情，小羽装作不屑一顾自嘲不会在学校谈恋爱，她上大学是来读书脱贫的又不是来恋爱脱单的。同学一语把小羽堵了回去，不想谈是一回事，有没有人追又是另一回事，小羽是连追的人都没有。

小羽想不通自己为什么这么失败，用老师的话说跨出校门进入社会他们的人生才算是真正地开始了，小羽的人生还没开启就已经浸满了失败的腐烂味道，为什么会这样？小羽问自己，可能她太自卑，可能她太多怨气，可能她太敏感，总之，在母亲离开她之后，她就活在了阴冷逼仄中，母亲每一个电话、邮寄来的礼物短暂地温暖她一下，随着母亲的电话越来越少直至音信全无，她连温暖的感觉都找不到了，在寒潮中她一点点发霉也是情理之中。

小羽对母亲的怨恨越来越浓重，但她内心清楚，如果这个时候母亲出现给她一个紧紧的拥抱，所有的怨恨都会灰飞烟灭，这可能就是母女连心吧，小羽酸楚地想，这个拥抱恐怕是等不来了。丁小秋说得对，让一个人后悔的最有效办法就是站在金字塔的顶端闪闪发光，小羽决定参加节目的录制，她相信丁小秋会让她发一次光，发光总比发霉好，她憧憬着改变。

节目录制得很顺利，小羽按照丁小秋提前交代的，该说的说不该说的用微笑代替。小羽忐忑不安，直到节目播出时，小羽看着电视里的自己有些不敢相信这个温柔漂亮智慧的女生就是自己。小羽很上镜，可能摄影师同情小羽，花心思找角度把小羽拍得很耐看。小铁蛋在一旁兴奋得手舞足蹈，大声喊着："哇，姐姐上电视了，姐姐上电视了。"丁小妮爱抚地摸了摸小羽的头，说："你笑起来真好看。"本来是真心诚意的一句话，但小羽听着那么不舒服，脸沉了下来，丁小妮一看，赶紧收回手，转移话题问小铁蛋："姐姐漂亮吗？"小铁蛋一下扑进小羽的怀里，说："姐姐是天下第一美女。"小羽被小铁蛋逗笑了，在小铁蛋的脸蛋上亲了亲。

这期节目的蝴蝶效应如丁小秋所料，由一个话题逐渐演变成了社会问题然后上升到女权运动，小羽的学校成了一些极端女权者攻击的靶子，校长被围堵了多次，要求给小羽一个合理的说法，有的人甚至闹到了教育部，一些女性在大楼外面抽烟示威，很快，外媒也报道了此事，上纲上线地由女权升格到了人权。教育部的领导拿出丁小秋写的那封信，后悔当时没有将此事扼杀在摇篮里，结果把自己推到了浪尖上，谁都可以对他指手画脚。

校长单独找小羽谈了一次话，小羽第一次进校长的办公室，偷偷地用眼角打量着房间，嚯嚯，真气派，摆放三五张乒乓球桌都显宽敞，房间有规划地分出了几个局域，喝工夫茶的茶座、健身区、阅读区、字画收藏区，小羽想，她若不来校长办公室，一辈子也想不到校园里有这么漂亮的房间，还以为自己的学校很穷呢。

小羽打量房间的时候，校长也在打量着小羽，小羽坐在门边的沙发上，显得弱不禁风，小羽很瘦，一副营养不良的病态，说起话来有气无力，声音好像要在嘴里盘旋一会儿才能出来，如果说得比较多时声音会越来越含糊越来越微弱好像不是往外吐而是往肚子里咽，校长只能听见苍蝇般的嗡嗡声。校长不禁有些自责，是啊，连说话都有气无力的，那些处罚是重了，这个女学生承受不了。校长询问起小羽与丁小秋的关系，小羽说是姨妈。校长又问小羽如何处理才会满意，小羽被问住了，她还没考虑这个问题，她说："我也不知道，我就是觉得委屈……"小羽委屈得说不下去，垂着头哭了起来，校长更加可怜小羽了，学校应该以宽容之心对待每一个孩子，眼前的这个女生也不像那些老师口中的无可救药的差生，事发之初他应该找这个女生谈一谈，或许就不会有今天的被动。校长让小羽先回教室，他会给小羽一个说法。

很快，小羽在学校的地位发生了改变，小羽就读的是一个二本大学，她学的是计算机应用，学校有三家校企合作的单位，这些单位都是国企，能进到里面实习将来毕业了都会被留用，不用再四处奔波找工作，面临毕业即失业的尴尬境地。每年实习生的名额有限，层层考核，传说比考大学还难，就这样大家还是挤破了头往里钻，像小羽这样挂科的学生连想都不敢想，那些有实习机会的学生一个个嘚瑟炫耀，好似已经拿到了终身饭卡。如今，这张饭卡像鹅毛一样落到了小羽的头上，小羽颤巍巍地顶着这片鹅毛又激动又满足，全校的学生都看到了这片鹅毛又嫉妒又羡慕，对小羽的态度也发生了改变。

一些栏目组邀请小羽做节目，小羽兴高采烈地答应了，丁小秋得知后阻止小羽，说："谨慎行之，我们的目的已经达到，你在学校的形象得到了提升，这就可以了，不能再继续下去，毕竟女大学生抽烟不是可以提到桌面上的高级话题。而且这些栏目不是知名品牌，为了博取收视率会故意制造一些矛盾，搞不好会适得其反。"小羽说："您不是说让我站到高处吗？"丁小秋点点头，说："你又不是演员，需要靠作秀成名，靠自己的实力成功那才叫站在高处，成名和成功不一样，前者可能事业有名但做人猥琐，后者则是德才兼备。小羽，你听我的劝，不让你继续做节目，是在保护你，如果你不听劝非得去，那结局只有一个，就是成为被人消遣的对象，说句不好听的就是替栏目组赚钱的玩偶，你现在要做的是抓住这次机会静下心学习，把挂科的成绩补考过关，把英语四六级过了，在那家国企用心实习，争取毕业后留在那里上班。"

小羽不说话了，丁小秋看着小羽的神情知道再说什么都是浪费口舌，这个姑娘只有栽跟头了才会清醒过来。丁小秋叹口气，智商情商双低还不听劝的人只能咎由自取了，谁也帮不了她。

果然，小羽兴致勃勃地接受了几个栏目组的邀请参加了节目的录制，这次没有丁小秋帮她提前准备发言稿，显得很被动，有几次被逼到了无言以对的尴尬局面，令小羽没有想到的是，栏目组居然把她的原生家庭都挖掘出来，她被母亲抛弃成了她抽烟的原动力。这是小羽最不乐意碰触的话题，却被曝光于天下。节目播出时，小羽坐在电视机前气得直发抖，经过后期剪辑播出来的成片中，小羽成了问题青年，更让小羽没想到的是有一个栏目组神通广大，电话连线了远在国外的母亲，母亲在电话里说："hello小羽，好久不见，听说你做节目了，祝贺你，关于你抽烟的问题，我不想多说什么，你是成年人了，想做什么考虑清楚就可以了，拜拜啊。"听到母亲的声音，小羽愣住了，一开始居然没听出来，可能太长时间没有通话的原因吧，小羽有妈妈的微信，妈妈的朋友圈发的动态都是关于弟弟和妹妹的，她从来没有出现在妈妈的朋友圈里，小羽每次看到妈妈发的动态就会伤心难过一阵，于是不再看妈妈的朋友圈了。小羽每天都会自拍一张照片发一条动态，目的是让妈妈能够看到她，但是妈妈从来没有给她点过赞更没有留过言。小羽不知道栏目组的人是如何与妈妈沟通的，她居然以这种卑微的形象出现，还站在人生的高处呢，简直就是蛆一样地爬行在地上，小羽委屈得落泪，情绪降到了冰点。

丁小妮不忍心，问堂姐该怎么办？丁小秋无奈地说："最坏的结局我已经告诉她了，但她听不进去，像她这种不听劝的性格只会让她的人生道路布满荆棘。一个人要想成事其中一条就是善听人言，当年刘邦能够打下江山，和他善听能断的能力有关，在几次关键性的事情上，他没有刚愎自用，而是采纳了彭越的建议，彭越最早是打鱼出身，是一百来个无赖小子的大哥，刘邦连这种人物的建议都能采纳，可想而知他的格局谋略有多深，所以才能打败项羽称霸天下。"

丁小妮担心小羽这样下去会得抑郁症，丁小秋说："小羽得不了抑郁症，得抑郁症的人都是要求太多的人，而这些要求无法满足时，内心的落差感会让人抑郁。小羽的要求只有一个，就是再次投入妈妈的怀抱，唉，这孩子，可怜之人必有可恨之处，从这件事情上可以看出小羽对自己没有一个准确的定位，她以为自己很聪明，这样下去，有她吃苦头的时候。"

丁小秋不会占卜，也没有长前后眼，但一语成谶，灾祸像一把利剑悬挂在小羽的头顶之上，掉下来时必将利剑穿心让小羽生不如死。

三

丁小妮因为被倪东算计，心里一直堵着一口气，就像堂姐说的好心办坏事都是因为太高估自己的能力和智商自以为是地去解决压根就解决不了的问题，等到被搞得一团糟时便用一句"我是为你好"来减轻负疚感。丁小妮被一种浓重的挫败感围裹着，好心办坏事不如说是愚蠢办坏事，愚蠢像是潜伏在身体内的一个癌细胞，没有发现时并不影响什么，悄无声息地吞噬着健康的细胞，等身体出现异样了，才清醒原来癌细胞一直都在，只是我们自己不知道。

　　丁小妮实在憋不住了，对陶君说起此事，委屈地哭着，陶君也责怪丁小妮这事处理得欠考虑，两口子的事情只能两口子解决谁也帮不上忙，丁小妮接到倪东的电话后就应该立即告诉堂姐，说什么丁小秋来了就不出现、问题还是解决不了，这些都是鬼话，说明心里有鬼。丁小妮一听哭得更伤心了，问陶君现在有什么办法挽回，倪东真的跟鬼一样消失了，找不到了。陶君说倪东是律师，证据收集了那接下来就是等着开庭了。丁小妮担心她说的那些话成为堂姐心理有病的证据，导致倪东夺走点点的抚养权，那样的话，她不知道该如何面对堂姐。陶君劝丁小妮别想太多了，丁小秋也不是一般人，她会想办法对付倪东。

　　丁小秋想出来的办法就是让医生证明她没有心理疾病，万花筒认识的心理医生从国外回来了，万花筒征求丁小秋的意见，是约出来还是去诊所，丁小秋说去诊所，万花筒有些犹豫，去诊所就是问诊了，太正规了，万一丁小秋心理有问题，那不就成了白纸黑字的事实了。万花筒没有直接说而是婉转地说："小秋姐，要不约出来喝个茶，咱又不是找她看病。"丁小秋说："我知道你在想什么，我又没病怕什么，去医院。"万花筒见丁小秋态度坚定，便不再劝阻，与心理医生约了见面的时间。

　　丁小秋在处理问题上很理性，很少感情用事，这与她多年读史有关，这也是她在事业上稳扎稳打持续推进的原因，在对待点点的问题上，她不是听不进去劝，而是觉得自己没有做错，用成熟的教育方式培育第二个孩子有什么错？她认为有病的人是那些认为她有病的人。如果丁小妮没有赴倪东的约，被倪东当枪使，她这一辈子也不会见心理医生，因为她对这个职业比较质疑。

虽然美国的心理史学家认为世界上第一个心理学国家在中国，但中国真正将心理学纳入医学的一门学科也不足百年，受中国传统文化的影响，中国人宁愿接受肢体有病，也不愿承认心理有病，还有大部分的人把心理有病当成了精神病，所以，拒绝看心理医生、排斥心理医生是导致心理医生这一职业发展缓慢的根本原因。丁小秋是教哲学的，心理学是从哲学分支出去的，她质疑心理医生有她的道理，但她这次遇见的心理医生比她还要彪悍，彪悍的人生不需要解释，这一次，丁小秋却需要一个解释。

第七章 彪悍的人生

一

"过去属于死神，未来属于你自己"。这位被誉为诗人中的诗人雪莱真的像他所言把经历的不尽人意都交给了死神吗？丁小秋认为未必，否则雪莱也不会在自己的墓志铭上撰写：他并没有消失什么，不过感受了一次海水的变幻，成了富丽珍奇的瑰宝。

丁小秋喜欢读雪莱的诗作，每一次读到那些具有共鸣的诗句时都会有心脏颤动的感觉，尤其在情绪低落期看万事万物都是灰色时，诗句中那些对美好未来的憧憬和坚定的信念都会将她沉落的心绪悄无声息地抬举起来，合上书时阴霾已散。

丁小秋也想让自己变成瑰宝，而不是臭石头，两者的区别在于是否具备在过去的黑暗中涅槃重生风卷残云后播下新的种子的能力，将过去变成明天的台阶，一级级把你送入云彩的顶端，领略人生不一样的风景。

丁小秋跟着万花筒到了医院，在万花筒的引荐下与心理医生秦大夫见面，秦大夫戴着眼镜，头发垂在美人骨的上方，给人一种干练利索的爽快感。秦大夫对丁小秋笑了笑，招呼俩人坐到沙发上。丁小秋对秦大夫的第一印象不错，感觉气场相投。秦大夫说："我大概问了问万花筒，她把你的情况简单地介绍了一下。"丁小秋没有接话，只是含笑地看着秦大夫，她知道这只是开场白，后面才是要说的重点。秦大夫接着说："我认为咱们这次见面就是朋友之间的聊天，不要形成文字性的诊疗，万一结局不是我们想的那样，我作为医生，保守患者的病情是职业道德，但是如果司法部门介入，我只能配合。"

丁小秋听了这席话，暗暗佩服秦大夫的逻辑性，秦大夫言简意赅地把三层意思都表达清楚了：作为朋友聊天，就算丁小秋真的心理有疾病，她不会告诉任何人包括司法部门的调查；若以医患关系进行问诊，那么丁小秋被确诊为有心理疾病，司法部门介入时，她作为医生没有隐瞒的权力只能配合；每个人都不会承认自己有心理障碍，在不确定的情况下还是不要太自信，事与愿违的事情比比皆是。

丁小秋感激地笑着，说："我明白，谢谢秦大夫考虑这么周全，要是聊天，我们就不来这里了，我需要一份有科学依据的检查报告。"丁小秋说完后，神情诚恳地看着秦大夫，秦大夫没有接话，三个人沉默着，丁小秋知道，秦大夫是在给她考虑斟酌的时间。

秦大夫端起茶杯喝了一会儿水，见丁小秋没有改变的意思，说："受中国传统文化的影响，中国人的情绪是在压制中形成的，比如我们常说乐极生悲、居安思危、福兮祸所伏等等，都是在警示我们要谨慎，高兴时不能忘乎所以否则就会惹上灾祸，这种观念在我们小的时候父母老师都会传递给我们，无形中在控制我们享受快乐情绪的能力，日久天长，我们逐渐地不会表达快乐和骄傲，总是感觉发自内心的不轻松。我们把这种状态称作情绪危机，很多人会在某一个阶段突然情绪低落，感觉什么都没有意思提不起兴趣，这其实已经是抑郁症了。我们做过调查，中国人更容易患抑郁症，更应该接受心理疏导和治疗，但是又受传统文化的影响，我们不肯轻易承认自己有心理障碍。很多人胃胀、失眠头痛、便秘，以为是身体出了毛病，到医院全身检查也找不出根本所在，其实，这些症状的患者中有百分之二十是抑郁症导致的，但他们宁愿看完胃肠科又看神经内科再看心内科，也不愿挂一个心理科。"

万花筒听完秦大夫的话，赶紧默默地自查了一下是否有这些症状，秦大夫看着万花筒的表情，知道万花筒在琢磨什么，笑了起来，说："你心理没毛病，运动时会产生多巴胺，释放快乐的情绪。这也是健身房生意越来越好的原因，运动不仅可以强身健体，还可以治疗轻度的抑郁症。"万花筒认可地点点头，然后扭头看着丁小秋，丁小秋沉思着，她便秘有五六年了，去医院看过但效果不大，每次排便困难的时候，丁小秋痛苦不堪，用开塞露也解决不了问题，往往是坐在马桶上挣扎得满头大汗也无济于事，那个时候，丁小秋直感叹能吃能拉能睡才是幸福人生的根本。

丁小秋对万花筒不自然地笑了笑，她明白万花筒看她的意思，她俩现在同居，万花筒知道她便秘的事情，万花筒还从网上查了不少治疗便秘的偏方，但对于她这种有年头的顽疾丝毫没有作用。

秦大夫用身体的反应再次提醒丁小秋要慎做决定，丁小秋认为自己虽然便秘，但一定不是抑郁症导致的，是自己的肠胃有问题，于是，丁小秋信心十足地说："我们待会是如何做诊断呢？我还是第一次看心理医生，不知道流程。"秦大夫见丁小秋的态度坚定，便不再规劝，说："没电视上演得那么神乎其神，很简单，我给你一份问卷，你答一下。"丁小秋点点头。

秦大夫起身从电脑里打印了一份问卷递给丁小秋，丁小秋拿着问卷和笔不觉有些紧张，差不多十几年没有答过题了，在高级职称考核下来之后，考试已经与丁小秋无缘了，答题的能力多年不用已经老化，一道题读一遍领悟不了题干的意思，还得再读第二遍，丁小秋集中精力拿出考研考博的劲头仔细地答题，以前答题是为了拿文凭拿职称改变命运，现在答题是为了夺回女儿。

人这一生就是在一次又一次考核中成长，从还在娘胎里就开始了，每一次孕检若有一项不合格恐怕连天日都见不到了，终于熬过十个月，各项指标合格顺利出生后，那么接下来的考核便成了成长的一部分，这一部分占据我们时光的一大半，四十岁之后该考核的内容差不多已经尘埃落定了。

万花筒在一旁看着丁小秋，她为闺密捏一把汗，心里默默地为丁小秋祈祷着，这一段时间丁小秋看似融入了万花筒的生活，有空了就陪万花筒孕检、散步、做胎教，其实内心煎熬得快滴血了。万花筒晚上起夜时，经常听见丁小秋压抑的哭声和咒骂声，她没有去劝慰丁小秋，发泄出来总比压抑在心里好受一些，万花筒站在丁小秋卧室的门口，望着窗外昏暗的路灯，悲从心底起，有多少人在白天和颜悦色到了晚上就黯然神伤，又有多少人在白天意气风发到了晚上愁苦自哀，还有多少人在白天精神抖擞到了晚上萎靡颓废，越来越多的人有了睡眠障碍，入睡难睡着更难。

丁小秋答完题把问卷递给秦大夫，丁小秋的手心冒汗了，放下笔搓了搓手，自嘲地说："这些年都是我考核学生，许久没有答过题，生疏了。"秦大夫递给丁小秋一杯温水，说："您喝点热水缓一缓。"丁小秋感激地笑笑，接过水杯喝了一口水，温热的水顺着喉咙流淌到胃里，暖暖地很舒服，这种舒服的感觉很久没有了，可能到了这个年龄味觉的敏感度降低了，胃也没有特殊的需求了，再也找不到年轻时特别想吃一种食物的欲望，吃什么都一个样，吃饱就行。

秦大夫很快给出了诊断：中度抑郁症。面对这个答案，丁小秋有些恼火，有没有搞错啊，怎么就抑郁症了，还是中度的，这份调查表具有科学依据吗？丁小秋内心的火苗一个劲地往上蹿，她努力控制着情绪，说："秦大夫，我对这个诊断结果表示怀疑，这些题有一定的科学依据吗？"秦大夫回答："这些题没有一道是我自创的，我还没有达到出题的水平，所有的问题都是经过学术论证的，它的权威性您不用考虑。"丁小秋说："每个人的情况不同，这份问卷面对所有的人，会有一定的缺陷，就好比有的中医号脉看病开处方，电脑里存着"百人方"，来多少人看病都是用这一个方子。"秦大夫说："您说的那个治病，我们是诊病，就像是每位患者去做核磁共振，有病灶的就会显露出来。"丁小秋还是不相信地摇摇头，她一眼看见了万花筒，说："可以让万花筒答那些题吗？"万花筒明白丁小秋的意思，如果她答完题也是中度抑郁症，那么这些题肯定就有问题，秦大夫看看万花筒，说："你想试

106

一下吗？"万花筒看看丁小秋，丁小秋渴望地看着她，她们是多年的闺密，这种事情她不上谁上，大不了自己也被诊断为中度抑郁症。万花筒安慰地拍拍丁小秋的手，说："行，我一直很好奇呢，刚才就想要一份测试一下，没好意思开口。"丁小秋感激地看着万花筒，这是万花筒最讨人喜欢的地方，知道如何说话让朋友舒服。

秦大夫又打印了一份问卷递给万花筒，万花筒仔细看着题目认真地填写着，很快万花筒就完成了，把问卷递给秦大夫，秦大夫接过来快速地看了一遍给出答案心理完全健康。万花筒一听呵呵地笑了，说："秦大夫，我和小秋姐是闺密，我俩之间没有秘密，可以把我俩人的问卷给我们看看，我俩比较一下。"这正是丁小秋想要说的，万花筒替她说了，秦大夫把两份问卷递给丁小秋和万花筒，俩人比对着，越比对丁小秋的脸色越沉重。

秦大夫说："万花筒的心就像一杯白开水，一眼可以望到底，她得不了抑郁症。丁教授，您的心好比一杯隔夜的浓茶，可以成为滋生细菌霉菌的致癌物质，也可以成为生长酵素氟素的沃土，就看我们如何选择了。"丁小秋和万花筒沉默了，秦大夫停顿了很长时间，说："如果您需要，可以来找我，我们一起共渡难关。"丁小秋点点头，没有说话始终沉默着。

"走，喝一杯！"万花筒挽着丁小秋的胳膊，这是她此时此刻最想说的话，这也是她解决问题最简单有效的方法，没有怀孕时，万花筒的开心与烦恼都会有酒相伴，刘武的酒量不行，硬着头皮陪万花筒喝，往往是万花筒还没敞开喝刘武已经快醉了。

万花筒打电话把丁小妮叫来，三人到万花筒楼下的餐厅要了一个包间便喝上了，万花筒喝的是水，丁小妮和丁小秋开怀畅饮，三个人没有主题地有说有笑，说到开心时哈哈哈大笑，谁也不提看心理医生的结果，好像这件事从来没有发生过。丁小秋好久没有这么喝酒了，喝到尽兴时清了清嗓子和丁小妮唱了一段家乡戏，这一夜，丁小秋和丁小妮都喝醉了。

二

刘武又失眠了，闭着眼睛却无法入睡，像烙饼一样翻过来又翻过去，最终只能一声叹息拿起手机翻看了一会儿朋友圈，万花筒没有发新的动态，刘武把万花筒的朋友圈点开，发现她把关于他的内容全部删除了，一条不剩。至于吗？刘武生气地嘀咕一声，一生气更睡不着了，刘武索性开灯起身坐到沙发上。

失眠成了四十多岁人群的情人，时不时地冒出来折腾一下，折腾得筋疲力尽后身体困乏想要睡觉，但大脑却很兴奋，仿佛电源不稳定的灯泡一明一暗快速地闪烁着，把隐藏在记忆最深层的往事全部点亮，那些陈事像炒熟的豆子活跃地上蹿下跳，越想越多越想越亢奋越想越清醒，很快一两个小时就过去了，很快一个夜晚就过去了，熬得两眼空洞，生无可恋地看着窗外的天空慢慢泛亮。

这是离婚后第几个不眠之夜刘武已经记不清了，好像身边没有了万花筒后就再没有一觉睡到天明的幸福感了。和万花筒在一起的时候，刘武搂着万花筒，讲着北极熊和小企鹅的故事，五分钟后万花筒就开始打小呼噜，刘武也在这均匀的呼噜声中入睡。

刘武望着窗外感叹，难怪人到中年的择偶标准是选择一个能让你吃得畅快睡得踏实的人。好像吃饭睡觉这个人类最基本的功能随着年龄的增长在逐渐地退化，为什么啊？刘武无奈地问自己。

刘武眼圈发黑、心情烦躁地到单位，老板把刘武等部门主管叫到办公室里，沉重地宣布公司撑不下去了，被另一个品牌的汽车收购了，对方只收购物件不收购人，刘武等人只能另谋高就了。听到这个消息，刘武并不吃惊，这半年公司的营业状况他心里有数，他们的奖金越来越少直到连基本工资都兑现不了了。刘武叹口气，扫视了一下在场的人，每个人都耷拉着眼皮、眉头紧锁、嘴角下垂，估计他们也一夜未眠。

刘武在这家汽车 4S 店工作了十几年，他在家乡是政府机关司机队的修车工，刚来北京的时候，汽车 4S 店正在崛起。广州本田是汽车 4S 的鼻祖，一九九八年引入中国后，其他汽车厂家纷纷效仿，急需像刘武这样的技术工。当时有三家汽车品牌 4S 店抢着要刘武，刘武斟酌后选择了这家公司，因为这家公司在他入职后会送往国外学习一个月，刘武还没有出过国，正好借这次公费的机会出去玩一圈。现在他这家公司倒了，另两家公司还生龙活虎，刘武又是重重的一声叹息，为自己眼光短浅懊恼。

近几年全球汽车销量不佳，汽车 4S 店的巨大红利也在逐渐削弱，汽车行业进入白热化竞争，原本已经步入寒冬又面临贸易战、股市下滑、车市下滑的金融风暴，活下去成了车企唯一的目标。曾经每个月销售四五百辆车的辉煌成了美好的回忆，现在每个月能销售三四十辆车都要开香槟庆祝了，造成这种畸形局面的原因在于供需不对等，市场需求没有增长反而下滑的情况下，经销商却每年翻倍地递增，同一品牌同样的产品在争抢同一个早已疲软的市场，如同动物世界中五六只花豹抢食一只瘦骨嶙峋的小鹿，体格彪悍的花豹一嘴下去叼走了小鹿，其余的花豹只能眼馋地舔一舔嘴唇，如果再觅不到食物，接下来饿死的就是花豹了。

刘武和几个高管成了舔着嘴唇的花豹，几个人在会后心照不宣地聚在了一起，一场惨烈的大洗牌，被扔掉的只能是虾兵蟹将，什么主管什么总管什么经理都成了掉在稀泥里的花环，瞬间失去了光彩与泥土融为一体。

刘武说："这就是借贷生存的危机，一旦崩盘连挽救的机会都没有。"一名瘦高管认可地点点头，说："现在还有好多新车合格证压在银行里，贷出来的钱早花完了。"一名胖高管不满地说："老大不瞎折腾，能有今天吗？说句不好听的，就是一个卖车的车贩子，势头好的时候非得盲目涉足其他领域进行资金拆借，互联网投了几千万啥都没看见全打水漂了，那高科技玩意是他那个文化程度能玩转的吗？眼睛只盯着赚了几个亿十几个亿的 App，对赔得底朝天的装瞎看不见，现在好了吧，自己是真瞎了，还牵连上我们哥几个。"

刘武问："你们找到下家了吗？"瘦高管摇摇头。胖高管说："这把年纪了，不好找了，成熟的店人家不缺管理人员，缺一线的技术工，我们都是从技术工熬到今天的位置，现在再掉下去听人家指挥，不甘心啊。"

刘武和瘦高管都认可地点点头。胖高管接着说："唉，说失业就失业了，刘武还好，一个人吃饱全家不饿，我们上有老下有小老婆又刚生完二胎在家带娃，全靠我们挣钱养家。"

刘武听了这话有点不开心，感觉有点嘲讽他的意思，刘武在单位没有明讲离婚的真正原因，但没有不透风的墙，很快大家都知道了，每个人的经历不同，很多人无法理解他，认为他没有一个男人的担当和责任，扔下怀孕的妻子太不仁义。刘武不想再和胖高管交谈下去，刘武借口上厕所出去了。

刘武心里想，把自己说得跟个圣人一样，谁不知道他和店里卖保险的一个离婚女人勾三搭四，经常夜不归宿，还让他和瘦高管打掩护说是公司开会。刘武觉得胖高管比自己龌龊一百倍，家里老婆辛苦带娃他在外面风流快活，刘武最起码在婚姻内是忠诚的，店里的小姑娘也有暗送秋波的，但他没有搞婚外情的心思。

在道德面前，谁有德谁无德谁圣洁谁丑陋真是不好说，所以不要轻易用手指着别人说对方无德，因为一个手指指向对方四个手指指向自己，或许自己比对方还要无德，只不过无德不自知罢了。

就这么失业了，就这么断了经济来源，在北京这是很恐怖的事情，刘武打开手机银行查看了一下余额，又算了一下每个月的支出，这些钱只能维持三五年的时间，如果手再大一些，只能维持两三年。如果到那个时候还没有工作，该如何生存？总不能卖房子吧，房子是能卖个几百万，但卖掉了住哪里去？人到中年了再租房子是不是太可怜了？拿着几百万回家乡或者去另外一个中小城市生活也够用了，可是不甘心哪，在北京生活了十几年就这么灰溜溜地滚蛋了，是不是太失败了？

又一个闯北京的人，又一个失落而归的人，每天都会有热血沸腾的人融入闯北京的大军，每天又会有黯然失意的人逃离北京，运气好的把在北京的房产卖掉拿着钱回老家，运气差的只能带着忧伤的回忆独自享用。不管你是爱北京也好恨北京也罢，北京还是那个北京，用它特有的魅力纳新吐故着五湖四海的人群。有人说北京可以让你活得更自我，也有人说北京可以让你懂得孤单，还有人说北京具有让你一只眼睛流泪一只眼睛微笑的能力。

三

万花筒怀孕二十六周了，这一次去医院孕检需要查糖耐，空腹抽血三次，约好了丁小妮陪万花筒检查，但小铁蛋早起肚子疼，丁小妮只能爽约，她抱歉地给万花筒打电话，万花筒说自己可以让她安心照顾小铁蛋，等孕检完了去丁小妮家看小铁蛋。

每一次孕检都挺折磨人，要么一次抽六七管血，要么做 B 超时小孩不配合看不全，得楼上楼下地运动让小孩换个姿势。这一次抽血每隔一小时抽一次，万花筒认为自己还会像以前一样坚强地熬过去，但在抽完第三管血后，万花筒按压着胳膊上的血管，没走两步就感觉脚底发软，眼前一黑晕了过去，在完全失去意识的恍惚间听见护士尖锐的喊声："家属！孕妇的家属……"

等万花筒从昏迷中清醒时，又听到了同样的声音："你家属呢？赶紧叫他过来。"万花筒发现自己躺在诊床上，左边手臂输着液体，右边手臂绑着测血压的护腕，肚皮上贴着监测胎心的贴片。

万花筒问："小孩没事吧？"护士说："没事，测糖耐最容易发生晕眩，你家属怎么不陪同呢？"万花筒说："就我一个人，没有家属。"护士说："那你待会吃饭怎么办？这液体要输到下午。"万花筒说："我不饿。"护士不依不饶地说："你最好叫家属过来。"

万花筒不再说话闭上眼睛，等护士转身离开时，万花筒的泪水不争气地流了下来，她突然感到一种从未有过的绝望和无助，她一直很坚强，也认为自己很坚强，可是此时此刻她连自己都照顾不了，何谈照顾未出生的孩子？她不知道以后的日子这种糟糕的状况还会出现几次，到时候小孩谁来看护？寒从脚底升，悲从心头起，万花筒的眼泪止不住地往下淌。

一只宽厚温热的手伸到万花筒的脸上，轻轻地擦去万花筒脸上的泪水，万花筒睁开眼，看见小常站在床边。小常低下头轻声地说："别怕，我来了。"万花筒有些不太适应小常的这种暧昧，不哭了，问："你怎么来了？"小常说："小妮姐给我打电话了，担心你低血糖晕倒，嘿嘿，真晕了，号称强壮得如小牛犊的人也会躺在这里哭鼻子。"

万花筒不好意思地吸吸鼻子，说："我也没想到会晕倒，给我买瓶水吧，我又渴又饿。"小常说："行，你等我十分钟。"小常快速地转身离去。

万花筒不再伤心了，她打量着周围，这里是急诊病房，一间五六十平方米的房间摆了八张床，每张床之间都有隔帘，能听见隔帘后窃窃私语却看不见人。房间的中央摆着一套桌椅，护士坐在椅子上查看着每个孕妇的病例，然后大声地询问病情。在这里没有什么隐私，你想说的不想说的都得在众人面前公开，一个孕妇回答问题时，其他的孕妇和陪护家属都鸦雀无声专心地听着，等孕妇出去做化验了，有些好事的孕妇与家属便叽叽咕咕地议论起来。

万花筒被询问时，其他孕妇都听到了，小常的出现让她们很好奇这个人是谁，一些家属把隔帘拉开，嘴里说着透透气，眼睛往万花筒这里瞟。小常拿着水和一个煎饼进来了，几个孕妇和家属都盯着小常看，小常年轻帅气的脸让他们一阵唏嘘，万花筒喝了几口水，水是温的，万花筒感觉很舒服，一口气喝了半瓶，小常笑嘻嘻地说："爽歪歪吧，我把凉的喝了一半，那边有个开水房，我给你兑了一些开水。"万花筒微微笑着，接过小常递过来的煎饼大口地吃了起来。

小常知道万花筒喜欢吃煎饼，万花筒给小常说过，她刚来北京的时候住在很远的一个郊区，汽车站的旁边是一排排卖煎饼的，她每天晚上回去时都会买一个煎饼当晚餐，吃煎饼果子成了她北漂生活的一部分。

"是不是吃出了汽车站的味道？"小常笑嘻嘻地问，万花筒说："你还记得啊。"小常说："你说的每一句话我都记得。"房间里静悄悄的，大家都注意听着小常和万花筒的对话，万花筒责备地看了一眼小常，小常嘿嘿地笑了。

护士故意喊："万花筒的家属。"小常很自然地答应着，朝护士走去，护士看着帅气逼人的小常有点不自在了。小常可能是天天在水中锻炼的原因，皮肤白净通透，显得眼睛大而深邃，鼻梁高挺，嘴唇轮廓清晰。

小常问："护士美女，有何吩咐？"

不知道从何时起，美女成了女性的最佳称呼，年轻的叫小美女，年长的叫大美女，被人称美女不管美不美都不会反感，因为大部分女人都认为自己挺美的。

护士在小常的注视下垂下眼睛，说："万花筒没在我们医院建档，准备在哪家医院生产？"小常说："一直在你们医院检查，当然在你们医院生了。"护士说："没建档生不了。"小常说："不是我们不建档，是你们不给建，要不美女护士帮个忙，帮我们建一下。"护士说："我可没那个本事。"小常笑眯眯地看着护士说："不像噢，我看你做事利索，能力非凡呀。"护士垂下眼睛不与小常对视了，说："在这里签个字，输完液就可以走了。"小常拿起护士递过来的笔，小常的手形很好看，手指纤细，手掌不厚不薄，护士扫了一眼小常的手，神情更不自在了。小常签完字对护士笑了笑，说："没事了？"护士没有看小常，点点头，小常拿出手机打开微信二维码说："加个朋友吧。"护士犹豫了一下，还是掏出手机扫了一下二维码，俩人添加了微信。小常说："谢谢美女。"小常转身朝万花筒走去。

万花筒看到了护士的神情，低声对小常说："被你电到了。"小常对万花筒抛了一个媚眼，问："电到你了吗？"万花筒不理小常了，大口吃着煎饼。小常低声说："没建档真能在这里生？"万花筒说："到时候送急诊，医院总不能把我推出去不管不顾。"小常说："你心真大，再不能想想办法？"万花筒说："该想的都想了，没办法，超出我的能力范围，搞不定。"小常不说话了。

万花筒吃完煎饼，正准备擦嘴，小常从口袋里掏出一瓶酸奶递给万花筒，万花筒接过酸奶感激地对小常笑了笑。万花筒问："你吃饭了吗？"小常说："等着和你吃大餐呢。"万花筒把酸奶递给小常说："你喝吧，我吃饱了。"小常说："心疼我饿肚子？我不饿，酸奶是给宝宝喝的。"小常把吸管插入酸奶盒里递到万花筒的嘴边，万花筒不好再拒绝，一口口喝了起来。

小常一直称呼万花筒肚子里的小孩宝宝，一开始万花筒听着别扭，自从怀孕，万花筒从来没有喊过宝宝，做胎教和小孩对话的时候都是说小朋友或者小家伙，万花筒曾对小常说："我从来没叫过小孩宝宝，你说是为啥？"小常看了万花筒一会儿，认真地说："因为你不是人呗。"

自从万花筒离婚后，小常如同蜜蜂一般嗡嗡地围绕着万花筒，并且在言语上越来越暧昧，频频向万花筒放电，万花筒像一块绝缘体毫无反应。小常喜欢她，万花筒能感觉得到，但她从来没有往那方面考虑，再说现在挺着大肚子马上要生小孩了，哪里还有心思谈情说爱。丁小秋则不这么认为，女作家萧红不就是大着肚子谈恋爱嘛，不影响什么，爱情的甜蜜对小孩也是有益的。丁小妮也让万花筒打开心扉迎接新的曙光，小孩出生后不能没有爸爸，小常乐意充当这个角色何乐而不为呢？但万花筒并没有打算把小常请入自己的生活。

今天晕倒让万花筒改变了态度，一个人的无助让她恐慌，她的确需要有一个男人在关键时刻帮她一把，万花筒决定开诚布公地和小常谈一谈。

在医院的对面有一家饭店，万花筒输完液请小常到饭店吃烤鸭，小常对烤鸭情有独钟，就好比万花筒对煎饼的感情。小常津津有味地吃着，烤鸭太过油腻不适合孕妇吃，万花筒吃了一口就不敢吃了，喝起了蔬菜粥，小常一看，把烤焦的鸭皮剥了，用开水把鸭肉上的油涮干净搛给万花筒，说："这样就 OK 了，只摄入蛋白质不摄入油。"

万花筒感激地笑了笑，说："你和女朋友真的分手了？"小常认真地点点头。万花筒沉默了，她等着小常继续说。

小常吃完一个鸭饼，说："结婚和分手就差一步，我幸亏听老妈的话领证前去一趟她的老家，在北京不知根不知底，任由你怎么说都行，她一开始不太乐意，但见我态度坚决就答应了，我勒个去，不去不知道一去吓一跳，你知道她家有多远吗？那天我穿着西装打着领带，我们下了火车换乘长途汽车再换乘蹦蹦车再换乘摩托车，又靠自己两条腿走了一个半小时，累得我把西装脱了领带解了最后直接光脊梁，这些都不是重点，重点是她家里有一个两三岁的小女孩，智商稍微有点不够，叫我女朋友姑姑，但她哥至今都没讨上媳妇，你说奇怪不奇怪，我越看小女孩越像我女朋友，我就自己跑出去暗访了一圈，村里的人都说那小女孩是我女朋友生的。我去！我向女朋友摊牌让她说实话，她见瞒不住边哭边说小女孩是她生的，她在北京当保姆的时候和男主人生的，她以为可以麻雀变凤凰了，但孩子刚生下来月子还没结束男主人就涉嫌非法融资被抓了，房子也被法院封了，她只能带着小孩回老家，家里人还指望她嫁人用彩礼给哥哥娶媳妇，就让小孩喊她姑姑。我这心拔凉拔凉的，那种被欺骗的感觉让我又愤怒又委屈，我把心都掏给了她，这些年和她谈恋爱，我挣的钱大部分都花在她身上了，结果呢，换来一坨屎……"

小常用两只手比画出一坨屎的样子，万花筒正在喝粥，差点吐出来，小常意识到了自己的不雅赶紧收回手，接着说，"你说她咋就忍心骗我？我提出分手，她不同意要死要活的，我说你还有脸要死要活的，你家里这个情况，我给你的那些钱你都攒着也够给你哥娶媳妇了，你爸妈累死累活地忙地里的活，还要给你带

117

娃，你倒好打肿脸充胖子买高档化妆品买奢侈品，好像出生在贵族家庭，花钱跟富豪一样，你想过没有，你手里拿的这个包包，够你们家一年的生活费，就你这人品，怪不得生个傻闺女，那是老天爷在惩罚你，你好好吃斋念佛多行善事给自己积点德吧。我把她臭骂一顿就走了，天老爷哟，幸亏我是个爷们，那个荒凉啊，我差点迷路，我边走边感慨，难怪那些被拐卖的女人跑不出去，这往哪跑？放眼望去除了荒地还是荒地，等我回到北京时，已经是第二天的傍晚了，我回到屋里把她的东西全部打包放到了健身房，然后把房子退了，从健身房辞职了，我不想再和她多啰唆一个字，烦！"

小常把心中的苦水全部倒了出来，好像把积压在心里被苦水泡得发臭发酸的烂麻一节一节地拽了下来，心里一下敞亮了很多，小常舒服地深呼吸一下，开始风卷残云一般地把桌上的饭菜一扫而空。

万花筒已经吃饱了，一口口地喝着水，此时她才感觉到身体恢复到了常态，浑身有了力气头也不再昏沉沉的了。万花筒扫了一圈周边，来这里吃饭的大部分都是孕妇和家属，有一个孕妇刚吃两口饭就孕吐了，老公在一旁用塑料袋接着呕吐物，万花筒羡慕地看着这对小夫妻，她孕吐的时候可没有这待遇，完全靠自己的毅力像骆驼反刍一样咽回去。

小常顺着万花筒的目光望去，说："羡慕了，你也吐一个，我用手接着。"小常把双手伸到万花筒的面前，被万花筒一巴掌打开，两个人嘿嘿地笑了起来。

万花筒说："你搬到哪里了？"小常一副嘚瑟的样子看着万花

筒，说："你猜，给你三次机会，猜中了有奖。"万花筒哈哈地笑起来，小常属于外向型性格，活泼开朗，这种性格会时不时地冒出一种孩童般的顽皮劲。

万花筒思考了一下，说："你新去的健身房在哪里？"小常对万花筒眨眨眼睛，说："缩小范围啊，离咱们健身房不远。"万花筒说了周边三个小区的名称，小常都摇头，万花筒没有猜中，小常更加兴奋了，摇头晃脑地说："嘿嘿，我估计把你的脑细胞累瘫了也猜不出来。"万花筒笑而不语地看着小常，小常神秘地凑近万花筒，说："在你家楼上。"万花筒有些意外地看着小常，小常得意地打个响指，说："咋样？完美！"万花筒说："我咋从来没有碰见你？"小常说："靠，我也很纳闷，本来想给你一个惊喜的，我把台词都想好了，你说，咦，小常，你咋在这？我答，嗯，来看看你。你说，噢。我答，嗯。"小常开心地哈哈大笑，万花筒也被他逗笑了，旁边吃饭的人都朝他们看过来，两人赶紧压低了声音。

万花筒微微叹口气，说："小常同学，咱俩是不是得开诚布公地谈一谈了？"小常立刻端庄态度，笔挺地坐好，一本正经地看着万花筒，说："万教练，请指教。"万花筒忍不住笑了一下，说："为什么？"

小常刚要张嘴，又停顿了一下，好像有千言万语要说，但一时不知道该如何表达，小常憋了一会儿，说："因为我俩有共同的信仰。"万花筒刚喝的水差点喷出来，但见小常并没有开玩笑的意思，强忍住笑，问："你的信仰是什么？"小常说："如果我们没有信仰，就把健身当成终身的信仰，所以，我俩的信仰是一样的，你我都热爱健身，它并不只是我们的职业，也是我们终生追随的。

用我老妈的话说，这么多好吃的你不吃，你是不是傻？不是我们矫情，而是我们有信仰。对不对？"

万花筒思索着小常的话，觉得还是有一定道理的，认可地点点头。小常一看万花筒认可，又喜形于色，眉飞色舞起来，说："哈哈哈，我昨天看一个健身爱好者的采访，他是这么说的，我一听，牛逼啊，把我想说的都说出来了，那哥们……"

万花筒打断小常，说："别跑题，接着说。"

跑题是小常的一大特点，经常说着说着就跑到另一个话题，当大家都以为他忘记主题时，他又一个大掉头回到原来的话题上，每次听小常说话，万花筒都有一种早年没导航在北京开车的感觉，每次出门提前背地图，去是哪条路回来时还走哪条路，走错一条路就完了，得在北京城绕来绕去，再找见那条走错的路才能回到家里。

小常抿了抿嘴唇，说："我以为这些话应该在烛光晚餐中进行，暖暖的烛光，我切一块牛排喂到你的嘴里，你幸福地嚼着，现在一点氛围都没有。"小常有点委屈地看了看万花筒，见万花筒认真地目视着自己，妥协道，"好吧好吧，我一直都很喜欢你，一直！这种喜欢不会因为你的改变而改变，你结婚也好离婚也罢，不怀孕也好单亲妈妈也罢，这些都不会影响我对你的喜欢，我对你的感情和对女朋友的不一样，我一个哥们说过，每个男人都会因为一个女人犯一次贱，贱得连自己都瞧不起，但又没有办法不犯贱，遇见了这个让自己犯贱的女人就要牢牢抓住，因为那是爱情。"万花筒听着有点绕，快速地眨了眨眼睛。小常看着万花筒说："你让我犯贱了。"万花筒哭笑不得地看着小常，说："行，贱货，那你打算如何贱？贱到什么时候？"小常说："贱到你再给我生个宝宝，如果现在这个宝宝是个男孩，咱就再生个女孩，如果是个女孩，咱就再生个男孩，我家有个亲戚是中医，好多人找他配方子，三服药搞定，灵得很。我问过他是什么秘方，他说生男生女和俩人身体体质有关，如果偏碱性体质就会生男孩，如果偏酸性体质就会生女孩，碱性的食物有很多，比如我们健身人都喜欢吃的洋葱、干果类都偏碱性，我预测现在这个宝宝是男孩，因为你的体质偏碱性，要不要打个赌呢？"

小常又跑题了，万花筒无奈地说："你想得真远啊。"小常得意地挑挑眉说："万教练不是一给我们开会就说人无远虑必有近忧嘛。"万花筒说："我的情况已成定局，你爸妈会同意吗？"小常说："我靠，我家又不是皇室贵族需要依靠我的婚姻保证皇族的正统、也不是富商名门之后需要我的婚姻做财富联姻，我们家就是一个平平常常的小老百姓，以我的开心乐意为主。我告诉你一个秘密啊，我把你的情况给我爸妈说了，嘿嘿，那就是扔了一颗手榴弹，炸锅了，他们对我狂轰滥炸拼命给我洗脑，见没用，又出了一个阴招，找了一个大师给我算了一卦，说你是吸我阳气的人，会折我的阳寿，肚子里的宝宝是抢我食的人，我和你们在一起会变穷早死。这招损吧？我都快吓尿了。"万花筒认可地点点头，说："是够损。那你还犯贱？"小常说："我又不是没有脑子，要是信他的话，不成傻逼了。我发现一个规律，越穷的人越喜欢算命，越底层的人穷讲究越多，像马云那样的人会找人算命吗？他都是给别人算命吧。咱们健身房，你看那些业绩好的教练，从来不会占个卜算个卦，那些没业绩的教练一个个整得跟大仙一样，连理

121

发都要算个吉日，搞笑不？"小常又跑题了，喋喋不休地讲起了算命，万花筒没有打断他，等着他回到话题的起点。小常眉飞色舞地说完后，拿出手机找出小孩的衣服给万花筒看，说："咋样，好看不？我对老妈说，行了，别整那些没用的，赶紧做小孩的衣服，再啰唆我就不回来了。这一招更猛烈，他们就我一个儿子，还指望我养老呢。"

万花筒看着小孩的衣服又看看小常年轻帅气的脸，突然想哭。

第八章　相爱相杀

一

正如丁小秋所料，她收到了法院的传票，倪东起诉离婚，在诉求中只有一条点点的抚养权归他，房子车子存款都不要，也不需要丁小秋每个月支付抚养费。丁小秋冷笑一下，上千万的房子上百万的汽车几十万的存款在点点面前都变得一分不值，也只有在亲情面前钱显得那么肤浅。

我们可以为了给亲人治病卖房卖车花掉上百万，也可以为了给子女买房结婚卖掉住了几十年的房子租房子住，岁月更替，什么都在改变，唯独对亲情的认知没有变。这是为什么？可能只有亲情让我们在孤独的世界中感受到温暖，好比一粒热气腾腾的火种给我们希望和勇气。

万花筒也接到秦大夫的电话说是法院调取了丁小秋的病例，万花筒听到这个消息感觉头被砸了一下，一阵阵发蒙，万花筒告诉丁小秋，丁小秋沉默不语。万花筒纳闷法院怎么会知道丁小秋在秦大夫那里看病。丁小秋说："是倪东提供的线索，小妮那段录音里提到托你找心理医生，你的关系网只有健身房，他会花钱买通健身房的人拿到会员信息，然后一个个确认。"

万花筒倒吸一口气，这搞得跟谍战片一样，丁小秋苦涩地笑了一下，说："这可能就是相爱相杀吧，两个相爱的人被时光摧残得面目全非，你踹我一脚我捅你一刀，专门挑致命的地方下手。小万，我挺羡慕你的，孩子只属于你一个人，你担心小孩成长过程中没有父爱会导致性格上的缺陷，这个担心也许成立也许不成立，看你如何教育了，中国的家庭有多少父亲是合格的？丧偶式婚姻、冷暴力婚姻比比皆是，生活在这种不健康的环境中才会影响小孩的性格。如果我的两个小孩没有父亲，会遇见这些劫难吗？所以啊，事情不能只看起点，就像那些烂尾楼，当初奠基时敲锣打鼓信誓旦旦，最终落成了满目疮痍的荒地。"万花筒问："小秋姐，怎么办啊？"丁小秋："顺其自然吧，我现在有杀人的心没杀人的胆，悔那时就应该离婚，买精子生一个小孩，那将少了多少隐患和麻烦啊。孩子，可能是女人一生都跨不过去的坎，小万，你想过为什么要孩子吗？"万花筒被问住了，这个问题她的确没有考虑过，她要这个小孩只不过是因为怀上了舍不得流产，至于为什么要孩子，她还很混沌。万花筒说："我也不知道。"丁小秋说："我们的祖辈父辈要孩子的目的很纯粹传宗接代养老送终，到了我们这一代人这些目的都不是目的了，既不需要为哪个男人续烟火，也不需要子女养老，那么养孩子就是在为社会添砖加瓦，教育得好是人才，反之则是人渣。我们与子女亲密无间的关系顶

124

多维持七八年，等他们一上学融入社会有了自己的生活，这份亲密就越行越远了。"丁小秋有些伤感，低头不语了。

丁小秋说的这些感触，万花筒从来没有考虑过，她不觉也略感惆怅，孩子一生下来，她就得尽心尽力去做母亲，她没有做过母亲，也不知道该如何做母亲，只能在尝试摸索中扮演好这个角色。

万花筒轻声地说："小秋姐，别那么低落，有了孩子，我们在这个世界上就多了一个骨肉相连的亲人，就算孩子大了离我们越来越远，但亲情断不了，你是点点的妈妈，一辈子都是，这个身份改变不了，谁也替代不了。"

丁小秋认可地点点头，说："是啊，兜兜绕绕几十年，最后坐在一张桌上吃饭的人只有亲人。"万花筒说："我也有这种感觉，今年过中秋节，我一个人回家，和父母一起吃饭的时候，我心里想，绕了一大圈，一家人还是一家人，只不过多了未出世的孩子。"丁小秋微微叹口气。

万花筒和丁小妮陪同丁小秋来到法院，这是三个女人第一次进法院，手忙脚乱地经过安检，根据指示牌找到审判庭，在门口遇见了倪东和丁小秋请的律师。倪东看见丁小秋，面无表情地走进了房间，丁小秋和金律师打了个招呼，金律师是倪东以前的同事，丁小秋请他出面替自己打官司是因为金律师对他们家的情况比较了解，不需要她做太多的说明和解释。金律师起初不想接，大家以前毕竟是同事，但丁小秋和他的夫人关系好，夫人一声令下，他不得不接，还逼着立下军令状一定打赢官司。

万花筒和丁小妮跟随金律师、丁小秋进到审判庭，房间不大，正前方是审判长、书记员的位置，座位处于一个高台上，明显要高于左右两侧原告和被告的位置，给人一种威严感。丁小秋和金律师坐到被告的位置上，倪东一个人坐在原告的位置上。万花筒和丁小妮坐在后面的群众席，丁小妮的手一直紧紧地抓着万花筒的手，她怕官司输了对不住堂姐。

审判长先是询问倪东，倪东把丁小秋描述成了狼外婆，丁小秋有些难以置信地看着对面的倪东，俩人相隔不过五米，却仿佛隔着一座冰山，这一刻丁小秋知道，她和倪东彻底结束了，对倪东不再抱有任何幻想。

审判长又询问金律师，金律师态度诚恳且煽情地承认了丁小秋在看心理医生，并且通过治疗已经趋于正常，被告不同意离婚，希望原告给她一次机会，带着点点回家。万花筒和丁小妮听着金律师的话，忍不住哭了起来。丁小秋则一脸温和地看着审判长。

宣判前，审判长问倪东还有什么要表述的？倪东坚持离婚独自抚养孩子。审判长问丁小秋有什么需要表述的？丁小秋动情地说："我是孩子的母亲，我以为对孩子的所作所为都是爱，不料却成了枷锁，我意识到这一点后积极地看心理医生，每个人都会生病，通过治疗后也都会治愈，我希望丈夫再给我一次机会，带着孩子回家。"

万花筒没有想到丁小秋会向倪东缴械，她还担心丁小秋在法庭上和倪东吵起来，万花筒欣赏地打量着丁小秋，这或许是做女人的最高境界，知进退懂收放，该强势的时候所向披靡，该示弱的时候楚楚可怜。如果万花筒没有猜错的话，更致命的打击在等着倪东，丁小秋不会就此善罢甘休。

倪东的离婚诉求被驳回，金律师和丁小秋走到倪东的面前，丁小秋和倪东对视着，丁小秋温和地笑了笑，说："秦大夫一直在帮我做心理治疗，我也快毕业了，我们一家三口经历的事情还少吗？我们要彼此相信，没有过不去的坎，走，我们去领点点回家。"倪东目视着丁小秋的笑容，他想看到笑容后面的内容，但笑容太真看不清。金律师拍拍倪东的肩膀，说："老倪，咱们同事十几年，按理说家务事我不该多嘴，但今天不得不说你几句，你不声不响地把点点带走，考虑过丁教授的感受吗？点点对于你们俩的重要性我们都清楚，你这么做就太不地道了，什么事情不能坐下来好好谈，就算离婚点点归谁抚养也是可以谈的嘛。"倪东说："如果可以谈妥，会走到今天吗？"金律师还想说什么，被丁小秋温和地拦截了，丁小秋说："我那个时候太固执，不认为自己心理有疾病，到了秦大夫那里才知道真有问题，如果我早点去秦大夫那里看病，老倪也不会这么做，现在倒好，为了躲我，连工作都没有了，真离婚了，你房子车子都不要，你带着点点在北京怎么生活，养孩子不要钱啊？点点呢？"倪东还是警惕地看着丁小秋，他不太相信丁小秋的话，房子车子不要那是假的，他现在的目的是争取点点的抚养权，等点点判给他了，他会再次起诉争夺房产，夫妻离婚后关于财产分割有一年的追诉期，在一年内起诉丁小秋也来得及。

丁小秋看着倪东微微叹口气，说："我是点点的亲妈，就算咱俩离婚了，不是还有探视权吗？躲避不是办法，也解决不了问题，点点的自闭是因我而起的，解铃不是还得我这个系铃人嘛，你说是不是？"丁小秋说得在理，点点的心理医生也说过，点点的病

127

要想痊愈，丁小秋是最佳药方，谁也替代不了亲妈的药力。倪东的态度缓和一些，不再是一副拒人于千里之外的模样。倪东说："小秋，你让我想想再回复你。"丁小秋说："行，你回去想想。"倪东点点头，收拾好物品匆匆走了。

丁小秋和站在一旁的万花筒对视了一下，万花筒点了点头。丁小秋已经料到倪东败诉了也不会立刻让她见到点点，在开庭前就给万花筒交代让小常盯着倪东，只要能找见倪东住的地方就找见了点点。

小常接到任务时异常兴奋，把007的电影翻出来又看了一遍，他把自己全副武装了一下，墨镜、帽子、靴子、高领衫，小常担心自己第一次跟踪人经验不足，把人跟丢了不好向万花筒交差，于是联系了两个哥们，让他们帮忙。三个人每人开一辆车，潜伏在法院门口附近，倪东出来后，坐上了网约车，三辆车悄悄地尾随上去。小常的车稳稳地跟在后面，小常得意地抽动嘴角笑了笑，盯着前方车里的倪东就像盯着一只瓮中之鳖。突然，前方车门打开，倪东跳下车一屁股坐在地上，惊呼着："啊——啊——"随即一只丑陋的大蜥蜴从车上跳下来，正好跳在倪东的身上，倪东惨叫一声晕了过去。小常紧急刹车，被眼前的一幕惊呆了，脑袋一片空白，目瞪口呆地看着昏死过去的倪东，小常的两个哥们跳下车朝倪东跑去，并对呆若木鸡的小常使劲招手，小常反应过来，开门下车奔到倪东的面前，倪东嘴唇像茄子一般乌紫，脸色煞白，小常学过急救，迅速给倪东按压心脏，做人工呼吸。网约车的司机也走了过来，委屈地说："车开得好好的，这个人就大呼小叫说有什么蜥蜴，哪来的蜥蜴，他是不是脑子有病？"小常的一个哥们说:"你才脑子有病,那么大只蜥蜴从你车上蹦下来,吓死人了。"司机说:"不会吧?在哪里,我咋没看见?"哥们用手指了指不远处,那只奇丑的大蜥蜴不知道被哪辆车碾压已经成了干尸,司机愣愣地看着,一脸茫然。

倪东在小常的奋力救助下保住了性命,小常把倪东送进医院,闻讯赶来的丁小秋、丁小妮和万花筒也被这突发的情况打乱了阵脚,丁小秋急切地要知道点点的下落,她担心点点一个人不安全,但除了倪东没有一个人知道点点在哪里。丁小秋翻看倪东的包,拿出手机解锁密码,陆续输入点点的生日、晨曦的生日、倪东的生日都不对,丁小秋急躁地抓着手机不知道该怎么办,她的手机密码一直是晨曦的生日,从来没有改变过,她记得倪东的手机密码也是这个,怎么就不对了呢?丁小妮在一旁轻声地提醒道:"姐,你输一下自己的生日试一试。"丁小秋输入自己的生日,手机解锁成功,丁小秋愣了一下,倪东的手机密码居然是自己的生日,随即眼泪噼里啪啦地落了下来,为什么哭,丁小秋也不知道,反正就想哭,一边哭一边翻看通讯记录,从微信聊天记录得知点点在心理疏导中心,丁小秋像离弦的箭一般冲了出去,丁小妮和万花筒紧跟其后,丁小秋冲出去十来米,猛地一下站住,对身后的丁小妮和万花筒说:"你们留在医院,倪东有消息了第一时间告诉我,我和小常去接点点。"丁小妮和万花筒点点头,目视着丁小秋又像箭一般地射了出去。

丁小秋站在心理疏导室门前,透过玻璃窗看见了点点,点点在和几个小朋友做游戏,三个月没有见点点了,点点长高了,还是那么瘦,长发剪成了短发。丁小秋不想哭,但泪水控制不住地流淌着，点点一转头看见了丁小秋，愣了一下，然后跑到了窗户前，两只小手按在窗户上，仰头叫着妈妈。窗户隔音效果很好，丁小秋听不见点点在喊自己，但看着点点的嘴，丁小秋知道点点在叫自己，丁小秋蹲下身，把脸贴在玻璃上，亲着点点的小手，哭着说："点点，妈妈来了，妈妈来了。"

在回医院的路上，丁小秋一直拉着点点的手，丁小秋说："点点，妈妈有些话想和你说，好吗？"点点歪头看着丁小秋，丁小秋说："妈妈错了，不应该强迫你做不喜欢做的事情，从今天开始，你不喜欢吃什么、不喜欢做什么、不喜欢去哪里就告诉妈妈，你不说妈妈不知道，你说了妈妈就知道了，好不好？"点点想了一下，轻轻地嗯了一声。

倪东突发心肌梗死，医生做完手术后推进了 ICU，留观了两天后转入了病房，等他睁开眼睛的时候看见了丁小秋的脸，倪东舔了舔干涩的嘴唇，丁小秋贴心地把一根吸管放到倪东的嘴边，倪东含住吸管喝了几口水，水温正好，像一把刷子温柔地把他的五脏六腑抚摸了一遍，倪东感觉舒服了一些，有力气说话了。第一句话是："点点呢？"丁小秋说："回学校上学了。"第二句话是："她不喜欢上学。"丁小秋说："人这一生不喜欢的事情太多了，我们不都得去做不喜欢的事情。"第三句话是："我们还是离婚吧。"丁小秋说："可以，你拎包走人，我和点点绝对不会再去找你。"倪东不再说话了。

丁小秋还是那个丁小秋，她在法庭上的示弱是缓兵之计，她现在目的达到了，又回归了本色。

丁小秋说："倪东啊，你有两条路可以选择，要么和我们好好过日子，不要再瞎折腾了，要么离开我们，你是男人，想要孩子还可以再找一个年轻姑娘生一个或者更多个孩子，我的生理结构已经决定我不能再有孩子了，在这个世界上只能有点点这么一个亲人了。"倪东不再说话，闭上眼睛叹口气。

丁小秋看着倪东，倪东的面容沧桑了，岁月在他的脸上践踏过的痕迹越来越明显，眉心中间的竖纹像被缝上去的一样，又深刻又皱巴，这是多少个不眠之夜紧锁眉头形成的烙印啊，眼袋也像翻肚皮死了的小金鱼，胀鼓鼓的，嘴角跟着法令纹一起向下垂，一副愁苦的模样。丁小秋想，这张脸已经变得让人一看就生厌了，把自己活到了这般境地，何苦呢？

二

万花筒经历了每个女人当妈的必经之痛，她以为自己能够承受，以为自己可以挺过这一关，没想到龙卷风般的疼痛让她跳楼的心都有。预产期的前两天，万花筒像往常一样起床上洗手间，感觉有液体流出，万花筒低头一看，马桶里有暗红色的血迹，见红了是生产前兆，万花筒并不惊慌，书上和孕妇学校的课程都有介绍，见红后不会立刻生产，估计晚上或者第二天才会生产。

万花筒给小常打电话，让他和那个护士联系，最好今天就能办住院。小常一听万花筒见红了，在电话里紧张地啰唆着："啊，你要生了，要生了，天啊，这就要生了，你别紧张啊，千万别紧张，我马上去你那里。"小常挂了电话，万花筒的耳旁回荡着小常颤抖的余音。

小常请那个美女护士吃了几次饭，又把护士带到游泳馆免费教会了游泳，小常请护士帮忙，护士问小常和万花筒的关系，小常没有隐瞒实打实地告诉了护士，护士被小常的贱感动得热泪盈眶，答应帮忙给万花筒建档。护士的一个亲戚是院部的领导，很快就办妥了，万花筒终于建档成功了。

　　小常给护士打电话，说是万花筒要卸货了，赶紧帮忙收住院，他已经紧张得手脚哆嗦了。护士搞不懂小常瞎紧张什么？这段时间，丁小秋回自己家住了，万花筒一个人住，小常清楚一旦万花筒要卸货，他离得最近，所有的一切都得靠他了，他在网上恶补了一下女人生孩子的知识，那些视频越看越胆战心惊，越看越毛骨悚然，暗暗庆幸自己是男人，免遭这种非人的折磨。所以，当他得知万花筒要生了，脑海里那些画面全部扑向他，他不由自主地哆嗦。

　　小常敲开万花筒家的门，万花筒已经把要带到医院的物品放在了门口，小常紧张地盯着万花筒的肚子，害怕小孩咕噜一下掉下来。万花筒说："赶紧拎东西去医院，你盯着我肚子看啥？"小常说："老天爷哟，你咋还这么淡定呢，你不会生半道吧？要不咱还是打120稳妥些，我看网上，好多女人去医院的路上就生了。"万花筒无奈地说："赶紧的，生个锤子啊？今晚能生就算快的了。"万花筒开门出去，小常拎着物品紧跟其后，万花筒走路的速度一直没有受怀孕的影响始终健步如飞，小常在后面急得家乡话都冒了出来："祖宗哎，你慢点慢点，娃娃掉出来了。"

　　万花筒不理小常，俩人走到车前，万花筒坐在了驾驶座发动汽车，小常放好物品后，坐在副驾驶的位置，看了一眼万花筒感觉不对劲，立刻跳下车奔到驾驶座拉开车门，对万花筒吼着："你也太爷们了吧？去去，到一边坐着去，都啥时候了，还开车，开个锤子哟。"万花筒笑了笑，她挺着大肚子开车已经习以为常了，万花筒下车坐到副驾驶的位置，小常驾车离去。

到了医院，小常不顾万花筒阻拦，非得租个轮椅推着万花筒，万花筒无奈地坐在轮椅上，看着小常像店小二一般忙前忙后地办理住院手续，把万花筒送进病房时已经中午了。

美女护士笑吟吟地拿着两盒饭进来，说："花姐，我给你们打了我们食堂的饭，简单吃一口吧。"万花筒感激地对美女护士笑着，说："谢谢你啊。"万花筒从手提包里拿出一条香奈儿的羊毛围巾递给美女护士，说："姐的心意。"美女护士推辞着，小常开口了："收下吧，你人漂亮洋气，这围巾蛮适合你，稍微土气一些的人戴这种颜色的围巾，立刻能掉渣。我以前的一个学员就喜欢这些大牌子，哎哟，那个土啊，不是人穿牌子，是牌子罩人……"小常又跑题了，万花筒没有打断小常，她看见美女护士听得津津有味，便识趣地拿起一盒饭吃了起来。

到了晚上，一阵阵的疼痛袭来，起初还能忍受，万花筒按照书上说的用鼻吸气嘴呼气调整着呼吸，小常在一旁急得直搓手，时不时地跑到护士站问该怎么办？护士们都知道他是同事的朋友，耐着性子没有发火，护士说："生孩子哪有不疼的，这还没开始呢，等疼到撕心裂肺的阶段才算开始。"

撕心裂肺，没有遭遇过的人，永远理解不了那是怎样的一种痛。更猛烈的阵痛像猛兽一般冲撞着万花筒，万花筒感觉后腰部位像被铁凿一下下地叩击着，这种疼痛让她顷刻间乱了呼吸的节奏，什么鼻吸口呼，什么深呼吸，全部乱套了，万花筒痛得蜷缩着身体，发出沉重的呻吟声，额头上的汗渗了出来，万花筒痛苦地轻声喊着："不行了，不行了……"

小常第一次见万花筒这般无助的模样，像一条搁浅在陆地的鱼，身子一弓一挺，苦不堪言。小常心疼得想落泪，他一把抓住万花筒的手，万花筒像是遇见了救命草，反手抓紧小常的手，用力再用力地攥着，小常疼得龇牙咧嘴，涌上来的泪水活生生被逼了回去，万花筒天天撸铁，手劲不亚于一个男人的力量。小常心里想，能帮花姐分担一些痛苦，手指头被攥断了也行啊。

万花筒感觉要死了，让小常去和大夫商量，把她送到产房输上无痛的针剂，大夫过来把手伸到万花筒的体内，说得开二指才能送产房，无痛分娩打早了会影响开指。大夫检查完说还没开指呢，再等等吧。

宫缩引起阵痛的频率越来越快，一浪接一浪，此时的万花筒已经痛得忘记了肚子里的小孩，只想着怎样做可以不痛了，万花筒要求打止痛针，再这样痛下去，她还不如死了算了。大夫建议不行就剖腹生吧，万花筒不同意，大夫说那再坚持一会儿，开到二指就送到产房。这一会儿对于万花筒而言就像放在火上煎烤一般，此时此刻万花筒理解了那位疼痛难忍要求剖宫产丈夫不肯签字的跳楼产妇，她那时候被折磨得没有了盼头，只能以死结束疼痛。万花筒如果没有开到二指送到产房做无痛分娩的希望，估计也想以死了结。

疼痛像重锤一下比一下更用力，万花筒承受不了了，让小常去喊大夫，大夫过来又把手伸到万花筒的体内，说快、快送产房，

134

开到三指了。万花筒终于看到了希望，终于可以打无痛了。

产房是一个生与死的矛盾体，上一秒欢声笑语下一秒鸦雀悲鸣，时刻上演着生死速递。老一辈人称这里是鬼门关，阴世和阳间争抢着往各自的花名册上添丁，母子平安皆大欢喜，任何一方有点闪失都将成为人世间最沉重的苦难。生产过程中有太多的未知，产妇和胎儿始终处在命悬一线的危机之中。

万花筒经历了九个小时的开指，等到快生时已经没有了力气，助产士嘹亮地喊着："用力用力"，万花筒拼尽全力也使不出力气了，检测胎心的仪器出现了嘀嘀的警告声，助产士扫了一眼胎心监测仪，果断下结论："叫大夫剖。"万花筒听见护士一边往门口跑一边喊："王老师，王老师转剖——"

等到万花筒再次睁开眼的时候，小孩已经剖了出来，护士没有像书上说的那样先抱到产妇的跟前，让产妇看看，而是抱到处理台上快速地清理小孩身体上的液体，万花筒没有听见小孩的哭声，问了一句："死了？"护士责怪地说："胡说什么呢。"这时，小孩的哭声传了过来，哭得没有那么响亮，万花筒感觉还没有助产士的喊声嘹亮，便说："是个女孩吧，听哭声像个小女孩。"护士把小孩擦干净了，抱到万花筒的面前说："你看看，是男孩女孩？"万花筒一看是个男孩，想抬手抱，但麻药还没有过，双臂像注满铅了一样重。护士把小孩抱到一旁，开始称体重、按脚印，所有的工作做完了，把小孩包好放到万花筒的身边，万花筒把乳房放到小孩的嘴边，小孩一嘴叼住奶头使劲地吮吸着。这就开始当妈了，万花筒心里想。

万花筒被推出产房时已经是早晨七八点钟了，一个人进去两个

135

人出来，这便是人间喜剧了。小常奔了过来，带着哭腔说："我以为你死在里面了，吓死我个锤子了，一会儿让我签字，一会儿又让我签字，我签得手都发软了。"小常把手里的玫瑰花递到万花筒的面前，玫瑰花只剩下几片花瓣，小常委屈地说："我不知道你是死是活，就揪花瓣预测，花都摘秃了。"万花筒把手伸给小常，小常抓住万花筒的手，小常的手冰冷，万花筒说："你蒙对了，是个男孩。"小常一听来劲了，说："啥是蒙呀，我这是经验，有科学依据的，你的体质属于碱性，肯定是男孩，我给你说啊……"小常又跑题了，万花筒疲惫地闭上眼睛，嘴角上扬地听小常絮叨着。

第九章　凝望深渊

一

　　还有半年就毕业了，小羽却被学校除名了，大学生这件华美的外衣被强势地剥了下来，没有领到毕业证等于在学校里荒废了四年。从我们出生就与各类证书羁绊在一起，准生证、出生证、身份证、学生证、毕业证、工作证……好像只有通过这些证书才能证明我们活过。

　　丁小妮花钱托关系说情，留一级也行啊，不能给开除了，但小羽这次犯的错误性质太恶劣，如果那两位女生家长不依不饶，还有可能会面临法律的制裁。丁小妮无语了，她已经领教了那两位家长的厉害，自己还替小羽挨了几巴掌，丁小妮担心小羽再受伤害，把小羽送到了堂姐家暂避风头。

　　事情还得从小羽做节目做昏了头说起，她自认为论出身，算是书香门第；论教养，是堂堂正正的大学生；论才智，属于佼佼

137

者；论声望，她现在也算小有名气，怎么就被同学们看不上眼？怎么就没有男生喜欢她？于是，当一个自称是影视制片人的联系她，说要根据她的经历拍摄一部电影时，她更飘飘然了。制片人让她约两个女同学一起出来吃饭，还专门强调要带外形好一些的女生，小羽约了几个女同学，但都被拒绝了，小羽不想让制片人瞧不起自己，于是就对女同学说给五百元的酬劳，有两个女同学看在钱的分上答应陪小羽去吃饭。

那天晚上，小羽认真地打扮了一下，她幻想着制片人让她也参与演戏。制片人派车来学校接小羽和两个女同学，车没有开到饭店而是开进了一个别墅区，两个女同学有点害怕，问司机怎么来这里吃饭，司机说这里是影视圈的私人会所，好多明星都在这里吃饭，两个女同学便不再说话了。

车停靠在一栋别墅门口，司机领小羽和两个女同学进去，里面已经有三个男人坐在餐桌前吃饭，三个男人见小羽和两个女同学进来，热情地招呼着，小羽看着三个男人问哪位是制片人，一个胖乎乎戴着眼镜的男人说他就是，他介绍另外两个男人一个是导演一个是投资人，他们听了小羽的故事都非常感兴趣。制片人安排小羽和两个女同学坐下，给每个人倒了一杯饮料，让小羽她们先吃饭，边吃边聊。小羽扫了饭桌上的饭菜，都已经被吃得差不多了，小羽心里想，有这么请客吃饭的吗，都吃成这样了，还能吃啥？小羽放下筷子喝起了饮料，两个女同学跟小羽的想法一样，都放下筷子喝起了饮料。突然间，小羽的头一晕，就什么也不知道了。

等小羽和两个女同学再次醒来时已经是第二天上午了，小羽被一个女同学的哭声惊醒，她用力睁开眼睛，看见女同学赤身裸体地捂着脸哭，小羽吓了一跳，低头一看，自己也一丝不挂，小羽吓得用手捂住胸口，另一个女同学也醒了，发现自己被迷奸了，大哭起来。小羽伸手找衣服，看见了床上的一块血迹，小羽愣了片刻，尖声叫了起来。

小羽还是处女，她曾无数次幻想过从女孩到女人的转变，她把自己完完全全地交给心爱的男人，感受着蜕变的惊喜和悸动。但这一天不会到来了，永远不会了。小羽悲伤地哭了起来，一个女同学穿好了衣服扑过来打小羽，骂小羽骗她们，小羽躲闪着，一个女同学拨通了报警电话，打小羽的女同学听见女生在报警，又扑过去抢手机，俩人扭打在一起，小羽泪眼模糊地看着两个女同学，从她们的对话中听出来两个人已经不是处女了。

两个女同学的意见不统一，一个女生认为这种见不到人的事情能瞒就瞒，一报警公布于天下，她们还怎么做人？一个女生则认为不能轻饶了这几个混蛋，必须把他们送进监狱。小羽很矛盾，她不知道谁是对的。出了这种事情，女性作为受害者肯定希望严惩这几个人，但她们被迷奸的事情就会被人知道，世俗的眼光会怎么看待她们可想而知。所以遇见这种事情，有一些女性害怕从受害者变成被嘲弄的对象，便自认倒霉保持沉默。

警察还是来了，带着小羽和两个女同学去医院检查，丁小妮和两个女同学的家长闻讯赶来，两个女生抱着母亲委屈地哭，小羽看看丁小妮，垂头抹泪，丁小妮心疼地一把搂住小羽，却被小羽轻轻地推开了。

丁小妮安慰着小羽："没事了，没事了，一会儿我们就回家。"

两个女生的母亲一听是小羽带着她们的女儿去吃饭，冲过来就打小羽，丁小妮护着小羽，两位母亲的巴掌都落在了丁小妮的脸上头上，鼻子也被打破了，鼻血一滴滴地落下来，滴在小羽的胳膊上，小羽看着胳膊上鲜红的血迹，想到了自己的处女之血，浑身颤抖起来，尖声叫着。

丁小妮和两位母亲被小羽凄厉的嚎叫声吓住了，小羽无法控制自己，一声高过一声，丁小妮抱着小羽想要安抚一下，却被小羽用力推开。小羽瞪着眼用力哀号，好像要把心中的委屈全部倒空，大夫让护士给小羽打一针镇定，小羽拳打脚踢不让人靠近，丁小妮从后面抱住小羽，陶君赶来时正好看见这一幕，丁小妮满脸是血，小羽披头散发哀号着，陶君被吓住了，丁小妮看见陶君像看见了救星，大喊着叫陶君过来帮忙，陶君冲过去抓住小羽的两条胳膊，小羽用脚使劲地蹬陶君，护士在小羽的胳膊上注射镇静剂，小羽又挣扎嚎叫了一会儿，便慢慢地偃旗息鼓了，陶君把小羽抱到诊床上。

丁小妮同情地看着小羽，小羽睡着了，脸上挂着泪珠，牙齿咬着下嘴唇，一副悲凄的模样。

"怎么会这样？"陶君问丁小妮，语气里充满了责备，好像小羽出了事都是因为她这个继母失职导致的。丁小妮没好气地回了一句："我是她后妈，你是她亲爸，怎么会这样，是不是该我来问你。"

遇见问题相互指责是大部分家庭的矛盾爆发点，这么多年，陶君已经习惯了遇见问题就指责丁小妮，小铁蛋病了责怪丁小妮没带好，小铁蛋调皮了责怪丁小妮没教育好，小羽不听话了责怪丁小妮这个后妈不称职，饭菜做得不合口了责怪丁小妮没用心，房间脏乱了责怪丁小妮懒惰，他从来没想过丁小妮一个人又是带娃又是照顾生意的不容易，他只需要到点回家吃饭，开心了逗逗孩子，不开心了待在卧室里看电视，家务活从来没有沾过手。

陶君没想到丁小妮会反驳他，平时他的责备都如同泥牛入海，溅不起一滴水花，今天却被泼了一脸的水，陶君极不适应。"你什么态度，平时不都是你管孩子吗？出了事不问你问谁？"陶君发火了。

"我就这态度，我管你女儿，管得了吗？她听吗？你当爹的不管，当初生她干吗？"丁小妮也火冒三丈，她虽然同情小羽的遭遇，但落到今天的地步，和小羽不听劝有直接关系，但凡小羽听听她的劝告，能会有今天吗？丁小妮活这么大，还没和人打过架，为了小羽，她被人打得跟狗一样，鼻梁估计被打断了，这是去年花了十几万才做的。丁小妮用手轻轻地摸鼻子，摸了一手的血。丁小妮更加气愤了，说："我被打成这样，你一句关心的话都没有，上来就指责我，我是你老婆，不是你家的保姆。"陶君不说话了，看着一脸血迹的丁小妮，说："我这不是着急嘛，你没事吧？"丁小妮委屈地落泪了，说："鼻梁都被打断了，还得花钱重新整。"

陶君又好气又好笑，他从内心深处反感丁小妮整容，隔个一年半载丁小妮要么肿着眼睛要么肿着脸回家，一个月消肿后也看不出哪里整好看了，还跟以前差不多，陶君认为丁小妮在浪费钱瞎折腾，但丁小妮乐此不疲，并且给陶君洗脑，让陶君也去微整把眼袋做掉，并且开玩笑说陶君的眼袋像两个撒尿丸子，陶君一听就来气，骂丁小妮做砂锅做出职业病了，见谁都像砂锅里的配菜。丁小妮的鼻子花了十几万，陶君心疼钱，快赶上他一年的工资了，这些钱干啥不好非得去整鼻子，现在好了，又得花十几万。

陶君心里堵着一口气，便没好气地说："你有钱烧的，不折腾能死人啊，以后小铁蛋用钱的地方多着呢，不知道给他攒着。"丁小妮刚熄灭的火苗噌地一下又蹿了起来，扔下一句话："你自己待着吧。"头也不回地走了。

陶君看了一眼躺在病床上昏睡的小羽，有些不知所措，他已经习惯了做家庭里的旁观者，一切都是丁小妮打理操心，现在让他成为核心人物反倒不适应了，大夫一会儿让他去缴费一会儿让他签字，他晕头转向地在医院里穿梭，有两次还排错了队，陶君想给丁小妮打电话，拿着手机犹豫了几次还是放弃了。

陶君回到病房时，看见丁小妮正在喂小羽喝虾粥，这是小羽的最爱，每次小羽回家，丁小妮都会熬虾粥。丁小妮不看陶君，指了指床头柜上的砂锅，陶君已经闻到了香味，他早已饥肠辘辘，迫不及待地打开砂锅，是他最喜欢的排骨饭，陶君狼吞虎咽地吃了起来。

丁小妮无奈地叹口气，她伺候一大一小吃上饭，自己却饿着，连个问的人都没有，好像她照顾他们是天经地义的事情。丁小秋说丁小妮在家里充当保姆的角色怨不得别人，都是丁小妮惯下的毛病，家里的事情无论大事小事大包大揽，把丈夫当大爷伺候着，把继女当祖宗供着，久而久之，她的付出就成了天经地义，他们父女两人的索取就成了顺理成章，哪天丁小妮没有付出到位，就会招来指责。今天之前，丁小妮觉得无所谓，反正自己能干，那

142

就多干一些，她享受这种疲累的付出，也许这是她获取成就感的一种方式。但是今天的事情让她清醒了，她的死活在这对父女面前无足轻重。丁小妮刚才生气地离开医院，但她心疼小羽，都是女人，小羽遭遇这种恶心的事情，身体和心灵都受着煎熬，她崩溃时的哀号声，充满了绝望和惨烈，如同动物濒临死亡时的呐喊，让丁小妮听着想哭。丁小妮知道她这个时候就是再生气也要陪在小羽身边，于是让厨师做了两份砂锅拎到医院。

小羽吃着吃着又哭了，丁小妮安抚着小羽，说："没事了，没事了，一切都过去了，吃完粥好好睡一觉。"小羽推开丁小妮递过来的粥，用双手捂着脸，哭得撕心裂肺。

医生过来要给小羽做检查，取证被迷奸的证据，陶君识趣地出去，小羽紧紧地拽着裤子不让检查，医生无奈地说："不取证你们报警有啥用？那两位女生已经配合检查完了，你也配合一下。"小羽哭着喊："她们两个又不是处女，我还是处女。"医生说："是处女也得检查，来，抓紧时间。"小羽倔强地拽着裤子不松手，医生示意丁小妮过来帮忙，丁小妮抱住小羽，说："别怕，妈妈在，不会有事的，让医生看一下，很快就好了。"

小羽挣扎着，丁小妮用手脱小羽的裤子，小羽一挥手重重地给了丁小妮一记耳光，丁小妮被打得眼冒金星，还没等丁小妮反应过来，又一巴掌扇了上来。小羽怒喊着："丁小妮，你给我滚蛋，你就是个灾星，自从你来我们家，我就没一天顺心过，我变成这样都是你造成的。你滚，滚！"

丁小妮火冒三丈，真想把小羽按倒暴打一顿，她努力控制着怒火，用手捂着火辣辣的脸，对大夫说："大夫，我们不检查了，

143

孩子受了刺激，再逼她，她受不了，不报警是不是就不用检查了，那我们不报警了。"大夫说："你们已经报警了啊，你再开导开导她。"大夫同情地看了一眼丁小妮，转身离去。

陶君在门口听得清清楚楚，他没想到女儿对丁小妮如此仇恨，貌似平静的和谐家庭早已暗流涌动，只不过他不知道而已。

将心比心，丁小妮是一位称职的继母，对小羽是真心实意的好，但小羽并不接纳丁小妮，小羽可能还幻想着亲妈回到这个家里。小羽长得很像母亲，有时候陶君看着小羽的侧影，就好像看见了前妻，前妻给他戴了一项巨大的绿帽子，全学校的人都知道，至今还有一些老师拿这个事开他的玩笑，在婚姻中他是受害者，却成了被人嘲笑的对象，让他在同事中矮人一头，一个男人丢失了尊严，到哪都像是小丑，成为人们取笑的对象。而那些搞婚外情的男人，却一副沾沾自喜的样子，丝毫不觉得这是丧失道德的行为，反而认为自己很有本事，恨不能把夜夜做新郎的花边故事让所有人都知道。陶君活得压抑，对前妻的怨恨绵绵不断，所以看到小羽越来越像前妻，他就发自肺腑地厌烦，和小羽的沟通越来越少，尤其有了小铁蛋后，看着小铁蛋和自己一模一样的脸蛋无比开心，对小羽更加冷漠了。

小羽落得今天的惨状，和他这个父亲有一定的关系，如果他能多和小羽交流交流，如果他能时常给小羽敲敲警钟，如果他能在小羽困惑时帮她解忧，如果……遗憾的是，如果是失败者的专属用词。

陶君进到房间，看见丁小妮捂着脸，小羽蜷缩在床上，陶君看着小羽，恍惚间又好像看见了前妻，一股厌烦之火噌地冒了上来，陶君冲过去，一把提溜起小羽，训斥道："你看看你这副德行，没长脑子吗？谁叫吃饭都去，你欠那一顿饭，被人欺负了你还有理了，你打你妈，不怕雷劈吗？"

小羽一个蹦子从床上跳起来，披头散发地指着丁小妮喊："她不是我妈，是灾星，滚！我不要再看见你，滚出我们家！"丁小妮感觉一股血喷到胸口，气得头脑发晕，身体摇晃着，用手捂着胸部。

陶君冲过去一把将小羽按倒在床上，气急败坏地说："你是不是疯掉了。"小羽拼命地挣扎，陶君拼命地按着，小羽发出着魔鬼般的哭喊声，丁小妮看不下去了，她宁愿相信小羽是受了刺激才这样对她，也不愿意承认这是小羽内心的真实表达。丁小妮推开陶君，埋怨道："她受了这么大的刺激，由她吧，别再折磨她了。"丁小妮去抱小羽，可怜地希望用温暖的拥抱抚平小羽，但小羽丝毫不领情，对丁小妮手推脚踹，丁小妮只能放弃，站在一旁，眼睁睁地看着小羽发神经。

另外两位女同学在医院检查完、派出所录完笔录后跟着父母回家了，小羽一直折腾到深夜，情绪时好时坏，大夫在她打了镇静剂昏睡的时候做了检查。到派出所录笔录时已经是第二天了，可能是镇静剂的作用，小羽一直精神恍惚、思维不集中，当警官询问她为什么要给两位女生钱以及钱从哪里来的时，小羽说："钱是我自己的，同学有偿服务在大学里很正常，我也拿过钱陪同学去大街上做市场调查。"警官把小羽的转账记录调取出来，并且连问了几次小羽是否和那几个男人认识？小羽摇头，警官不甘心又继续盘问，一旁的丁小妮忍不住了，这算怎么回事？怀疑小羽和那些人是一伙的吗？丁小妮没好气地说："警官，这个问题您已经问四遍了，你是想让我女儿说认识吗？我女儿也是受害者，请您把我女儿当成受害者，而不是同谋者。"警官说："你又不是当事人，坐在一旁别说话，要不就出去。"丁小妮说："我是陶小羽的监护人，有权坐在这里，也有权指出对她不公平的盘问。我不知道你有没有孩子，是儿子还是女儿，作为母亲，我只想快点结束这一切领她回家洗个热水澡吃个热气腾腾的砂锅，搂着她好好地睡一觉。事情发生到现在，陶小羽因为情绪失控被打了三针镇静剂，你看看她的精神状态，整个人都是木讷的，这说明什么，说明她受到的伤害是你我都不能体会的，你再这么逼她，是想让她再次精神崩溃吗？再送到医院打镇定剂吗？请您办公人性化一些，多多体谅一下受害者的情绪，速战速决。"

丁小妮威严地看着警官，像一头母狮般虎视眈眈地盯着对方，警官看看小羽，小羽一副弱不禁风的模样，眼睛微微眯着，头侧偏着，好像随时都会栽倒在地。警官看了一眼医院出具的检查报告：处女膜破裂。警官轻轻叹口气，又问了几个问题，便让小羽签字离开了。

丁小妮以为这件事就这么结束了，可以画上一个寒冷的句号，当成一段往事冰封起来，不料，两个女生的家长并没有结束的意思，他们跑到学校闹，认定小羽和那些人是一伙的，诱骗女生上当，又跑到法院起诉小羽，让她对两个女生做出精神赔偿。学校本来就对小羽一箩筐的不满，正好趁这个机会把她开除了。

丁小妮在为小羽的事情四处奔波时，却遭受了小羽最惨痛的伤害，虽然这个伤害是间接反射于她的，却比伤害到她本身还具

146

有杀伤力，这或许是对母亲最沉痛的打击。

小羽在家里闭门不出，她天天琢磨着自己为什么落到这般境地，想来想去，把所有的症结都指向丁小妮，是丁小妮让她去电视台做节目的，虽然是丁小妮的堂姐一手策划的，但起因在丁小妮，如果不是丁小妮多事,她会去做节目吗？会有今天的结局吗？小羽越想越气，恨不得杀了丁小妮，但她想到了一个恶毒的办法整治丁小妮。

小羽把小铁蛋叫到房间，给小铁蛋看了一个动画片，动画片中的小精灵长着一对翅膀，可以飞来飞去。小铁蛋看得很开心，也想像小精灵一样飞来飞去，小羽递给小铁蛋一把雨伞，告诉小铁蛋雨伞就是精灵的翅膀，小铁蛋也可以飞来飞去，并引导小铁蛋站到阳台上往下飞。小铁蛋不知道小羽是在伤害他，兴奋地撑着雨伞，准备起飞时，回头看着小羽说："姐姐，我要飞了。"小羽含笑看着小铁蛋点点头，小铁蛋又说："姐姐，我带你一起飞哦。"小羽微笑着摇摇头，看着小铁蛋撑着伞从六层楼的阳台上跳了下去。

幸运的是小铁蛋没有生命危险，坠落时衣服挂在了楼下的一棵树上，被邻居及时发现救了下来，小铁蛋被送到医院。丁小妮闻讯赶来的路上腿直打哆嗦，看见小铁蛋后一把抱住小铁蛋，小铁蛋的脸上和身上被树枝划伤了，丁小妮心疼得直落泪。当丁小妮听小铁蛋讲述了撑伞起飞的事情后，打电话叫来丁小秋，让她帮忙看一会儿小铁蛋，然后怒火冲天地赶回家。

小羽把自己锁在屋里，丁小妮敲门，小羽不开门，丁小妮进厨房拿起菜刀把门锁砍掉，丁小妮拎着菜刀冲进去，小羽看着面目狰狞的丁小妮，丁小妮扑过去对着小羽就是一顿暴揍，然后拖着小羽的头发拉到阳台上，把一把雨伞塞进小羽的手里，让小羽举着伞跳下去，小羽不跳，丁小妮把小羽提溜到窗户前往下推。

丁小妮说："你今天跳也得跳不跳也得跳，老娘就是把你推下去，你摔死了给你赔命都行。"

小羽被丁小妮推到窗户外面，大半个身子挂在了阳台外面，小羽的双手死死地抓住窗台，哀求地哭道："妈……饶了我吧……"

小羽从来没有喊过丁小妮妈，都是称呼姨，丁小妮并不介意，她又不是小羽的亲妈，没必要非逼着人家喊妈。如果没出这个事情，小羽喊丁小妮妈，丁小妮会激动不已，落下热泪，但是现在她已经被满腔的怒火冲昏了头脑。

丁小妮骂道："现在知道喊妈了，晚了，就是喊祖宗都不管用了，你给我跳下去，像小铁蛋一样飞，他妈的，你是人吗？伤害一个三岁的小孩，你这么恶毒活该你被人强奸！"

小羽歇斯底里地喊："都怪你，都怪你，你不多事，我能这样吗？"丁小妮说："你凭什么怪我？是你自己没脑子，让你不要再去录节目了，你听劝了吗？你但凡有点智商会吃亏吗？"

小羽哭得上不来气，丁小妮用力推小羽，小羽的手快抓不住了，哀求着："我错了，你饶了我吧，我再也不敢了。"丁小妮看着小羽瘦弱的身子挂在窗台上，胳膊被划破了，血流了出来，丁小妮的心软了一下，把小羽拖了进来，小羽瘫坐在地上，浑身瑟瑟发抖。丁小妮狠狠踢了小羽一脚，说："你记住了，再敢动小铁蛋一下，我就把你直接扔到楼下。"小羽连连点头。丁小妮怒气未平地走了。

二

倪东说病倒就病倒了，来得那么突然，没有任何的铺垫，他一直认为身体健康，病痛与他很遥远，结果让他猝不及防，他感觉自己被病魔从玉树临风摧残得萎靡不振，连走路都心慌气短心有余而力不足。倪东想，打垮一个人，让他得场病就足以了，他们每年的同学聚会，总会有一两位同学缺席，都是病逝的，好像到了奔五的年龄阶段，病魔就在那里等着，逮住一个就按倒一个，即使没有失去性命也像倪东一样虚弱不堪。

倪东在医院住了一周，医生通知出院回家静养，丁小秋把倪东接回家，丁小秋在倪东住院期间研究了几本关于心脏病方面的书籍，对心梗有了一定的了解，这种突发心肌梗死，是由于冠状动脉粥样硬化斑块不稳定引起糜烂破裂，导致血小板聚集，从而形成血栓，血栓堵塞了血管造成心肌缺血坏死。

丁小秋精心地照顾倪东，每日三餐都是按照冠心病食谱准时准点地端到倪东的面前，倪东心存感激，但总感觉丁小秋的笑容后面有一种寒意，让他忍不住地打冷战。

一次，倪东吃完饭，对丁小秋说："小秋，我有时候在想，还不如一下就过去了，别醒来了，去看看我们的大女儿。"丁小秋笑而不语，收拾着碗筷。"你怎么不说话？"倪东问道，"我不知道说什么，倪东，你也是死过一回的人了，想开一点，点点不能没有爸爸。"丁小秋说完轻轻地叹口气。"为什么叹气？"倪东说，"你照顾我是不是特别不情愿，完全是看在点点的面子上，因为点点不能没有爸爸。"

"难怪你会得这个病，你想问题太偏颇，我们是一家人，不要那么敏感，你病倒了，我是你妻子，照顾你不是天经地义吗？"丁小秋慢慢地说着。

"但我们正在离婚，你对我没有义务了。"倪东说。

"不是还没离嘛。我还是你的妻子。"丁小秋说完不由自主地笑了一下。

"如果我没有猜错的话，你现在特别地幸灾乐祸，认为我活该。"倪东观察着丁小秋的表情。丁小秋收起笑容，说："你现在是病人，静养更要静心，这样身体才会康复。"

"我还是会和你离婚的，咱俩的日子到头了，过不下去了。"倪东说。

"先养好身体再说吧，否则一切都是无用的。"丁小秋冷笑着说。

人这一生不知道要做多少违心的事，说多少违心的话，违心事违心话做多了说多了反而成了真的，真心话反而发虚成了假模假样，就如同一个人长期说假话，越说越像真的，最后连自己都认为是真的，说得比真的还理直气壮。丁小秋的身边有太多这样的人，她从内心深处反感这样的人，《舌尖上的中国》火了以后，丁小秋则认为应该拍一部《舌尖上的诚信》，教会那些言不由衷的人要么闭嘴，要么说由衷之言，丁小秋一直努力让自己心口如一，在晨昕出意外后，丁小秋对待倪东的态度表面上一如既往，内心却埋怨甚至仇恨倪东，从那时起她在倪东面前说的话大部分都是违心话，丁小秋发现说违心话也很辛苦，得把心中的真情实感压抑下去，久而久之被压抑的情感越来越重，压得她喘不上气，真

150

想一吐为快。就像此时此刻，丁小秋想对着倪东开怀大笑，骂他是咎由自取恶人有恶报，活该他得心梗，一下梗死就更好了，再也不会和她争夺点点了，她也不用说那些假惺惺的话了。但是，倪东没死成了病人，丁小秋只能继续压制内心的烦躁，说着言不由衷的话。

丁小秋不在家的时候，倪东问点点开心吗？妈妈有没有逼迫她做不喜欢做的事情，点点摇头。但倪东看得出来，点点一天一天的不爱说话了，倪东只能叹息别无选择，他连自己都照顾不了，还如何照顾点点呢？倪东想让自己快些好起来，这样就可以继续离婚，给点点一个健康的生活环境。

倪东每天都坚持锻炼一个小时，可能运动量太大了，身体承受不了开始报警了，晚上九点多的时候，他突然感觉胸口发紧，喘气困难，紧接着一种疼痛从胸部放射到后背、胳膊、手指、牙齿，好像一只铁手把这些器官紧紧地攥了一遍，捏得血淋淋的。倪东痛苦地呼喊着丁小秋，丁小秋正坐在梳妆台前敷面膜，她从镜子里看着倪东像煮熟的大虾一般弓着身体,面色苍白嘴唇哆嗦。丁小秋的第一反应是一下站了起来，在她准备过去的时候又站住了，默默地看着镜子里的倪东，倪东用手捂着胸口，身体越蜷越紧。丁小秋冷冷地说了一句："我去打电话叫救护车。"便打开卧室的门出去了。

丁小秋并没有打急救电话，而是走进卫生间打开淋浴器，她恨倪东，在倪东擅自做主带走点点的那段时间，丁小秋度日如年，每天夜里以泪洗面，恨不得杀了倪东，但理智告诉她不能冲动，她天天诅咒倪东不得好死，可能是上天眷顾她吧，真的让倪东不得好死，倪东心梗后，丁小秋尽心尽力地照顾，她也很矛盾，感觉自己在照料一头受伤的狼，等狼恢复体魄了，会把她一口吞掉。她每天悄悄地观察着倪东的状态，倪东好转一点，她就恐惧一些。她又天天祈祷倪东不要康复，可能上天真的怜悯她吧，让倪东再次犯病，丁小秋看着痛苦不堪的倪东，内心没有一丝同情，她的第一个想法是活该，第二个想法是死了最好，当倪东向她发出求救时，她并没有心软，冷漠了扔下倪东出去了。见死不救只是违背了道德，并不违法，丁小秋用冰冷的水喷洒着身体，身体控制不住地哆嗦着。这也许是最好的结局，她已经疲累了，不想再和倪东斗争下去了，与其让他活着折磨她，不如就这样永远地离开她。

生活了二十多年的夫妻，以这样的结局收场，丁小秋感觉不寒而栗，双手环抱着颤抖的身体，她想象过许多结局，万万没有想到会是这么一种残酷的方式，如果时间可以倒退，如果一切可以重来，她还会这么做吗？会的。丁小秋肯定地回答，因为她不能失去点点，因为倪东的所作所为碰触到了她的底线。

点点尖锐的哭声打断了丁小秋的思绪，她猛地打了个激灵，冲出卫生间直奔卧室，看见点点扑在倪东的身上哭喊着，喊声充满了悲伤和恐惧。丁小秋跑过去抱点点，点点挣扎着不让抱，一声声地喊着爸爸。倪东已经失去了知觉，一动不动地蜷缩在那里。丁小秋下意识地拿起电话拨通了急救电话，丁小秋看见地上一摊水，才发现自己身上的睡衣在滴水，手忙脚乱地换下湿衣服，一边换衣服一边安慰点点救护车马上到，爸爸不会有事的。

倪东命大没有死，但也活着痛苦，由于大面积梗死，他失去了说话和行动的能力，只能躺在床上凝望窗外。丁小秋还是像以往一样静心地照顾倪东，每天都给倪东擦洗身体，倪东再没有正眼看过丁小秋，丁小秋给他喂饭喂水擦洗时，他都是微闭着眼睛。

一天，倪东睡醒时一睁眼看见丁小秋坐在旁边，俩人对视着，丁小秋已是泪流满面，倪东面无表情地看着丁小秋。丁小秋拉着倪东的手，贴在自己的脸上，说："我俩是不是命里相克啊？怎么这日子越过越苦？竟然落到了这般境地，我们曾经那么相爱，甚至为了彼此可以付出自己的生命，如今这是怎么了？怎么了……"丁小秋泣不成声，紧紧抓着倪东的手贴在自己的脸上："你成了废人，我成了罪人，我们都不好过啊，我曾经连鱼都不敢杀的人，怎么变得这么恶毒了？居然可以眼睁睁地看着我的丈夫心梗而见死不救，你是我的丈夫啊，一张床上睡了二十多年的亲人啊，我为什么会变成这样？变得人不像人鬼不像鬼，倪东，你告诉我，告诉我……"

倪东始终面无表情地看着丁小秋，事已至此，倪东还能说什么？说什么还有什么用？一切都不可挽回了，这或许就是命运对他俩的惩罚，让他成了吃喝拉撒都需要人照顾的废物，让她成了自责一辈子照顾他余生用来还债的护工。

在外人看来，他们夫妻感情至深，倪东躺在床上不能动，丁小秋无微不至地照顾着，不是有着深厚的情感，谁能做到丁小秋这样呢？市里评选最美家庭，学校把丁小秋的家庭报了上去，感动了无数的人，丁小秋和倪东被评为最美家庭，在电视台举办的晚会上，丁小秋上台领奖，看着最美家庭的奖状和奖杯，她没有笑也没有落泪。

三

万花筒产后抑郁了，每天都以泪洗面，谁也没招惹她，她就是想哭，而且一哭起来就控制不住，好像控制泪水的闸门失灵了。小常在网上查阅了大量的资料确诊万花筒得了产后抑郁症，得了抑郁症的产妇会做出极端的行为，比如自杀，比如伤害孩子，比如抱着孩子跳楼。小常越想越害怕，他偷偷地观察着万花筒，只要万花筒抱着孩子，他就无比紧张，寸步不离地跟在万花筒的身边，他已经预设了几套应急方案，一旦万花筒做出过激反应，他要这么这么做。

万花筒也清楚自己得了抑郁症，她拼全力与之对抗着，先从控制哭的次数和时长做起，每次哭的时候，她就命令自己控制控制，不要放大悲伤的情绪，不要放肆地哭。万花筒还是不敢看自己肚皮上的疤痕，以前最值得炫耀的腹肌如今被摧残得不忍目睹，这道疤痕永远不会消失了，一想到这，万花筒的眼泪就忍不住，噼里啪啦地往下掉。

小常了解万花筒的心思，拿了几张文身的图案给万花筒看，说："祖宗哎，别哭了，等好了咱去文个图案，我看这只凤不错，以后一露肚皮一只凤冒了出来，多酷啊。"

万花筒哭笑不得，不过小常的这个办法很有效，最起码让万花筒看见了希望，情绪不至于那么低落了。万花筒感慨，女人不易啊，怀孕是一道坎，孕期十个月，每次的孕检都是胆战心惊，担心腹中的胎儿有问题；生产又是一道坎，顺产要经历十几个小时的阵痛，顺不下来还要转剖，肚皮上挨一刀留下永不消失的痕迹；坐月子更是一道坎，有的产妇熬过了前两关却输给了最后一道坎，坠落到谷底爬不起来。

万花筒想不通为什么要坐月子，老一辈人说女人落下月子病就治不好了，比如受了风寒，就会头痛腿痛一辈子，比如吃了硬食物就会牙痛，比如看多了书和电脑就会眼痛等等一系列的这个不能那个不行。万花筒没坐过月子，没有一点经验，担心落下月子病，只能按照老一辈的习惯执行，但是到了第十天的时候，万花筒就发现不能再这样下去了，一个活蹦乱跳的人活生生地闷在家里一个月，估计也会闷出抑郁症，何况一个刚刚生完孩子各方面都很脆弱的产妇。万花筒闻着身上散发出来的汗酸味，看着镜子里油乎乎的头发，舔了舔牙齿上的齿垢，万花筒想，去他妈的坐月子，老娘得刷牙洗澡出门。于是，万花筒往刀口上贴了隔水贴，舒舒服服地洗了一个热水澡，那个酣畅那个舒服，心情不由自主地好了起来，万花筒吹干头发，披着浴衣出来时，小常打量着万花筒，说："爽歪歪了？"万花筒笑了，小常长长地呼出一口气，说："天老爷哎，终于见笑脸了，早知道洗澡可以治抑郁症，我早早地就把你扔进浴缸了。"万花筒看了一眼在婴儿床里熟睡的小孩，拿起化妆包开始化妆。小常问："你真要出门？"万花筒说："出去透透气，再憋下去，我也得抱着小孩跳楼了。"小常点点头，看着万花筒化妆。

万花筒把自己包裹严实了，正要迈开腿大步流星地走时，腹部的刀口提出了抗议，一阵疼痛让她收回了脚，慢慢地挪到门外。扑鼻而来的清新空气像吹风机呼呼噜噜地把身体中的尘霾吹得七

155

零八落，万花筒贪婪地做着深呼吸，情绪一点点地高涨起来，浑身的细胞都活跃起来。

万花筒哼着小曲又挪回到了房间。小常又打量着万花筒，嘴里啧啧着说："哎哟喂，怪不得蹲监狱的人要放风，你看看你，还唱上了。"万花筒嘿嘿地笑着："坐月子能把人坐死，早该取缔了。"小常点头认可，这时候，小孩睡醒了，哇哇大哭起来，小常赶紧抱起小孩，哄着："哦哦，不哭不哭，止哭神器马上来了。"万花筒接过小孩，把奶头塞进小孩的嘴里，小孩立刻不哭了。小常感慨："真神啊，我哪天把你挤出来的奶水装在奶瓶里，挂在我的胸前，喂喂试一下，看他哭不哭。"万花筒开心地笑着。小常说："我看网上好多奶爸都这样做，我也想试一试。"万花筒说："行啊，你想试就试，不过别抱太大希望，奶嘴和奶头的口感不一样。"小常说："他这么小，不知道的。"万花筒说："你忘记同病房的那个小女孩了？"小常连连点头："是哦，算了，我不试了，万一他像那个小女孩不吃奶头了怎么办？"

和万花筒同病房的产妇比万花筒早生产一天，生了一个小女孩，小女孩的妈妈当时没有出奶水，小女孩的奶奶担心饿着小孩，就用奶瓶给小女孩喂了奶粉，等小女孩的妈妈有奶水了，抱着小女孩喂，小女孩叼着奶头不吸奶，嗷嗷大哭。护士责备小女孩的奶奶，医院有规定不让带奶瓶奶粉就是担心出现这种情况，好逸恶劳是人的本性，小孩吃奶瓶不用费力，轻轻一吸就喝到嘴里了，吸奶头可不一样，要用尽浑身的力量才能吸出奶水。奶奶也没想到自己好心办坏事，就不再用奶瓶喂，等小女孩饿了就抱给妈妈，但小女孩就是不吸奶头，大哭着抗议，妈妈坚持不用奶瓶，小女孩坚持不吸奶头，大人和小孩就这样博弈，往往输的是大人，小女孩倔强地一直哭，哭了二十多分钟的时候，大人就挺不住了，又是心疼小孩又是担心哭出毛病，只能把奶水用吸奶器挤出来，用奶瓶喂小女孩。小女孩的妈妈每次用吸奶器吸奶时就委屈地哭，她有母乳，却无法体会喂养的幸福感。

万花筒是一个听话的产妇，医院规定不让带的东西一概不带，她是第三天出的奶水，小孩在产房时就开始吸奶头，回到病房，小孩一醒万花筒就抱到身边让他吸奶，小孩一吸就是二十多分钟，吸得满头大汗，吸不出来奶急得直哼哼。小常在旁边也急得直搓手，对万花筒说："真是穷养儿子富养闺女，你看看人家隔壁床的小公主，奶粉母乳喝不完，我们这个吸得快累晕了也喝不到嘴里。"万花筒说："没事，过两天就会下奶了。"小常说："你饿两天试一试，不行喂点奶粉吧。"万花筒不同意，万花筒看书上说，刚出生的婴儿胃部只有枣那么大，初乳就可以满足婴儿的需求，有的小孩喝了奶粉就拒绝喝母乳了，到时候更麻烦。

万花筒固执地坚持着不加奶粉，小孩吸不出奶水就哭，万花筒便哄着小孩说："乖啊，没有耕耘哪来的收获，用力吸啊，吸一吸就有奶吃了。"小常实在看不下去，跑去把那个美女护士请来，护士告诉万花筒可以放心地加医院里的奶粉，不会出现小孩吃过奶粉不喝奶的情况，因为小孩已经尝到了母乳的味道，万花筒只是没有大量的下奶，小孩吸入的母乳吃不饱。万花筒将信将疑，护士用手使劲地掐了一下万花筒的奶头，几滴清亮亮的奶水出来了，护士告诉万花筒小孩出生这几天要排泄体内的羊水，只有吃了奶往下顶才能排得顺畅。万花筒终于同意了加奶粉，护士用小口杯给小孩喂奶粉，小孩迫不及待地一口接一口地喝着，小常在旁边心疼地直啰唆："看看把儿子饿的，看看把儿子饿的。"

万花筒坚持每天出门透透气，心情逐渐地好转了，哭的次数越来越少，她开始尝试着做上肢的运动，举举哑铃，当她举起五公斤的哑铃时，牵拉到腹部的刀口，疼得她直吸气，小常在旁边嚷嚷："祖宗哟，咱能不折腾吗？肚子上那么长的口子，你不知道啊？"万花筒说："运动可以产生多巴胺，可以抗抑郁，我得产后抑郁症了，谁也帮不了我，只能自救。"小常说："上肢运动和下肢运动都做不了，不行就练练手指脚趾或者颈椎，这些都不会影响到刀口。"万花筒哭笑不得地看着小常。

小常就这样进入了万花筒的生活，每天忙得不亦乐乎，一天夜里，小孩睡着了，万花筒看着小常，小常坐在婴儿床边看着小孩。万花筒说："小常。"小常没有转头，嗯了一声。万花筒说："你在想什么呢？"小常说："我在想人活着真不容易，你看看他，在肚子里的时候靠脐带活着，出生后连放屁都不会，肠胀气折腾得小孩动不动就号啕大哭，谁能想到人生的第一关是从学会放屁开始。"万花筒说："你在网上学的排气操很管用，一做小孩就放屁。"小常说："我感觉他自己也很难受。"万花筒说："他看不清听不清大脑没有发育好，在肚子里待十个月，出来后不会那么快就适应的，没有安全感是我们与生俱来的，所以小孩一哭就要赶紧抱起来，给他安全感。"小常说："网上不是说不能抱吗？"万花筒说："不能抱的论调早在几年前就被否认了，一岁以前的婴儿哭闹是生理需求，所以我们一定要有求必应，一岁以后的幼儿哭闹是心理需求，我们要酌情满足。"小常说："你看的书上说的？"

万花筒说："是啊，不能完全相信网上的文章，有很多写文章的人自己都不了解情况，怎么夺人眼睛怎么写。"

俩人沉默了一会儿，万花筒说："小常。"小常还是没有回头，嗯了一声。万花筒说："你真的考虑清楚了吗？就这样陪着我们走下去。"小常："你是不是觉得我很贱？"万花筒说："我觉得你很伟大。"小常扭头看了看万花筒，万花筒伸出手让小常握着，万花筒说："你现在走还来得及，不要等到小孩对你有依赖了你再走，那样对小孩的心理发育有影响。"小常说："你抑郁症又犯了？说这些干吗？我又不是两三岁的孩子，说变就变。"万花筒还想说什么，小常轻轻地把万花筒搂到怀里，说："你也没有安全感了，来，抱抱。"万花筒靠在小常的怀里，微微闭上眼睛，眼泪不争气地又涌了出来。

万花筒一直在思考一个问题，人的哺育期如此之长为什么没有灭绝？丁小秋来看望她的时候，万花筒把这个问题抛给了丁小秋，丁小秋沉默了一会儿没有直接回答，而是问道："后悔当妈了？"万花筒微微叹口气："哺育期真漫长啊，我每天像被固定在那里取胆汁的熊一样给小孩喂奶，几个小时不能动弹，如果离开人的照顾小孩根本活不下来，牛马羊生下来就能站能走，小狗小猫八个月就成年了，人类需要一年的哺育才渡过婴儿期。"丁小秋沉思了一会儿说："人类的灭绝和哺乳期漫长没有必然的联系，能够在地球上存活下来的物种，都是因为生存的平衡没有被打破，一旦这种平衡打破了，人类也会面临灭绝，比如环境的恶劣变化、病毒的入侵，都会造成人类的灭绝。你说的哺育期时间长，是因为人类自从直立行走后解放了双手，脑袋越来越大，骨盆却变窄

159

了，这就让女性生孩子变得极其危险，甚至丢掉性命，为了存活下来身体就让孩子提前生产，差不多九至十个月就生下来，这个时候孩子头的大小只有成年人的三分之一，虽然生产的时候会很痛苦，但不至于要了产妇的命。其实，胎儿应该在母体里妊娠十八至二十一个月才是真正的瓜熟蒂落。提前生出的小孩当然会很脆弱，需要人的照顾，我们的祖先是群居方式生存的，大家伙合力照料刚出生的小孩，这就让小孩容易活下来。就像现在一样，虽然不是群居生存了，但年轻人生完孩子，长辈还是会来帮忙。"

万花筒和小常听得目瞪口呆，小常感叹道："老天爷哟，有文化就是不一样，说的这些东西我都没听过。"万花筒认可地点点头。丁小秋笑了笑，把万花筒搂到怀里，轻轻地拍着后背，说："你现在是最辛苦的时候，除了咬着牙熬下去，没有别的办法，你那么坚强会挺过去的，小孩一天一天在长大，熬到能走会说了，就不会这么辛苦了。"

万花筒含泪点点头，万花筒经历的这些丁小秋经历了两次，所以能够完全理解万花筒。万花筒说："唉，早知道这么难就不生了。"小常在一旁嗷嗷地直叫唤："呸！呸！呸！你当着儿子的面说这种话，造孽啊，造孽啊，小心天打五雷轰。"万花筒和丁小秋都被逗笑了。

丁小秋说："都说女子本为弱为母则刚，男子本为强为父则柔，这就是一句狗屁话，别逼着自己刚强，该哭就哭，该闹就闹，你一哭一闹，小常的体贴温柔就送过来了。"小常连连点头："是哦，是哦，会哭的孩子有奶吃，你看儿子一哭，你就抱着哄给奶吃，你也哭，我也哄你，我给不了你奶吃，给别的啊。"万花筒和丁小秋笑得更开心了。

丁小秋说："你说你，身边有这么一个开心果，还抑郁？说你矫情一点都不冤枉你。"万花筒打量着小常，小常一抬头与万花筒的目光交融，小常看见了万花筒眼睛里的光，有些激动地搓搓手，说："哎，要不让小秋姐帮忙看会儿娃，咱俩自由活动一下？"丁小秋哈哈大笑起来，说："我看行。"万花筒不好意思地瞪了一眼小常，小常看着万花筒的模样，更加兴致高昂了，把婴儿车推到丁小秋的跟前，一脸讨好地说："小秋姐，帮帮忙了。"丁小秋识趣地推着婴儿车到了另一个房间，丁小秋羡慕地听着小常和万花筒的嬉笑声，自己也不由自主地笑着，笑着笑着眼泪落了下来。

四

刘武来看望万花筒时，小常正抱着小孩开心地跳舞，小孩被逗得咯咯地笑，刘武的心里像打翻了五味瓶，那个不是滋味啊，老婆成了别人的，连儿子也成了别人的。刘武伸手要抱一抱小孩，小常不给，只是抱着让刘武看看，刘武打量着小孩，小孩的眼睛和嘴很像自己，刘武一下想到了病故的小孩，心像被万箭穿透，痛得喘不上气，刘武不能再待下去，匆匆告辞了。

万花筒曾经指责他懦弱，没有勇气战胜心魔，是的，他不是勇士，也成不了勇士，他只是生活的失败者。人脑如果能够像计算机那样定期清零，或许就不会有那么多人自杀那么多人抑郁那么多人得精神病那么多人心理变态，扭曲的经历在记忆中发酵膨胀只能让心理越来越扭曲。刘武想，哪天科技研究出清除人脑的部分记忆，他会第一个去尝试，把盘桓在他大脑里的往事连根铲除，让他不用再负重前行，可以轻轻松松地生活。

刘武羡慕那些心大的人，无论发生了多么惨痛的事情，都可以自我调理到像从来没有发生过。刘武没有那么强大的内心，这可能是他的性格所致，他属于那种喜欢记仇、心胸不开阔的男人，年轻刚参加工作时得罪他的人，他到现在都记着，还时不时地把这个人从记忆里翻出来痛骂一顿，他给万花筒说起以前得罪自己的人时，万花筒惊讶地看了他一会儿，纳闷刘武为什么会牢记这么久远的事情，而且这种矛盾属于工作中的正常摩擦。这就是刘武的性格，所以他永远不会从丧子的阴影中走出来。

刘武失业后往其他的汽车 4S 店投了简历，大部分是石沉大海，有几家约他见面，希望他到修理车间，重新干他的老本行修车。刘武当了十来年的高管，习惯了穿着西装打着领带坐在敞亮的办公室里，让他换上工服进车间，被人呼来唤去，刘武接受不了。和他同样命运的两个同事也无枝可栖，三个人脑袋一热决定自己创业，自己当老板，于是，三个人合资开了一家小型的汽车 SPA 店，但生意惨淡，每个月连房租都挣不出来，为了节约成本，把所有员工都开除了，三个高管成了洗车工，赔得底朝天后，三个人又失业了。

都说穷则思变，刘武的积蓄都折腾光了，又不肯屈尊当修理工，但在北京生活，挣不挣钱都得开支，他想到了万花筒，万花筒住的房子比他的这套大四十来平方米，在寸土寸金的北京四环以里，四十来平方米相当于五六百万，他分一半也能得到二三百万，省着点花销足够他滋润地过完下半生。他咨询律师，律师信誓旦旦地告诉他，离婚后有一年的追诉期，刘武现在起诉来得及，于是，刘武爽快地交了律师费。

万花筒接到法院的传票时，愣了足足半个小时，她把刘武的诉状看了一遍又一遍，怀疑自己是不是在做梦。小常在一旁炸了，顾忌到熟睡的小孩，压低声音怒喊着："龟孙！龟孙啊，这是人干的事吗？他是不是穷疯掉了？我给你说，我见他第一面就没好感，一脸的寡相，颧骨尖耸，覆舟嘴、三白眼。"由于激动，小常的声音时不时地变大，但看一眼小孩又立刻压低声音，"六亲不认啊，嚯嚯，怪不得他的小孩死了，老天爷在惩罚他，龟孙，幸亏你带着儿子和他离婚了，这种灾星迟早会殃及你和儿子。人在做天在看，老天爷是眷顾你，让你把这个灾星踢出门了，保你和儿子的平安。你说说看，这种钱他都敢要，可想而知他的内心有多贱，龟孙！我这口气堵在心里难消，得去削他一顿。"说完小常就冲出了家门。

理直气壮地做着昧良心的事是很多人的通病，这种人怨气重好算计，认为所有人都亏欠他们的，不会白白付出，稍微付出一点就搞得自己跟上帝一样，要让别人感恩戴德他们一辈子。万花筒和刘武结婚时，俩人都很穷，都在租房子，凭着两个人的努力在北京买了房买了车，两口子过日子谁挣得多谁挣得少，万花筒从来没有算过，更没有比较过，她只知道就算没有刘武，她的收入也可以在北京买房买车。万花筒悲从心底升，刘武到底经历了什么让他变得如此不堪，而他却认为理所当然。

丁小秋和丁小妮急匆匆地到了万花筒的家里，是小常打电话叫她们过来帮忙照看一下万花筒和小孩。丁小秋和丁小妮在电话里听了个大概，看完起诉书后都气得直骂娘。丁小妮说："他妈的，这叫人吗？一离婚人变成狗了。"丁小秋说："狼回头不是报恩就是报仇，你俩夫妻一场，他跟你有仇吗，至于这么做吗？"说完这句话，丁小秋沉默了，是啊，夫妻一场，至于吗？如今倪东生活不能自理躺在床上，她日日夜夜地伺候着，是她欠他的，如果她在倪东犯病时及时送到医院，倪东不会成如今的样子，她也不用受这份累。她和倪东不就是把夫妻过成了仇人吗？丁小秋想到这里深深地叹口气。

丁小妮说："如果官司输了，你有这么多钱给他吗？"万花筒摇摇头。丁小妮说："那就别理他，我还不信法院能把你这套房子拍卖了。"丁小秋说："拍卖倒不会，你带着小孩，法院不会让你们娘俩没地方住。"万花筒说："如果官司输了，我就把这房子卖掉，再买一套小户型和孩子住。"万花筒说完后，忍不住哭了起来，她感觉到委屈，一起生活了十来年的男人，她一心一意爱着的男人，变成了伤她最重的人，如果说他心理有障碍不能接受小孩，万花筒还能勉强理解，那么起诉要钱这种一般人都不会做出来的事情，万花筒就怎么也想不通了，难道刘武从来没有爱过自己，难道他们生活在一起，他从来没有动过真情，人啊，太可怕了，不到最后时刻，你都不知道日夜相处的是人还是狼。

丁小妮哄着万花筒："别哭了，别哭了，你还喂着奶呢，会影响奶水质量。"万花筒看着熟睡的小孩，说："如果我不生小孩，是不是就不会遇见这些事情了？"丁小秋说："该来的早晚会来，小孩是照妖镜，让刘武早早地现原形，像他这种品性的人，迟早会伤害到你。所以你要感谢小孩，他是你的福星，让你躲避了更大的劫难。"丁小秋又想到了躺在床上的倪东，对于倪东而言，她就是魔鬼，如果倪东和她离婚，就躲过了她这个魔鬼。

小孩醒了，嗷嗷大哭着，万花筒看着小孩，她不认同丁小秋的话，她认为这一切都是小孩带来的，丁小妮抱着孩子哄着，让万花筒喂奶，万花筒固执地不喂，小孩哭得撕心裂肺，万花筒也跟着一起哭。在大人和小孩的哭声中，丁小秋说出了压在心里的秘密，这个秘密她打算带到坟墓里，但为了闺密，她说了出来。万花筒和丁小妮都震惊了，惊恐地看着丁小秋，丁小秋落泪了，说："小万，相信我，孩子是你的福星……每个人的内心都是天使和恶魔共存，到了利益爆发点的时候，大部分人就变成了魔，我眼睁睁地看着倪东倒下，见死不救，我不是恶魔是什么……"万花筒一把抱住丁小秋，两个女人哀伤地哭泣着，丁小妮抱着小孩也忍不住落下泪。

小常鼻青脸肿地回来时，看见三个女人搂着小孩，有说有笑，房间里洋溢着浓郁的母爱，小常永远不会知道这之前发生了什么，永远也不会知道三个女人笑容背后的酸楚。小常兴致勃勃地把削刘武的事情添油加醋地说了一遍，在他的讲述里，他是超级英雄，刘武是一只任他踩踏的蟑螂，被他收拾得服服帖帖。正在他喋喋不休沉浸在自己的英雄梦时，警察敲开了门，说是刘武报案了，让小常到派出所接受调查，小常蒙了，抱着小孩不知所措地在房间里转悠。

丁小秋请警察进屋，把事情的原委井井有条地叙述了一遍，丁小秋的口才不是一般人能敌的，那可是经常在电视上做访谈的，讲出来的话入情入理让人听着舒服。警察打量了几眼万花筒，他想看看让小常这个帅气的小伙子赴汤蹈火的女人是什么样的。

万花筒从小常的怀里抱过小孩，小常一脸紧张，万花筒心疼地摸摸小常的脸，说："没事的，去了就是做个笔录。"小常说："不会抓起来直接把我扔牢里吧，等我出来的时候，儿子都长大成人了。"万花筒嘿嘿地笑了。小常委屈地说："你还笑？"万花筒说："也就是个把小时的事，除非是派出所一小时相当于人间的十年。"小常一听这话也忍不住乐了，伸出双臂紧紧地把万花筒和孩子抱在怀里。

开庭时，万花筒没有出面，代理律师是丁小秋帮忙请的，还是那位欠她人情的金律师，金律师听完万花筒的情况后感慨万千，在这个世俗社会真是不缺渣男渣女啊，人一渣起来连鬼都害怕。万花筒的意思是不要提小孩的事情，因为她和刘武结婚时就有约定不要小孩，生下小孩是她单方面的决定，刘武对小孩不负责有他的苦衷，不能怨他。金律师看着万花筒就像看见圣母一样，还是那种头顶散射着光芒的圣母，又是一番感慨万千，在这个世俗社会真是不缺善男善女啊，人一善起来连神都自愧。

开庭前，金律师接到丁小秋的电话，丁小秋让金律师不要听万花筒的意见，用小孩的抚养费来争取更大的利益，金律师有些犹豫，毕竟他是受雇于万花筒，丁小秋让金律师不要有压力，万花筒那边她会做工作。金律师答应了，因为也只有这么做才能让万花筒少分给刘武一些钱。

刘武的律师和万花筒的律师在法庭上据理力争，争执的焦点就是在小孩的抚养费方面，最后，法官认为小孩已经出生了，无论刘武认不认，都是小孩的父亲，就应该承担起抚养的义务。最终判万花筒再给刘武一百万。

刘武不甘心，和他预期的心理价位相差一百五十万，一个小孩能为万花筒争取一百五十万，这也太划算了，刘武和律师商量，不行就再起诉，争取小孩的抚养权，他可以请个保姆养小孩。律师端详了刘武片刻，认真地说："我也是当爹的人，小孩不是商品，是个活生生的人。"刘武不服气地反驳："人也有价啊，就是因为这个小孩，我少了一百五十万。你不想代理这个官司，是因为律师费不高，赚不到钱，不用把自己标榜得那么高尚。"律师无语地看着刘武，在心里咒骂着刘武。

万花筒又接到了法院的传票，这一次是刘武争取小孩抚养权的官司，万花筒被折磨得快要崩溃了，都说离婚就是剥层皮，体无完肤血淋淋的，刘武离婚后杀的回马枪一刀刀地剔着万花筒，万花筒气急败坏地拨通刘武的电话，一上来就爆粗口："你他妈的有完没完，你还是人吗？穷疯了？不怕遭报应吗？你说，你还想要多少钱？老娘卖掉房子给你，你他妈的不用左一个官司右一个官司，小心把老娘逼急了和你同归于尽，都不要活了。"刘武说："你再给我一百五十万，我就撤诉。"万花筒说："行，老娘给。"刘武说："口说无凭，你写一个欠条。"万花筒说："行，老娘写。"万花筒挂了电话，气得直喘粗气。

小常看着万花筒气得发白的脸色，心疼地抚摸着万花筒的后背，安慰道："淡定淡定，我这些年存了三十来万，你拿去用。"万花筒感激地看着小常。

丁小秋和丁小妮都劝万花筒不要冲动，万花筒固执地写下一百五十万的欠条快递给了刘武，然后把手机里关于刘武的内容全

167

部删除。破财免灾也好，破产买消停也罢，万花筒不愿意再和这个人有一丝一毫的纠缠，她没有精力耗下去，也没有勇气耗下去，对人的失望让她不寒而栗，毫无保留地信任一个人，不遗余力地疼爱一个人，换来的是如此破烂不堪的结局，这是为什么？

刚刚被万花筒击退的产后抑郁症又卷土重来，万花筒越想越想不通，每天以泪洗面，小常又请来了他崇拜的"哲人"丁小秋，丁小秋问万花筒："既然这么委屈为什么不和刘武斗争到底？"万花筒哭着摇头，说："我不委屈，我是想不通，人太可怕了。"丁小秋沉重地叹口气，没有再说什么，而是逼着万花筒收拾打扮一番带到楼下吃起了辣翻天的火锅。丁小秋点了一份变态辣，两个人被辣得鼻涕眼泪一起流，万花筒感觉到浑身的毛孔都在往外冒汗，那个酣畅，那个痛快，心情不由自主地好了起来。吃了一半，丁小秋又点了一瓶江小白，江小白瓶身上的人生格言写着：用一杯酒的单纯，去忘记世界的复杂。丁小秋和万花筒看着这句格言，不禁笑了起来，丁小秋斟满酒杯，对万花筒说："来，干了。"万花筒端起酒杯与丁小秋碰杯，俩人一饮而尽。浓烈的酒如同一列轰轰隆隆的火车，从咽喉直冲而下抵达胃部，所经之处被碾压得火辣辣的，万花筒咧咧嘴，说了一个字"爽"。丁小秋接道："真爽。"俩人相视一笑，喝到微醉时，万花筒说："糟糕，还得喂娃呢。"丁小秋口齿不清地说："饿一顿没事。"俩人又喝了起来，万花筒说："小秋姐，你不知道我有多想吃这火锅，再来瓶小酒，但为了保证奶水质量，忍了。"丁小秋连连点头："我也许久没有这么痛快了。"

夫妻何尝不像这热气腾腾火辣辣的火锅，爱情当道时，什么都可以包容，什么都可以接纳，就算被辣得眼泪鼻涕一起流也高喊着痛快，一旦爱情蒸发了，便如同熄了火的火锅，上面布满了一层厚厚的油腻，看着都恶心，更别说再吃一口了。

万花筒和丁小秋浑身散发着火锅味、醉醺醺地回到家时，小常正抱着哇哇大哭的小孩急得满地转，小常抱怨道："祖宗哎，你们真能作，快快，止哭神器送上。"万花筒抱过小孩，小孩被呛得打了一个喷嚏，万花筒嘿嘿地笑了，把奶头塞进小孩的嘴里，小孩用力地吮吸着。丁小秋把手里的餐盒递给小常，小常打开一看是两个人没有吃完的火锅剩菜，气得直嚷嚷："好家伙，你俩把我当狗喂啊。"万花筒和丁小秋笑得更开心了，小常一边狼吞虎咽地吃着一边指着桌子的一本书说："那本书写得贼好，跟着啥人学啥人，我活这么大也没看过几本书。"万花筒和丁小秋朝桌上望去，是王蒙的《守住中国人的底线》，万花筒说："这是小秋姐送的。"小常说："我知道，你跟我差不多，没认识小秋姐时也不读书。"万花筒开心地哈哈大笑，的确如此，那时候感觉看书是很古老的事情，自从丁小秋走进她的生活，时不时地会送给她几本书，告诉她这几本书都说了什么，让她有空看一看，慢慢地，她发现有的书写得真的很棒，不仅可以解闷还可以解惑。有时候，她有看不明白的地方会请教丁小秋，丁小秋言简意赅地讲解一下，万花筒便拨云见日，豁然开朗了。

丁小秋拿起书，翻开看了看，不禁笑了起来，说道："哟，小常还划重点呢。"小常得意扬扬地说："必须的，那段话我看了快八遍了，越看越明白，小秋姐，你给孩他妈念一下。"丁小秋点点头，念道："人生苦短，百年一瞬，我们无法要求大家都有一样的成就，却可以希望人人都不要把生命和精力，把有限的时间放在最不应该有的行为上。没有这些本应该没有的行为，没有这些劣迹和笑柄，没有这些罪过和低级下作，即使你的成就极有限，起码你还是正直地、正确地、正常地心安理得地度过了一生。你回忆起自己的一切的时候，至少不必那样惭愧、那样羞耻、那样懊悔。"

万花筒和小常静静地听着，丁小秋读完后也沉默着。

"我们看错了世界，反说它欺骗了我们"，无论我们经历了何种人、何种事，都是我们看花眼了，那种人原本如此，那种事也顺理成章。

这套能看见日出的房子就要卖掉了，签协议的那天清晨，万花筒抱着小孩站在窗前最后一次欣赏了日出，还是那么惊心动魄，还是那么荡气回肠，还是那么霞光万丈，还是那么灿烂夺目，万花筒被金色的晨光笼罩着，她的内心也温暖起来，人也应该像日出一般，每一天都保持热气腾腾的状态，不要被昨天干扰了今天，万花筒低头亲了亲小孩的脸蛋，轻语着："宝贝，生活多美好，那么多好吃的好玩的都在等着你，快快长大吧。"

第十章　没完没了

一

　　小铁蛋出院后，丁小妮带着小铁蛋住进了丁小秋家。丁小妮每天都会往返一个多小时回到家门口，到楼下的那棵树前拜一拜，不是这棵树挂住小铁蛋，小铁蛋就没了，丁小妮越想越腿软。

　　丁小妮到物业递交认领这棵树的申请，物业从来没有办理过这种事情，要开会商量一下，丁小妮背地里给物业领导塞了一笔钱，就这样，这棵树属于丁小妮了，丁小妮请园林工人给这棵树做了围栏，又专门花钱聘了工人定期给这棵树施肥、浇水、剪枝。

　　钱没有白花的，力没有白出的，这棵树在工人的细心照料下生机勃勃，树叶绿油油的，一点灰尘都没有，在绿化带中扎眼夺目。小区的人都听说了这棵树的传奇故事，把它视为神树，一些迷信的人纷纷过来拜拜，一传十传百，周边小区的人也都陆续过来一睹树容，甚至有的人往树干上系红色的祈福带，一个人系了，大家都效仿，这棵树浑身披满了红色的飘带。

起初丁小妮不忍心摘掉，是考虑到祈福者的心情，但是越挂越多，好好的树不像树了，反倒像是怪兽，尤其在起风的时候，呼呼啦啦地飘着，显得怪异瘆人。小区里的一些业主不乐意了，到物业投诉，要求恢复树的原貌，物业领导通知丁小妮，丁小妮让员工把树干的飘带全部取下来，这个举动引起了众怒，飘带的主人聚集起来找丁小妮理论，丁小妮没有办法，请物业领导出面协调，物业领导劝这些"信徒"不要再来拜树了，树就是树，承受不起大家的重托，希望大家控制情绪理性对待，恢复树的原貌。但这些话说服不了有信仰的人，尤其是那些通过祈福阴差阳错心愿成真的人，已经把这棵树视为心中的神，怎么可能善罢甘休？

于是，为了限制外来人员进入，增加了门口保安的人数，严查每一辆车和每一位行人的进入，小区从来没有这么严格过，下班高峰期的时候，门口排一溜车，业主不乐意了，有些脾气暴躁的业主直接和保安发生冲突，一边是勒令严查的东家，一边是难伺候的业主，保安有苦难言。

物业经理的电话也快被打爆了，都是投诉或者谩骂的电话，物业经理憋了一肚子火没处发，把保安召集起来劈头盖脸地一顿训斥，几个挨了打的保安不服气和经理理论，经理一气之下把这几个人开除了，这几个人心里不痛快，用石头把经理的车砸了，并且放下狠话敢报案下次砸的就是人。经理知道是自己理亏，便作罢了，心疼地看着刚买不久的爱车，除了唉声叹气还是唉声叹气。

就算门口卡得再严也会有漏网之鱼，总会有人混进小区，物业经理没有办法，只能升级门岗设备，从刷门禁到刷脸，物业人

172

员亲自上门采集业主的人脸。这倒是一个有效的办法，不会造成查出入证的拥堵，脸一刷就起杆。小区的外来人员明显地被控制住了，物业经理终于可以舒口气了，舒舒服服地坐在办公室泡杯茶刷会儿手机。

表面上风平浪静了，其实在暗流涌动，没过多少日子，这棵树快变成了秃头，原来，那些进不了小区的信徒买通小区的工作人员，帮他们剪下树枝拿回家里继续祭拜，于是，这棵树今天少根树枝，明天抠块树皮，后天缺个枝丫，很快枝叶茂盛的、代表着小区一道靓丽风景的大树变得面目全非、丑陋不堪。

丁小妮心疼这棵树，打算把这棵树移走栽到别的地方，物业经理巴不得这样，让丁小妮赶紧把这棵树连根拔起，因为它惹了这么多事端，连自己的爱车都殃及了。没想到挖掘机开来准备动工时，被小区的一些业主围住了，大家都不同意挖树，理由是这棵树是靠大家的物业费养活的，想挖走可以，但得给钱，也就是交清这棵树的"伙食费"，业主们狮子大开口开价二十万，丁小妮接受不了，看着眼前这些芳邻们，搞不懂他们是太穷了还是品性本该如此，还有挣这种钱的？

丁小秋听说此事后开心得哈哈大笑，说："太搞笑了，事情往往都是这样的，我们美好的初衷换不到完美的结局。还记得我给你说过和田玉的事吗？和这棵树一样的遭遇。"

丁小妮点点头，那是她来北京没多久，丁小秋拽着她去了一趟新疆的和田，那是她第一次到新疆，感觉真远啊，赶了一天的路才到和田，一下车丁小秋看着身边深眼窝高鼻梁的人群、听着叽里咕噜完全不懂的语言以为到了国外。丁小秋来之前做了功课，

173

学习了简单的维语，能够和那些新疆人简单地交流，丁小妮有些害怕，紧紧地挽着堂姐的胳膊，害怕走丢了。

两个人跟着一个维吾尔族向导来到了玉龙喀什河，丁小妮被眼前的一幕震惊了，河床内上千台挖掘机工作着，上万人在河床上捡石头，机器轰鸣尘土高扬遮天蔽日。

丁小秋感慨地说："古代的沙场鏖战也不过如此，小妮，震撼不？

丁小妮连连点头，问："他们在干吗？"

丁小秋说："寻找可以一石暴富的玉石啊，一个人在这里捡了一块石头，卖了几十万的高价，所有的人都奔涌过来，把这里翻了一遍又一遍。"

丁小妮纳闷地问："什么石头这么值钱？"

丁小秋说："和田玉，黄金有价玉无价。"丁小秋感慨万千地看着眼前的一幕，"太疯狂了，石头也疯狂啊，这里大规模的重机械工作曾经让一些国家中央情报局怀疑我国在搞秘密的军事行动，派情报人员过来侦查后哭笑不得。这些挖玉人总量高达二十多万，挖到玉的成了当地的富豪，挖不到玉的不甘心，披星戴月地挖，看看这里都成了什么样了？千疮百孔、满目疮痍。"

丁小妮表示怀疑，说："真能卖那么多钱？姐，你是不是也想挖玉？"

丁小秋连连摇头，说："我要写一篇论文，探讨人类的未知。

丁小妮有些听不懂，没有接话。

丁小秋叹口气，说："这里的河床是古河床，有亿万年的积累，现在被挖掘机翻得底朝天，曾经的风光秀美一去不复返了。"丁小秋又重重地叹口气，"被人类关注不是一件幸运的事情。"

丁小秋劝丁小妮放下心中的那棵树，不要用个人的过盛情感强加于那棵树，树还是那棵树，十年百年都不会改变，改变的是人。小铁蛋被挂在树上，不是树的功劳，而是小铁蛋命不该绝，每个人的生死期限早在娘肚子里就确定了，命数不到，阎王爷不会收到。现在可好，这棵树也保不住命了，它要是会说话，估计会仰天大笑，嘲笑我们人类的荒唐和滑稽。就算丁小妮有钱，用二十万买下那棵树，但往哪里栽呢？人挪活树挪死，栽下就能活吗？活了以后那些信徒就不会卷土再来吗？那不是又得重新来过一遍，不如就此作罢，放过那棵树，让它好好做一棵树，或许还能保命，这样的结果对于树而言是幸福的结局。丁小妮如果还想祭拜，也学那些人剪个树枝回来插在屋里，天天拜就行了。

丁小妮听从了丁小秋的劝说，是啊，她的好心又一次收获了烂事，上次是殃及堂姐，这次是祸害了一棵树，丁小妮不再回小区折磨那棵树了，也没有剪下它的树枝搁屋里祭拜，她把这棵树收藏到了心里。

二

陶君得知小铁蛋跳楼的真相后，不相信地看着小羽，说出了最狠毒的话："你太像你妈了，一样的贱！一样的白眼狼！"小羽听完这句话就哭了起来，委屈地说："你们天天都围着弟弟转，你有正眼瞧过我吗？"陶君一脸嫌弃地说："你每天耷拉着眼皮吊着个脸，看着就丧气，本来好好的心情，一看你那张脸，骤降到冰点，心生厌烦。我就纳闷了你咋修炼来的这种本领，不用说话就能让人讨厌。"小羽哭喊着："我变成这样能怪谁？妈妈要不走，我能成这样吗？"陶君看着抹泪的小羽，仿佛看见了前妻，前妻就是喜欢这样强词夺理，什么事情都是她有理，陶君心里的反感一下加剧了数千倍，没好气地说："那你应该去给你妈吊脸，是她不要你的，不是我，老子养你这么大，换不来你的一张笑脸，是虐待你了？就算养条狗，还会摇摇尾巴，懂感恩，你呢？凶狠到把自己的弟弟往楼下推，你还是人吗？"小羽大喊起来："都是我的错，你们都骂我，你要是有本事，妈妈能走吗？"陶君气得手发抖，抬起手重重地落在小羽的头上，小羽被打得趴在了地上，小羽说："你打我？你打我？我不活了……"陶君冷漠地说："要死就早点死，别在这里恶心人。"说完，陶君起身出门，用力把门关上。

小羽看着窗户，想一跃而下结束她卑微的生命，但她没有勇气，本性懦弱的人是没有勇气自杀的，她拿起电话拨通母亲的电话，电话通了，但是没人接听。她被开除后想出国找母亲，在微信给母亲留言，母亲拒绝了，理由是没有精力照顾小羽。小羽又给母亲留言，说她不需要母亲的照顾，她长大了可以照顾母亲，她只想和妈妈在一起生活，她想妈妈。留言再没有收到回复，小羽悲戚地哭泣着，怨妈妈心太狠，小羽只有一个妈妈，而妈妈却有好几个孩子，小羽想起了《动物世界》里的一幕，母狮子在食物匮乏时期，为了保证体魄强壮的幼崽活下去，会拒绝给孱弱的幼崽喂奶，并且狠心地抛弃，小羽就是那个被母亲踢出去的幼崽。

陶君到丁小秋家，先在卧室里陪了一会儿倪东，倪东还是不能动不会说话，他面无表情地看着陶君，陶君也同情地看着倪东，倪东被丁小秋收拾得很干净，头发梳理得整整齐齐，胡须剃得干干净净，房间里充满了百合花的香味。陶君打量着房间，双人床换成了病人专用的护理床，窗台上摆放着花瓶，花瓶里插着怒放的百合花，墙上挂着全家福，全家福的旁边挂着"美丽家庭"的奖状。

陶君摸了摸倪东的手，倪东没有感觉，陶君说："姐夫，你好福气啊，堂姐把你照顾得真好。"倪东也不知道能不能听见，脸上还是没有任何表情。陶君在心里感叹着："唉，世事难料，谁能想到倪东的下半生会如此悲惨，唉……"陶君左一声叹息右一声叹息，生命太脆弱了，一场病就能打倒，生命又太坚强了，生活不能自理了还能活着。

陶君从卧室出来，心情沉重，估计每一个进去的人都会像他这样感叹一番。

小铁蛋和点点欢快的笑声立刻把陶君心中的阴霾吹散，仅一门之隔，仿佛冰火两重天，卧室里清清爽爽却充满了死亡的气息，客厅杂乱无序却荡漾着勃勃生机，陶君捡起地上的玩具，收拾起沙发上的儿童读物，小铁蛋和点点追打着跑了过来，小铁蛋把陶君当成挡箭牌躲闪着点点，点点拿着玩具水枪射小铁蛋，结果水全部喷在了陶君的身上，如果在以往，陶君会制止，但是此时此刻，他需要这种活着的感觉，也跟着小铁蛋躲闪着，开心得哈哈大笑。

丁小秋和丁小妮端着饭菜出来，俩人看着一片狼藉的客厅无奈地摇摇头，招呼着陶君与两个孩子洗手吃饭。饭菜很丰富，陶君和小铁蛋、点点狼吞虎咽地吃着，自从丁小妮带着小铁蛋离家出走后，他都在食堂吃饭，好久没有吃到这么可口的饭菜了。

丁小妮看看陶君，对小铁蛋说："看看你爸，成饿死鬼了。"小铁蛋懂事地给陶君搛了一块鸡翅，认真地说："爸，你慢点，管饱。"三个大人忍不住笑了起来。陶君说："小铁蛋，跟爸爸回家吧？"小铁蛋连连点头，丁小妮接过话说："我们不回，在这和点点玩。"小铁蛋又连连点头。陶君又深深地叹口气，他也不知道为什么，来到这里会如此喜欢叹气。丁小妮说："你搬过来投奔堂姐吧。"丁小秋轻声说着："我看行，你可以多陪陪姐夫。"陶君的心里一哆嗦，他恐惧进那个房间，虽然那个房间阳光和煦花香四溢，却让人不寒而栗，虽然倪东衣冠整齐，却被死神包裹看不到生的希望。小铁蛋说："爸爸，你把姐姐也带来啊，我好久没见到姐姐了，好想她呢。"三个大人都不说话了，默默地吃饭。小铁蛋也感觉到了气氛的压抑，看看妈妈又看看爸爸，点点偷偷地把辣椒酱抹到小铁蛋碗里的肉上，小铁蛋没有看见，一口吃掉肉，辣得直嚷嚷，逗得大家又哈哈大笑起来。

晚上，小铁蛋和点点睡在丁小秋和丁小妮的中间，小小的两个人舒服地摊开手脚占据了大部分的位置，丁小秋和丁小妮紧贴着床边，两个人都侧着身看着酣睡的孩子。丁小秋说："我对倪东做了那样的事，你是不是特别瞧不起我？"丁小妮说："可以理解，身为母亲总会为了孩子癫狂几次，这次小铁蛋坠楼，我差一点就把小羽推下楼了，要不是她喊我妈，估计这会儿我就蹲监狱了。我都想好了，她摔死了我偿命，她摔残了我坐牢，反正不能让小铁蛋再受到伤害。"

丁小秋不说话了，同为母亲，虽然不是超人却要行使超人的能力，结果只能血中带泪。

丁小妮叹口气，说："小羽那孩子也是可怜，还没谈恋爱就被那帮人糟蹋了。"丁小秋问："抓到了吗？"丁小妮摇摇头，说："警察说那是团伙作案，专门针对女大学生下手，已经有不少女生遭殃，有的报警，有的选择沉默。小羽被开除，这四年算是白上了，浪费了时间又浪费了钱，你说这学校是不是太不近人情？这让小羽以后咋办呢？没有学历只能像我一样搞个体，她身子骨弱哪能吃得了那个苦。"

丁小秋说："学校不开除她怎么树学风，这比她抽烟严重太多，那两个女生不去，她还付出场费，这就有做掮客的嫌疑。"

丁小妮替小羽解释，说："她说学校都这样，现在的孩子把钱看得重，不给钱谁也不乐意瞎忙活。"

丁小秋微微叹口气，她是大学老师，比谁都了解如今的学生，甘愿做着黄粱美梦，也不愿脚踏实地。

丁小妮说："那两个学生家长还起诉小羽，要求赔偿精神损失，搞笑不？小羽还是处女，那两个女生早就不是处女了。"丁小秋说："这个官司你就交给金律师打吧。"丁小妮点点头。

小羽的事情都传到了陶君的学校，学校防微杜渐，在校规里增加了一条不能外出与陌生人吃饭，同事们都知道小羽是陶君的女儿，总会有人貌似关心地问陶君那几个强奸犯抓到没有，这让陶君很不舒服。

陶君的心里愤愤不平，他在学校里没有威信全拜这母女俩所赐，沾染上这对母女就沾染上了肮脏，而且无法洗刷干净。不知道是谁说的，女人是男人的名片，他的这两张名片一出手就告诉对方自己头上戴了一顶绿油油的帽子，不是说时间可以冲淡一切吗？为什么这么多年过去了，同事们还记着他的前妻，还时不时地提起来？人的记忆到底是好还是坏？记不住早晨吃的什么饭，却可以牢记十几年前与自己毫不相干的事，如今女儿出了这种不光彩的事情，陶君感觉头上的那顶帽子又重了一些。

一天，一个男老师神秘兮兮地凑到陶君身边，说院长被双规了，陶君感觉好笑，这早已不是新闻了，他天天在学校，能不知道吗？男老师又说院长被查出有艾滋病，陶君还是没有接话，这也不是新闻了，学校里已经传得沸沸扬扬了。男老师又说院长提供了一个和他有染的女老师女学生的名单，你前妻也在其中。陶君愣了一下，没有反应过来，问道："她在国外啊。"男老师看着陶君诡异地笑了笑，转身走了。

陶君坐在那里琢磨着，院长和她的前妻有染，那应该不是这几年的事情，是在她出国前发生的事情，陶君脑海里浮现出男老师诡异的笑容，不对，难道是在他们结婚前？陶君坐不住了，如果真是这样，前妻就有可能被传染上艾滋病，然后又传染给他。陶君惊得后背直冒冷汗，顾不上请假，火急火燎地赶往医院抽血做了检查，检查结果下午才能出来，陶君心神不宁地回家了。

小羽正在一边看电视一边吃方便面，她见陶君回来了，而且脸色难看，便识趣地关掉电视，端着方便面回自己的房间，陶君叫住小羽，让她也给自己泡碗面，小羽点点头，进厨房泡方便面。陶君靠在沙发上，心情焦躁，简直是阴魂不散啊，前妻虽然没死跟老外跑到了国外，但在陶君心中跟死了一样，这么多年从来没有联系过，以为皆成过往，不料"前妻余震"还在波及着他。小羽端着方便面出来，放在陶君面前，自己坐在一旁吸溜吸溜地吃着，陶君抬眼看了一眼小羽，又满脸厌烦地闭上眼睛，心里说了一句，真他妈的像她妈呀。

陶君端起方便面吃了起来，吃着吃着忽然感觉哪里不对劲，放下方便面，盯着小羽仔细看，从脸型看到眉眼又从眉眼看到嘴鼻，完全看不出哪一点像自己，难道？陶君忍不住打个哆嗦。前妻比陶君早到学校一年，那个时候她就和院长好上了，那么他们结婚后，她和院长的关系断了吗？如果没断……陶君不敢再想下去了。

小羽看见陶君一直盯着自己看，眼神一会儿惊恐一会儿痛苦一会儿愤怒，不知道陶君为何这般，以为又要迎来一场暴风雨，赶紧放下方便面准备回房间。

陶君说："你去换身衣服，跟我去个地方。"小羽问："去哪？"陶君没有回答，阴沉着脸坐在那里。

陶君带着小羽做了亲子鉴定，小羽搞不懂为什么要做这个鉴定，以为又是丁小妮兴风作浪，本来这些日子没见到丁小妮，心里还真有些想念，现在还没有焐热的情感又被冰封了。

小羽说："是她让做的？真够阴的，这种烂招都能想得出来，想赶我出门直说。"

陶君看着小羽的神情，不由得想起院长开会时的表情，院长在开会时抱怨老师们不用心上课时就是这副嘴脸。

陶君说："带你做亲子鉴定，和你后妈没关系，和你亲妈有关系，小羽，你已经长大成人了，有些事情不必再隐瞒你，我们学校的院长被抓了，他有艾滋病，提供了一个发生过关系的名单，你妈也在其中。"

小羽听完后一下没有反应过来，疑惑地看着陶君。

陶君继续说："你亲妈和院长有关系，你就有可能不是我亲生的，你也有个思想准备，如果我不是你亲爹，你就应该去找你亲爹或者亲妈。"

小羽愣在那里，一种恐惧感席卷全身，不由自主地哆嗦起来，韩剧里面的剧情居然发生在自己身上，遗憾的是没有骑着白马的王子，也没有从寒门嫁入豪门的惊喜，更没有生父一掷千金的幸运，等待她的是不要她的母亲和不知道她是谁的"生父"。

小羽可怜地拽着陶君的胳膊，哀求道："爸，你别这样，我肯定是你的女儿。"

陶君用眼角扫了一眼小羽，他的内心已经开始排斥这个女儿了，冷冷地说："等结果出来吧。"

陶君这两天住到了丁小秋家，丁小秋和丁小妮都感到意外，姐妹俩不太相信小羽是院长的女儿，一个女人如果连怀了谁的孩子都没有把握，为什么还要生下来呢？这不是给自己埋雷吗？

陶君已经认定小羽不是他亲生的，他说自己的感觉没有错，丁小妮让陶君不要胡思乱想，安心等结果出来。

小羽回到家里，那种恐慌感还是没有消散，她给母亲发微信，问自己是不是陶君亲生的女儿，母亲一直没有回复。小羽拿着手机哭喊着："妈妈，怎么会这样？怎么会这样吗？你不爱我不要我也就算了，为什么还要让爸爸不要我不爱我，你让我怎么活啊，妈妈，妈妈。"

小羽不知道被赶出家门后自己该如何生活，她没有文凭找不到高端的工作，只能做一些低端的工种，但她什么都不会，送个外卖还要会骑电动车，她根本养活不了自己。有些人从一出生就是为悲剧积累素材的，小羽想她的素材够苦够悲了。小羽想找个人倾诉一下，打开手机却发现自己连一个知心朋友都没有，这一刻，她感觉自己被整个世界抛弃了，她想起了丁小妮的话，你把自己活到了让每个人都厌烦的境界，有意思吗？是啊，一点意思都没有，她连自己都讨厌自己，更不要说别人了，小羽想打丁小妮的电话，丁小妮带着小铁蛋离开家后，家一下清冷了，没有了往昔暖暖的感觉，她嘴上倔强，其实心里还是很依赖丁小妮，丁小妮对她的关爱是真心的，丁小妮可以在她受委屈时站出来挡住飞来的巴掌和拳脚，可以在她生病时陪在身边几天几夜不睡觉，可以在她半夜饿时起来炖砂锅……丁小妮可以为她做的事情太多太多了，她却把自己的遭遇都怪责到丁小妮身上，这次如果她的亲生父亲是那个院长,她还能怨丁小妮是灾星吗？小羽苦笑一下，原来自己才是灾星。

　　幸运的是陶君没有被传染上艾滋病，不幸的是小羽和他没有血缘关系，他看着亲子鉴定报告，浑身气得发抖，当即拨通前妻的电话，破口大骂："你这个贱女人，给我戴绿帽子也就罢了，居然敢把野种留给我，让我白白养活她二十多年，你他妈的这种事情都能做得出来，你还是人吗？我告诉你，你会遭报应的，出门小心点，别被车撞死……"前妻在电话那头一字未说挂断了。

　　陶君快气炸了，胸腔像是点燃了火苗噼噼啪啪地炸着，陶君冲回家把报告扔到小羽的面前，然后怒火冲天地拿出旅行箱，把小羽衣柜里的衣服扔进去，一边扔一边骂："滚！滚出这个家！去找你那个烂妈，去找你那个亲爹。"小羽哭喊着："爸，你别这样，你是我爸，你别不要我啊。"

陶君骂道："闭嘴！再敢喊老子一声爸，我撕烂你的嘴。"

小羽看着气疯了的陶君吓得不敢说话了，伤心地抽泣着。陶君把小羽的东西全部塞进旅行箱，把旅行箱扔到门口，又把小羽往门口推搡，小羽双手紧紧地抓着门框，哀求道："爸，你别赶我走。"

只听"啪"的一声，小羽的脸上重重地挨了一巴掌，打得她眼冒金星，头脑发蒙，陶君怒喊道："再敢喊我爸，再敢喊我爸，老子受之不起。"陶君一把拖起小羽重重地扔到门外，用力地关上门。小羽使劲地拍门，哀求着陶君开门，陶君怒气未消，把家里有小羽照片的相框全部砸在地上，陶君的手被划破了，脚也被划破了，滴了一地的血，陶君一屁股坐在沙发上，仰天喘着粗气。

血缘是什么？看不见摸不着，却可以让二十多年的父女情说没就没，陶君的内心全部被愤怒和怨恨塞满，他感觉自己作为一个男人的尊严被践踏得体无完肤，小羽就是他屈辱的证明。

丁小妮和丁小秋看着亲子鉴定的报告，俩人都同情地看着陶君，丁小秋叹口气，说："古有三不幸，幼年丧母、中年丧妻、晚年丧子，今有三不幸，人没了钱还在、孩子不是亲生的、夫妻相杀，陶君啊，事已至此，怨恨解决不了任何问题，等你的气完全消退了，再问问自己的内心，还能接纳小羽吗？对于这个结果，小羽没有错也没有罪，是她母亲造的孽缘。"

陶君摇摇头说："我就像吞了一万只苍蝇，除了恶心还是恶心，姐，这种感觉你们女人体会不了，太窝囊了，太憋屈。"

陶君的声音哽咽，他养了小羽二十多年，说没有父女感情那是自欺欺人，但一想到自己的父爱都给了前妻的野种，就气不打一处来，父女情也就烟消云散了。如果小羽是他从小领养的，虽然没有血缘，但他还是会把小羽当女儿疼爱，现在的问题是小羽是前妻背叛他和院长乱搞生下来的，如果说前妻乱搞只是给他戴了绿帽子，那么他养活前妻乱搞的小孩则成了绿帽王。

丁小妮看看小铁蛋，又看看陶君，说："你明天也带小铁蛋做个亲子鉴定，我和你结婚后守身如玉，能确定小铁蛋是你亲生的，但出了这种事情，你估计也会或多或少有些怀疑，这是人之常情，一朝被蛇咬十年怕井绳，为了不影响你们的父子情，还是做个鉴定稳妥。"

陶君看着丁小妮默不作声，丁小妮虽然没上过大学，但通情达理，做妻子尽心尽力，做后妈尽心尽责，把他们的小家庭打理得红红火火。丁小妮说出了陶君想说又不能说的话，小羽不是他亲生的已经让他遭受了重重一击，如果小铁蛋再不是亲生的，他无法想象自己是否还能承受。

丁小秋佩服地看着丁小妮，很多妻子一听到丈夫要带孩子做亲子鉴定就炸了，臭骂丈夫侮辱自己的人格，有的甚至用离婚威胁。其实，静下心来想一想，丈夫是有知情权的，不应该把这种理性的事情往人品道德上牵扯。

丁小秋曾经和做亲子鉴定的大夫一起参加过一档节目，主题就是讨论夫妻对待亲子鉴定的态度，大夫说来做亲子鉴定的有近百分之七十不是父亲亲生的，只有极少的父亲选择包容，大部分都是暴跳如雷，有的直接就把孩子扔在鉴定中心不管了。大夫说其实受伤害最重的不是父亲，而是孩子，所以，如果丈夫提出做亲子鉴定，妻子应该支持，是亲生的皆大欢喜，不是亲生的就把亲爹找出来，不要等到孩子五六岁了再告诉他们父亲不是亲生的，这对孩子是很残酷的，有些真相还是需要早点到来的。

丁小秋认同大夫的观点，对待这个问题上需要换位思考，在这个世界上什么都可以是假的，只有母亲假不了，如果母亲也有可能是假的，同样也会存在质疑，这种事情谁也不愿意发生，但并不代表不会发生，一旦发生了好好的一个家顷刻间就会分崩离析，父爱如山会变成父恨如虎，杀人的心都有。试想如果孩子抱错了，当母亲的得知养育了这么多年的孩子不是亲生的，是不是同样接受不了，同样很受伤害，但这种伤害的杀伤力远不及父亲受伤害的力度，父亲不仅要接受孩子不是亲生的事实，还要接受妻子因为背叛带给他的屈辱。

丁小妮担心小羽，想和陶君沟通一下，但一开口就被陶君挡了回去，陶君气恼地说："你以后在我面前不要提她，我替那对狗男女养大他们的野种，还不够吗？还想让我继续当冤大头吗？"丁小妮一看陶君的态度，就再不说话了，她知道陶君这一辈子都不会接纳小羽了。

按理说小羽对丁小妮那么恶毒，今天落到这个下场算是报应，丁小妮应该幸灾乐祸，但她怎么也乐不起来，她知道小羽没有朋友无处可栖，她更知道小羽的生存能力很弱，没有家的庇护小羽寸步难行。

丁小秋见丁小妮心神不定，清楚她这个善良的妹妹在担心什么，虽然丁小妮恨到要和小羽鱼死网破，但是那个恨劲过去了也就气消了，丁小妮对小羽的感情不会像陶君对小羽的，陶君可以急刹车，说恩断义绝就彻底斩断了父女情缘，丁小妮也恨也烦，但也爱也疼，这些感情糅杂在一起剥离不清。

丁小秋让丁小妮去超市买一些蔬菜，陶君也要跟着一起去，丁小秋让陶君留下照看一会儿倪东，陶君答应了。丁小妮感激地看看丁小秋，急急忙忙地出了门，到了楼下就拨打小羽的电话，小羽一接起电话就哭了，丁小妮的心酸了一下，问清楚小羽在哪里，便打车赶了过去。

小羽住在一家快捷酒店，她除了哭没有一点办法，哭着哭着睡着了，醒来之后她困惑地看着天花板，这些事情发生得太迅猛，让她应接不暇，如果是一场梦该多好啊，她以后该怎么活啊，小羽想既然自己这么多余，干脆死掉算了，这个时候丁小妮的电话打了进来，她以为丁小妮再不会理她了，接通电话听见丁小妮关切的声音，她忍不住哭了，在这个冰冷的世界里还有人关心着自己。

丁小妮敲门进来，看着小羽被陶君打得红肿的脸，心疼地搂住了小羽，安抚地摸着小羽的后背，小羽感受到了母亲的温暖，紧紧地抱住丁小妮号啕大哭，丁小妮哄着小羽："好了好了，一切都过去了，有我在，别怕啊。"小羽委屈地说："没人要我，他们都嫌弃我。"丁小妮说："不是还有我嘛，来，我们不哭了，想一想以后怎么办。"小羽抹着泪点点头。丁小妮问："你想去找你的亲生父亲吗？如果想的话，我想办法带你去，他这会儿应该在看守所里。"小羽摇摇头说："不去，我都不认识他是谁。"丁小妮接着问："那你和母亲联系了吗？她接你去国外吗？"小羽恨恨地摇摇头："我恨死她了，不去。"丁小妮微微叹口气，说："她肯定有她的难处。"小羽不说话了。丁小妮说："咱家的老房子还在，我刚才给租户打电话让他们这两天搬走，你先住到那里，然后安心复习考大学，没有文凭不好找工作，总不能像我一样卖一辈子砂锅吧。"小羽感激地看着丁小妮，怯怯地说："姨，小铁蛋……你恨我吧……"丁小妮说："恨，当然恨，恨你心太毒对那么小的孩子下手，不过都过去了，小铁蛋天天喊你，说是想姐姐。"小羽又哭了，说："嗯，我也想弟弟……"丁小妮说："你爸那边我慢慢做工作，你别急。"小羽点点头说："爸爸好像很恨我。"丁小妮安慰地摸摸小羽的脸，说："疼吧，他在气头上，过了就好了。"小羽又想哭，丁小妮说："走，我们去吃饭，吃你最喜欢的比萨和牛排。"丁小妮拉着小羽出门，小羽轻声说："其实，我最喜欢吃你做的砂锅。"丁小妮听到这话，内心一阵感动，这可能就是后妈的脆弱之处，付出那么多，稍微给一丝甜意就心满意足。

小羽大口吃着比萨，这些日子她一直没吃过一顿像样的饭菜，丁小妮打量着小羽，小羽的头发稀疏地贴在脑门上，气色也不好，整个人显得没精打采。

丁小妮说："吃完饭你回酒店休息，我下午再来，带你去换个发型。"小羽紧张地看着丁小妮，担心丁小妮一去不回，丁小妮安慰地摸摸小羽的头，示意小羽接着吃。丁小妮说："你放心，我不会扔下你不管的，等你搬到老房子里，我给你做砂锅吃。"小羽开心地点点头。

陶君带着小铁蛋做了亲子鉴定，小铁蛋是他亲生的，陶君抱着小铁蛋亲了又亲，丁小妮见陶君心情不错，说："你们男人那么看重血缘啊，我和小羽没有血缘，不照样把她当亲闺女。"

陶君的脸一下阴沉下来了，说："那能一样吗？让你不要再提她，你又提，好好的心情被你搞坏了，没劲。"小铁蛋搂着陶君撒娇："爸爸不凶妈妈啊，妈妈好。"陶君又心疼地亲了亲小铁蛋，说："好好，爸爸不说了。"

丁小妮在心里叹口气，她不清楚陶君如果知道了她把小羽安排住进了老房子会是什么态度，不会连她也一块赶出家门吧？

第十一章　妇愁者联盟

一

万花筒拿到卖房子的钱后第一时间转给了刘武，从那一刻起，这个人在她的心里彻底消失了，如果说在这之前还有丝丝念想，毕竟他俩的婚姻是幸福的，离婚也不是因为感情破裂，万花筒或多或少地盼望着刘武能够回头，但是离婚之后刘武的所作所为让她彻底心寒了，她不会再想起这个人，不是那种刻意地控制自己不去想，而是压根就想不起来了。万花筒想起了那个会员说过的话：人的感情真的很奇怪，和生活了十几年的丈夫离婚后，从来不会想起这个人，反倒是经常想起俩人一起养的狗。那个时候，万花筒理解不了，现在是完全理解了，是啊，人的感情真的很奇怪。

万花筒用剩下的钱买了一套小户型的住宅，不搬家不知道自己有那么多没用的东西，北漂的时候拎着一个旅行箱，现在能装满一辆大型的搬家货车，人的囤积本领不可小觑啊。

万花筒有购买餐具的癖好，逛商场看见入眼的餐具就买回来，往往是用一两次新鲜劲过了就束之高阁，每天用的餐具还是那几样。

万花筒把基本全新的餐具放入收纳箱，装了满满的五箱，小常看着直发牢骚："哦哟哟，你这个败家婆娘啊……你几张嘴吃饭啊？用那么多餐具，打算以后开餐厅吗？"万花筒把多年不用的物品全部归置到一起，然后让丁小妮和丁小秋来选，相中的就拿走，剩下的她全部送给了小区保洁员。

万花筒在北京搬过无数次的家，尤其刚来北京租房子住的那几年，要么房东不租了，要么房东涨租金了，要么合租的住户太吵了，有几次搬家冒着大雨，被褥全部淋湿了。那个时候，在北京买房不需要社保资质，外地人买房只需要多交一笔几千元的购置税，万花筒和刘武结婚后，俩人铆足劲攒首付的钱，买了一套四十来平方米的开间，从那以后，就告别了频繁搬家，又奋斗了几年，把小户型卖掉买了一套两居室，她以为再不会搬家了，没想到又要搬一次。

这一次搬家，万花筒送人、扔掉的物品比搬走的多，她告诫自己以后要买需要的物品，而不是买想买的物品，想买的东西买回来后都成了多余的。小常帮着把万花筒的新家收拾妥当，架不住爹妈左一个电话右一个电话地催着回家过年，打算回家待几天，但又放心不下万花筒一个人带孩子，万花筒让小常安心回家，她带着孩子回父母家。

临别前，小常抱着小孩亲不够，小孩对他呵呵地笑，小常更舍不得了，说："要不你带着孩子和我一起回家，就几天，然后我们再回来。"万花筒听后直摇头，小常坏笑着说："咋啦？怕见准公婆。"万花筒说："孩子太小了，走远路遭罪，万一生病了，小孩大人都不好过，等孩子大一些了，能跑会说了，我跟你回。"小常开心地笑了起来，说："嗯，嗯，这还差不多，再丑的媳妇也得见公婆啊。"万花筒指指自己的嘴，然后无声地说出两个字：傻蛋。小常看明白了，嚷嚷起来："呦喂，万教练骂人啊。"万花筒开心地笑了起来，小常把万花筒和小孩一起紧紧地抱在怀里，万花筒幸福地感受着小常暖暖的爱。

但是，小常这一走，再也没有回来。全球疫情暴发，中国的感染人数每日增加，万花筒住在父母家，小区进行封闭式管理，物业人员给各家各户送生活必需品。

一天，万花筒的银行卡上提示小常转账了三十二万，万花筒预感到小常被感染了，拨通小常的手机，手机一直无人接听。此时的小常看着手机显示着万花筒和小孩的照片，小常已经无力拿起手机，只能眼睁睁地看着照片。

小常回到老家，母亲提出去武汉大姐家里住几天，年龄越来越大，趁现在还能走动多聚一聚，往后再见面就越来越难了。小常知道母亲是大姨一手带大的，对大姨的感情深厚，于是订了票陪着爹妈到了大姨家，不料，当晚母亲就咳嗽发烧，第二天越来越严重，小常和父亲带着母亲去医院，不料路上遭遇一场惨烈的车祸，母亲当场身亡。父亲和小常伤势严重，父亲预感到自己要赴老伴的后尘了，趁着清醒给小常交代后事，并且愧疚地告诉小常，这次来武汉真实的目的是给小常说对象，没想到把一家人的命搭上了。小常哭笑不得，这可能就是命吧。很快，父亲也没了，小常趁清醒的时候把账户的钱全部转给了万花筒，他爱万花筒，爱万花筒的孩子，但老天这么不眷顾他，用这种方式让他离开万花筒。

万花筒得知小常一家人车祸身亡的消息后，哭了一天一夜，控制不住的悲伤，万花筒打电话把噩耗告诉了丁小妮和丁小秋，两姐妹都落泪了，丁小秋担心万花筒挺不过去抑郁症又犯了，但小区封闭了出不去，只能安慰万花筒想开一些，目前以照顾孩子为重，小常那么喜欢孩子，万花筒把小孩带好，也是对小常的另一种缅怀。

万花筒努力控制悲伤的情绪，再这样下去的结果是奶水没了，小孩就得喂奶粉，转奶的结果会造成小孩的肠胃不适应，严重的话还有可能发烧，疫情期间，一旦发烧就要被隔离。

丁小妮告诉万花筒吃猪蹄能有效预防抑郁，万花筒每天变着花样吃猪蹄汤，黄豆炖猪蹄、木瓜炖猪蹄、土豆炖猪蹄、茭白炖猪蹄、香菇炖猪蹄、米酒炖猪蹄，也不知道真的是猪蹄的作用，还是万花筒的内心更加强大了，这一次抑郁症没有吞噬她。

万花筒的母亲见女儿这样吃猪蹄，有些担忧血脂血黏度会不会高，万花筒让母亲放心，她在孕妇学校上课时，大夫特意交代过，要保证奶水的质量，每天要保证二百五十克的肉类、两个鸡蛋、五百毫升的牛奶、一千五百毫升的水、二百五十克的水果和蔬菜，肉类可以是鸡鸭鱼肉，但要去皮去肥只吃瘦肉。只有这样的饮食才会让奶水源源不断，奶水质量上好，奶水营养成分高小孩的体质就好，免疫力自然就会强。

万花筒带孩子做不了饭，便交代母亲按照这个要求搭配她的饮食，万花筒的奶水一直很充足，小孩吃不完，每天都要挤出多余的奶水冷冻起来。

小常在的时候，舍不得小孩哭，一直抱着，便养成了抱睡的习惯，一放下就哭，万花筒试着改变一下，但小孩的脾气太倔强，放在床上一直哭，万花筒只能无奈地妥协，六个月之前的婴儿要保证每天十六至十八个小时的睡眠时间，否则会影响智力的发育，于是，万花筒就白天晚上地抱着小孩，小孩在她的怀抱中能够一觉睡两三个小时，醒来之后就吃奶，然后万花筒再逗小孩玩一会儿。

小常在的时候，都是他抱着小孩睡觉，小孩醒了就交给万花筒喂奶，这样万花筒可以有充足的时间补觉，感觉带小孩并没有那么辛苦。万花筒回到父母家后，父母的年龄大了，带小孩心有余而力不足，稍微时间长一些就头晕，于是，白天晚上都是万花筒带着小孩，父母换着她吃个饭。

小常在的时候，趁万花筒喂奶的时候会煲汤做饭，然后一口口地喂万花筒。

小常在的时候……小常已经不在了……

这段时间，万花筒累得心力交瘁，几次都感觉快支撑不了了。万花筒看着镜子里憔悴的面容，连哭的力气都没有了，感觉是在透支自己的生命养育小孩，万花筒多么盼望小常在自己的身边，能够替自己分担一些辛劳。

万花筒虽然把父母接到北京生活，但一直和父母分开住，这次万花筒带着小孩常住在父母家里，和父母之间的矛盾也出来了。

老人认为自己养育过孩子，有养孩子的经验，总是对万花筒指手画脚，万花筒则认为父母的这些经验不是经验，而是陋习，没有科学依据，于是，矛盾就出现了。

在睡眠问题上，父母认为小孩白天不能睡那么多，否则晚上就不睡，万花筒白天一哄小孩睡觉，父母就叨唠。万花筒告诉父母这个年龄段的小孩是在睡觉中发育的，白天睡眠不够晚上反而不会好好睡觉，最少要保证十六个小时的睡眠时间，父母说的那种情况适合两岁以后的幼儿。

但是，谁也无法说服谁，万花筒建议父母看一下育儿方面的书，否则无法沟通，父母则认为他们的经验比书管用。

万花筒一边辛苦地带孩子，一边还要和父母争论这些不咸不淡的问题，万花筒的心情糟糕透了，她一天睡不了几个小时，疲累不堪，心情烦躁，没有那么多的耐心，便不再和父母理论，父母想说什么就说什么，她当作没听见不再接话，按照自己的方式带着小孩。父母责备万花筒变了，变得没有以前通情达理了，万花筒则认为不是她变了，是她没有按照父母的意愿行事、没有听从他们的"经验"，所以才会认为她变了。又是一番争论，又是一番没有结果的争论。

夜深人静时，万花筒抱着小孩睡觉，她还没有修炼到坐着睡觉的境界，困得头上下左右地摆动着，好不容易找个支点迷迷糊糊要睡着时，小孩又醒了，万花筒赶紧哄着，把"止哭神器"塞进小孩的嘴里，等小孩吃饱了接着睡觉时，万花筒一点睡意也没有了，每天看着天黑天亮已经成了常态，万花筒不知道这样的日子要熬到哪一天。

万花筒按照书上的育儿知识小心翼翼地带着小孩，害怕小孩出现不适，好在小孩争气，吃饱睡足了基本不闹。

小孩五个月的时候晚上不用抱睡了，自己躺着睡，一觉可以睡四个小时，第一个晚上，万花筒有些担心，时不时地趴到小孩的脸上看看，听着小孩均匀的呼吸，万花筒就放心地睡一会儿，但没多一会儿又惊醒了，再趴过去看看，来来回回折腾几次，万花筒自己都觉得好笑，小孩不折腾了，她反倒不适应了。差不多一个星期后，万花筒适应了，小孩睡着后她也呼呼大睡，万花筒把胳膊腿伸得展展的，能躺着睡觉真幸福啊。

小孩六个月要加辅食时，万花筒又和父母发生了分歧，母亲认为小孩吃母乳就行了，一岁以后才能加一些食物，万花筒告诉母亲六个月后的母乳满足不了小孩的生长发育，不加辅食会造成缺铁性贫血，会导致发育迟缓。

万花筒买回来含铁的米粉每天给小孩喂一点，每次喂的时候，母亲就在旁边叨唠一次，有一次，万花筒实在心情烦躁地听不下去了，说："妈，你能不能不要说了，我都给你解释多少遍了，你根本听不进去，是我固执还是你固执。"母亲说："你们姐妹几个也没加什么米粉，不照样好好的。"万花筒说："我小时候可真不是好好的，头疼胃疼，经常往医院跑。社会在进步，养育孩子的方式也在提升，过去是能养活就行，现在是高质量地活着。还用老一套的方式养育小孩是对小孩的不负责任。"

对于养育方式，万花筒和母亲的冲突点在于，母亲认为自己有经验，万花筒就该听她的，万花筒则认为自己虽然没经验但她看了那么多专家写的书，是站在巨人的肩膀上养育小孩。万花筒想，这幸亏是亲妈，要是婆婆，估计早就闹翻天了。和亲妈再吵再耍脾气还是妈，和婆婆吵一架就成仇人了。万花筒暗暗庆幸自己没有婆婆，怎么养孩子她一个人拿主意，少了太多的麻烦。

二

北京的疫情有效地控制住了，小区也不再进行封闭式管理，丁小秋带着点点出门购物，正准备结账时超市大门被封了，广播里播报着超市里有一名顾客核酸检测是阳性，所有的顾客都不能出去，耐心等待下一步的安排。立刻，超市里乱作一团，有人骂娘有人哭泣有人大喊大叫，大家已经在家封闭了一个多月，好不容易能出门透透气了，偏偏遇见这种倒霉的事。

丁小秋心急如焚，家里还躺着倪东，这要是回不去该如何是好？丁小秋拉着点点找超市的领导，领导早已被愤怒烦躁的人群团团围住，领导无奈地解释着："我也没有办法，我也是按照上头的命令执行，大家少安毋躁，等一下，马上就会有解决的办法。"每一个急着回家的人都有着不同的理由，要么有嗷嗷待哺的小孩，要么有行动不便的老人，要么有宠物，要么有重病在床的亲人，丁小秋听着大家你一言我一语的嚷叫声，叹着气把点点拉到一边，她知道嚷嚷也是无济于事，超市的领导已经没有权力打开大门了。

点点胆怯地抓着丁小秋的手，丁小秋感觉到点点的手在发抖，蹲下身把点点抱在怀里，安慰地摸着点点的后背，说："别怕啊，妈妈在。"点点说："爸爸要吃饭了，我们回不去，爸爸会饿的。"丁小秋无语地看着点点，脑子飞快地转着，想着下一步该怎么办？

点点的自闭症在倪东卧床不起后慢慢地好转了，点点每天看着丁小秋一口口地给倪东喂水喂饭，一天两遍地擦拭倪东的身体，点点一开始在床边旁观，渐渐地参与其中，帮着丁小秋一起照料倪东，从那时起，点点好像一下长大了，她不再抱怨自己是姐姐的替代品，而是认真地做起了自己。

　　点点发现倪东看她的目光是温柔的，但是看丁小秋的目光是冷漠的，点点不明白倪东为什么这样？有一次，她趁丁小秋做饭，她独自走进倪东的房间，拉住倪东的手，说："爸爸，你饿吗？妈妈一会儿就把饭做好了。"倪东目光暖暖地看着点点，点点又接着说："妈妈照顾你很辛苦，你好像很烦妈妈，为什么啊？"暖暖的目光顷刻间被冰封，变得寒冷痛苦。倪东动了动嘴唇，但是只能发出呼噜噜的声音，无法说出一句话。点点拉起倪东的手放在自己的小脸蛋上，说："爸爸，你快点好起来吧。"倪东呼噜噜呼噜噜了一阵子，最终累得微闭上眼睛，一滴泪水顺着倪东的眼角流下来。点点看见了，以为倪东哪里不舒服，着急地大喊起来："妈，妈，你快来，爸爸哭了。"丁小秋手里拿着炒菜铲子就冲了进来，见倪东眼角的泪水，焦急地把铲子扔到一旁，掀开毯子查看倪东是不是大小便了，衣裤上都是干净的，丁小秋又拿起体温枪对着倪东的额头测了一下，体温正常，丁小秋放心了，对倪东说："是不是饿了，饭马上就好。"倪东睁眼冷漠地看了一眼丁小秋，又把眼睛闭上。

　　丁小秋见倪东不想和自己交流，便让点点先去吃饭，点点听话地出去了，她站在门缝偷偷地朝里面看，丁小秋坐到床边看着倪东，倪东仍然闭着眼睛，丁小秋说："还在怨恨我吧。"倪东猛地睁开眼睛愤怒地盯着丁小秋，丁小秋看着眼中冒火的倪东，微微叹口气说："我也没想到结局会是这样，恨吧，想恨就恨吧，我丁小秋会尽最大的力量照顾好你。"点点不知道他们在说什么，但她能感觉到爸爸对妈妈的不友好。

此时此刻，点点知道只有妈妈能想出办法，但是妈妈一直沉默着，点点有些慌了，说："妈妈，爸爸一个人在家会饿着的。"丁小秋安慰地拍拍点点的后背，说："妈妈正在想办法。"

这一次，丁小秋没有犹豫，她拨通了丁小妮的电话，不料丁小妮告诉丁小秋，他们一家三口已经被集中隔离两天了。北京一解禁，丁小妮就带着小铁蛋和陶君到海南散心，不料刚下飞机就被全部带到酒店隔离十五天。

丁小秋哭笑不得，她想到了万花筒，但万花筒带小孩无法帮忙，她翻看微信朋友圈，翻了一遍又一遍，近千人的通讯录，居然没有一个可以在这种时刻帮忙的，平时她发一条动态，最少有上百条赞，此时这些点赞的人没有一个可以用上的，丁小秋发愁地叹口气，唉，有一种交情叫点赞之交，这可能是现代人最尴尬的关系。丁小秋环顾了一下四周，大家都低头看着手机，估计大部分人已经把自己被关在超市的动态发到朋友圈了，然后会有认识不认识熟悉不熟悉的人点赞，手机的主人看着这些赞就会有一种愉悦，内心渴望被关注的情感得到了满足。

丁小秋又看了一遍朋友圈，还是找不出一个可以帮忙的人，这时候丁小妮的电话打了进来，丁小妮说："姐，让小羽去吧，我刚才给小羽打了电话，她挺乐意的。"

丁小秋犹豫着，她不是信不过小羽，而是小羽还没有结婚，

199

照顾倪东要天天擦洗，担心小羽接受不了。

丁小妮知道丁小秋的顾虑，说："这种特殊时期，只能这样了，别想那么多了，总不能让姐夫饿死在家里吧。"丁小妮说完这句话，突然意识到说错话了，她想起了丁小秋那个带到棺材里的秘密，立刻解释道："姐，你别多想啊，我没别的意思。"

丁小秋知道丁小妮指的是什么，丁小秋这次真没打算饿死倪东，因为她晚打了急救电话，倪东才落到了今天的下场，丁小秋的良心已经受到了谴责，她全力照顾倪东也是在赎罪，如果倪东饿死了，她连赎罪的机会都没有了，所以，她不会让倪东这么快就结束生命，她要还良心债。

丁小秋挂了丁小妮的电话，拨通小羽的电话，小羽已经在去丁小秋家的路上，丁小秋把门锁的密码告诉小羽，让她到家后俩人视频，她遥控指挥小羽。

小羽住进老屋后，丁小妮每天都会来陪她一会儿，有时候还会把小铁蛋带来，小铁蛋每次来都黏在小羽身上撒娇，小羽抱着小铁蛋心里多是愧疚。

小羽被当成垃圾扫地出门后，只有她伤害过的人接纳她，她不敢想象丁小妮如果也对她不闻不问，她今天是否还活着，就算活着会活成什么样，估计会像垃圾一般地苟且偷生。

丁小妮按照自己的审美把小羽捯饬了一下，带着小羽做了一个新款的发型，寓意从头开始，把她稀稀疏疏的长发剪短烫得蓬蓬松松，还染了一个时尚的色系，又把小羽暗沉的面部肌肤做了几次激光嫩肤，肤色提亮了很多倍，还让小羽文了眉毛和眼睫线，最后接了睫毛，这一通折腾下来，小羽看着镜子里的自己像是变了一个人，以前她不乐意照镜子，因为镜子中的那张脸很衰，看了心情不好，如今这张脸越看越好看，心情也随之大好。

丁小妮还让万花筒给小羽推荐几款健身项目，万花筒见过小羽，第一次见小羽时，小羽才上高中，正是花季的年龄，但小羽浑身上下散发着老气横秋的气息，万花筒惊讶地直咂舌，小羽一开口说话，万花筒好好的心情立刻变得糟糕了。一个人惹人反感不在于说了什么，而在于说话时的语气及神情，小羽开口前习惯性地皱眉撇嘴，语气充满了怨气极不耐烦，"好好说话"重点不是话，而是管理好说的状态。万花筒佩服丁小妮天天面对这样一个"活宝"还能心若晴天，换成她早就崩了，那个时候，万花筒就建议小羽健身，但丁小妮做不了主，小羽根本不听取丁小妮的任何建议。

万花筒推荐了两个健身项目，一个是气质芭蕾的课程，一个是系统的有氧操课，让小羽两个课程交替着练习，一天练芭蕾一天练操课，一周休息一天。丁小妮把万花筒发过来的课程转发给小羽，小羽每天坚持练习，第一周有些吃力，因为从来没有锻炼过，手眼协调能力差。丁小妮鼓励小羽咬牙坚持，并让小羽看万花筒的照片，小羽翻看着照片，羡慕地说："万姨真漂亮，我老了要是能像她这样就好了。"丁小妮说："年轻貌美不算本事，年老貌美才是真牛，你现在不保养好自己，到了我们这个年龄就没法看了。"小羽认可地点点头。小羽训练到第二周的时候，发现身材有了很明显的变化，一次，她洗完澡站在镜子前打量着自己，发现自己肩膀下沉胸部打开，乳房也显得大了很多，不像以前耸肩含胸驼背，现在是往那里一站，站姿挺拔。小羽惊喜地在镜子前照了很久，她越来越喜欢现在的自己。

都说女为悦己者容，如今的女性不再需要为喜欢自己或者自己喜欢的人打扮，更多的是为了自己，看着自己一天天变美丽变精致就会很开心，就像此时此刻的小羽。小羽一遍遍地打量着自己，越看越喜欢越看越欢喜，脸上的神情不再阴郁，时时散发着春的气息。

丁小妮还送给小羽一部新款手机，建议她把号码换了，断了和以前的联系，小羽用新的手机号注册了新的微信，以前的朋友圈里没有一个朋友可以添加的，她犹豫了三天是否添加母亲的微信，最后还是伤感地添加了，但母亲并没有通过她的验证，她又留言"妈，我是小羽"，还是没有通过验证，小羽狠狠地哭了一场。丁小妮安慰小羽，也许母亲在忙，看到会加的，也或许母亲换了新手机。小羽沉默了，小羽现在的朋友圈都是健友，大家热衷健身更热爱生活，充满了正能量。

小羽用密码开锁进了丁小秋的家，她与丁小秋视频，丁小秋看着小羽不禁眨了眨眼，小羽的变化太大了，整个人看着清爽甜美，丁小秋暗暗佩服丁小妮的本事，在改头换面上丁小妮的悟性无人能敌，能把一棵枯草变成绿油油水汪汪的青草。

小羽按照丁小秋的指挥打开冰箱，取出一个密封的玻璃碗，然后放进微波炉里热，丁小秋交代小羽一点点地喂倪东，整个吃饭时间控制在半个小时左右。喂完饭后要给倪东擦洗身体，水温计在浴盆里，用三十九度的水温，擦洗时间控制在二十分钟左右，十五分钟后要加一次热水，让水温达到三十九度。小羽用笔记录下来，心里忍不住感叹，这么精准地照料病人，世上估计没几个人吧。

喂饭对于小羽来说没有难度，她按照丁小秋交代的，把整个吃饭的时间控制在半个小时，半个小时刚到，那一碗饭也刚好喂完。喂饭的时候，倪东用陌生的目光打量着小羽，小羽说："姨夫，我是小羽啊，你不记得我了？"倪东还是认不出小羽。小羽说："姨和点点估计要被集中隔离十五天，这些天我来照顾你，你有什么需要就和我说。"倪东面无表情地看着小羽。

小羽把热水放好端进卧室，准备给倪东擦洗，她脱去倪东的睡衣，倪东穿着一次性内裤，屁股下面垫着隔尿垫，内裤上面有黄色的尿迹，小羽不知所措地看着倪东的内裤，她虽然不是处女了，但她还没有见过男性赤裸裸的身体。小羽一下想起了自己被迷奸的遭遇，她以为自己忘记了，但眼前的男人让她想起了那段痛苦的经历。小羽想不通为什么是自己，为什么自己的第一次竟然这么悲惨，她听丁小妮说那几个男人还没被抓住，和她一起吃饭的那两个女生也起诉小羽要求精神赔偿，第一审小羽胜诉，两个女生又上诉，官司还在进行中。小羽凄惨惨地想，她们还要求精神赔偿，她们能有我倒霉吗？我找谁赔偿去？小羽庆幸这次性侵是在她昏迷中进行的，她不知道过程只知道结果，如果她在清醒的状态下被这几个男人侵犯，那么这个事情将是她无法摆脱的梦魇，永远切割着她的内心。

小羽的手机响了，是丁小秋发来的视频，小羽接通视频，丁小秋说："小羽，给姨夫擦洗一下上半身就可以了，我正在联系护工，找到后让她去家里，你安排她做就可以了。"小羽忍不住哭了起来，她身边的人都在尽力地保护她，不想让她再受到刺激。小

203

羽哭着说:"姨,我没事……别找了。"丁小秋微微叹息一声:"太委屈你了。"小羽的泪水控制不住地流淌着,她把手机搁在床头柜上,然后看了一下水盆里的温度计,水温有些低了,小羽拿出热水瓶添了一些热水,又看看温度计,然后走到床旁边,双手颤抖地脱掉倪东的内裤,一边抹泪一边给倪东仔细地擦洗。

丁小秋通过手机视频看着小羽,不知不觉也流下了眼泪,她是女人,她理解小羽的痛楚,丁小秋想,小羽成熟了,能够承受生活的不公和无奈了。小羽之前是生理成熟,但心理还没有成熟,心智还停留在白雪公主的梦幻期,一个接一个重量级的灾难不容商量地砸在她的身上,让她认清楚了自己,没有王子来拯救她,她不过是个平凡得不能再平凡的人了,受苦受难就用手接住了,只要还活着,就要有把吞咽下去的苦水酿成美酒的气魄。

第十二章　精神早衰

一

　　陶君怀疑丁小妮有外遇了，而且这种感觉越来越强烈，他们被隔离在酒店的这些日子，丁小妮上卫生间、洗澡都是手机不离身，而且有很多次手机响了，丁小妮不接听，过一会儿借口上卫生间，陶君听见丁小妮用压得很低的声音打电话，一打就是十来分钟。有一次，陶君忍不住，问丁小妮在卫生间和谁打电话，丁小妮说没打电话，在看抖音。

　　在家的时候，陶君和丁小妮白天各忙各的，下班回来一起吃晚饭，逗小铁蛋玩一会儿，丁小妮就哄小铁蛋睡觉了，陶君没有机会发现丁小妮的异常，这一次，一家三口被关在一间屋里，二十四小时都在一起，丁小妮对手机的高度敏感，让陶君不能不生疑。

　　一次，丁小妮领小铁蛋洗澡，拿着手机进卫生间，陶君忍不住说："你洗澡拿手机干吗？"丁小妮回答："放歌听。"陶君便不再说什么了。陶君想找机会查看一下丁小妮的手机，但是一直没有机会，丁小妮把手机看管得很紧，睡觉的时候还把手机压在枕头下面。

陶君辗转反侧夜不能寐，有一次陶君装睡，他发现丁小妮用微信与人聊天，聊了近两个小时。什么人能让丁小妮这么神魂颠倒，连觉都不睡了。陶君把丁小妮周边经常接触的男性都捋了一遍，筛选出几个可疑对象，甚至想到了有几次给丁小妮打电话，丁小妮没接，过了一两个小时又打过来，说是在忙没看见手机。陶君的心中像是堵了一块石头，气不打一处来，对丁小妮的态度也恶劣起来，无论丁小妮说什么话，陶君都气冲冲地顶过去，丁小妮以为陶君在埋怨她这次非得出来玩，结果变成了酒店两周游了。

丁小妮忍气吞声不和陶君计较，再说了当着小铁蛋的面，她从来不和陶君吵架。

陶君把丁小妮的忍让看作是心亏，更是火冒三丈，一次，小铁蛋在看动画片，丁小妮又躲在卫生间窃窃私语，陶君终于忍不住了，一脚踢开卫生间的门，冲进去夺丁小妮的手机，丁小妮和陶君争夺手机，手机一下掉进了马桶里，丁小妮赶紧伸手去捞，但是手机已经滑进了下水道。丁小妮心疼地直嚷嚷："你疯了，我才换的手机。"陶君气急败坏地说："是你疯了吧，你说，你天天背着我和谁打电话呢？"丁小妮说："我没有……"话音未落，只听"啪"的一声，丁小妮的脸上挨了重重的一记耳光。陶君骂道："贱货，还狡辩，我刚才进来的时候，明明看见你在打电话，说，那个男人是谁？"丁小妮捂着脸，顺手拿起脸盆上挂着的毛巾狠狠地扔到陶君的脸上，这时候，小铁蛋一边哭一边扑到丁小妮的怀里，吓得浑身瑟瑟发抖，小铁蛋哭喊着："妈妈……妈妈……"丁小妮心疼地搂着小铁蛋，哄着："哦，哦，小铁蛋不害怕，不哭啊，妈妈和爸爸闹着玩呢。"小铁蛋把头埋在丁小妮的胸前，丁小妮努力控制着自己的情绪，用尽量平缓的声音说道："陶君，咱们当着孩子的面不要这样，会吓着孩子的，有什么话咱们回家说。"陶君看着浑身颤抖的小铁蛋，也于心不忍，转身出去了。

丁小妮抱着小铁蛋，轻轻摸着小铁蛋的背，哄着："不怕不怕啊，妈妈和爸爸玩过家家呢，是不是吓着你了，乖啊，你看，妈妈和爸爸不玩了，爸爸已经出去了。"小铁蛋扭头看了看，没有看见陶君，又泪汪汪地看着丁小妮，丁小妮对小铁蛋做着鬼脸，不一会儿就把小铁蛋逗乐了，丁小妮擦干小铁蛋的泪水，亲了亲小铁蛋的脸蛋，说："好了吧，我们出去和爸爸一起看动画片，好不好？"小铁蛋点点头。

丁小妮领着小铁蛋从卫生间出来，看见陶君躺在床上玩手机，丁小妮抱着小铁蛋坐到床边，陪小铁蛋看动画片。陶君斜眼看了一眼丁小妮，丁小妮的脸上印着清晰的手指印，陶君有点不忍心了。

他们结婚这么多年，陶君从来没有对丁小妮动过手，俩人生气顶多吵一吵，吵完就完了。这一次，陶君也不知道自己到底咋啦，怎么会情绪失控，他叹口气，打电话让服务员送一些冰块，冰块送来后，他用毛巾包上递给丁小妮，让丁小妮敷在脸上，丁小妮接过来敷在脸上，眼泪跟着噼里啪啦地往下掉。

丁小妮等小铁蛋睡熟后，轻轻拍醒陶君，陶君坐起来看着丁小妮，丁小妮说："我和你说个事。"陶君点点头。丁小妮说："我没有搞婚外情，我天天背着你打电话，是不想让你知道一些事。"陶君问："什么事？"丁小妮犹豫了片刻说："唉，纸包不住火，早晚你都会知道，我说了，你别急。"陶君点点头。丁小妮说："我是在和小羽联系。"陶君一听就炸了，大喊一声："啥？……"丁小妮一把捂住陶君的嘴，说："你小点声，别吓醒儿子，你看今天把他吓的，会给孩子造成心理阴影的。"陶君气喘吁吁地压低声音："我刚把屎盆子扔掉，你又端到我头上，你啥意思？还嫌我不够窝囊？"丁小妮说："小羽是个孩子不是屎盆子，陶君，你问问自己的内心，你对小羽除了怨气难道没有一丝一毫的感情？我养育了她十几年，你可是和她以父女之名相处了二十来年啊，人非草木，你把她推出家门难道真的不挂念？你也是快五十岁的人了，都说五十知天命，你还有什么看不开想不通的？血缘有那么重要吗？你们男人的自尊就那么冷酷无情吗？你的情感就那么一文不值吗？"

丁小妮一连串的发问直击陶君的内心，陶君对小羽怎么可能没有感情，如同丁小妮说的人非草木，他的父爱怎么可能说没就没了，这段时间，他有时候还会梦见小羽，在梦里他们父女一起玩耍，小羽亲昵地喊着爸爸、爸爸，但是梦一醒来，他一想到小羽不是自己亲生的，浓浓的屈辱感就把父爱吹得烟消云散，除了愤懑就是羞耻，陶君控制不了自己的情绪，有时候一个人在家的时候，他会发出苍凉的喊叫声，这是一个男人无奈又悲怆的呐喊，当了二十年的父亲却在一夜之间让这二十来年的父爱悬浮了，不知道该往哪里安放，男儿有泪不轻弹，陶君抱头痛哭的时候，他的苦又有谁能体会？又有谁能理解？

陶君拉着丁小妮的手，幽怨地说："你不是我，你理解不了的，你不是男人，你感受不到这种痛，男人若是遇见这种事情还能继续做父亲，那不是人是神，我陶君没有神的境界，也就是一个俗人。小妮，你很善良，小羽和你无亲无故，还曾经伤害过你，但你不计前嫌仍然把她当继女，我感激你，但是，你不能再和她来往了，她和我们家已经没有关系了。"

在昏暗的房间中，丁小妮看着陶君忧伤的双眼，忍不住一把抱住了陶君，用手抚摸着陶君的背，就像哄小铁蛋一样哄着陶君，陶君靠在丁小妮温暖的怀里，鼻头一酸，泪水无法控制地涌了上来，陶君不想让丁小妮看见自己落泪，努力控制着，将泪水噙在眼眶中。

丁小妮说："小羽也是受害者啊，陶君，你不好过，小羽也不好过，幸好她已经长大了，有承受这种情感创伤的能力了，如果她是小铁蛋这个年龄，小铁蛋突然没了爸爸，他会想不通更不会接受，这对他的心理成长会造成无法修复的创伤，带着这道创伤，就算将来他再成功也是有缺憾的。"

陶君用鼻子冷笑一下，说："你们女人真伟大，对男人造成的伤害可以让我们生不如死。"

丁小妮微微叹口气，任何女人都不希望发生这种事情，但这种事情从未停止过，从古到今一直在发生着。古有秦始皇的身世之谜，那个时候没有 DNA 的鉴定，他的生父到底是不是吕不韦，估计连赵姬都搞不清楚。

陶君的泪水活生生地被自己憋了回去，他语气坚定地说："你听见没有，再不要和小羽联系了，你是我媳妇，这个事情得听我的。"

丁小妮说："我是你媳妇，但也是小羽的后妈啊，看着孩子无依无靠，我能不管吗？不管她，她怎么活？"

陶君不开心了，怒火又腾地一下升了起来，他提高声音说道："你这个人怎么这么轴呢？小羽和我都没关系了，和你还有个毬的关系，后妈后妈，你就这么贱，喜欢给人当后妈。"

　　丁小妮也烦躁起来，她也想破口大骂，也想和陶君好好地吵一架，但小铁蛋睡在旁边，她控制着情绪，加重语气地说："你嚷嚷什么？说这些话有意思吗？能解决问题吗？"

　　陶君重重地呼吸着，可以感觉到他胸腔的火焰已经熊熊燃烧，"丁小妮，你要是不听我的，还继续和那个野种联系，我就和你离婚。"陶君一字一句地说着。

　　丁小妮愣住了，呆呆地看着陶君。

　　陶君说："在你心里小羽是个孩子，在我这里小羽就是个屎盆子，我已经被浇了一头的屎，到现在浑身都散发着臭味，洗也洗不干净，你还想继续给我浇屎吗？"

　　丁小妮不说话了，她意识到在这件事情上，她和陶君是无法沟通了，让她没想到的是，陶君不接纳小羽也就罢了，还强迫她不能和小羽再有交集，而且用离婚来威胁。丁小妮从来没想过离婚，他们夫妻之间就算吵架也没提过"离婚"这两个字，这说明他们彼此都很看重这个家。

　　丁小妮一言不发，起身回到小铁蛋的身边，轻轻地搂住小铁蛋，丁小妮在想一个问题，如果离婚了，小铁蛋该怎么办？

二

　　万花筒心力交瘁地带着小孩，由于休息不好，心情一直徘徊在烦躁的边缘，父母稍微啰唆几句就会让她躁动起来。母亲认为万花筒变了，以前的好脾气在有了孩子后荡然无存了，万花筒则认为母亲太强势，什么都事情要发表意见，都要让万花筒听她的，核心问题是母亲提的建议有百分之九十是没有经过大脑考虑张口就来的错误决定。比如万花筒每天下午四点以后带小孩出去晒太阳，因为这个时候的太阳紫外线不强烈，但是母亲不顾万花筒的反对上午八九点就抱着小孩出去，有时候晨雾还没散尽，有时候气温还没有上来；比如万花筒给小孩洗澡都是用水温计测量温度，母亲则用手腕试水温，一边试一边说这种方法测出来的水温刚好，全然不顾水盆里的温度计；比如清洗小孩的屁屁，万花筒把婴儿专用的洗屁股垫子架在洗手池上，很快就能给小孩清洗干净，母亲会举着洗澡的淋浴喷头要给小孩浇着洗，万花筒解释那样会溅大人一身水，小孩的衣服也会打湿，母亲则完全听不进去，更不会思考一下自己的建议是多么地不实用，反正就是一门心思地让万花筒听她的，不听就一遍遍地重复，直到重复到万花筒发火为止，让人恼火的是"为止"不是终点，而是起点，过不了多久，母亲会再次提起，万花筒精疲力尽地应对着。

万花筒的心情越来越差，她尽量回避与母亲对话，因为万花筒话音未落，母亲就提出了相反的意见，万花筒没有精力解释一遍又一遍，所以保持沉默是最好的选择。

万花筒留意了一下父亲和母亲的交流，发现母亲对待父亲也是一样的，父亲提出什么，话音刚落，母亲想都不想，张口就反驳，反正就是跟你别着劲，父亲也像万花筒一样，大部分时间保持沉默，就这样，两个人还时不时地吵一架。

都说夫妻之间最怕相互轻视，母亲和父亲则把对方轻视得体无完肤了，父亲说的母亲都认为是不可能的，母亲说的父亲都认为是错误的，万花筒感慨就这样两个人还磕磕绊绊地过了四十多年，但在万花筒看来，父母的幸福指数并不高，俩人生活得都不开心。

万花筒想不通母亲为何会这般，万花筒向丁小秋倒苦水，丁小秋一针见血地说："阿姨是内心太自卑了，总想着得到别人的认可，所以才会跟谁都别着劲，你说东，她不会管东对不对，让你往西就对了，你若听她的往西了，她就会有被认可的满足感。对于内心自信的人来说，他们不需要得到别人的认可，更不需要从别人的认可中获得满足感，所以你说什么，都会先思考一下是否说得有道理，有道理就支持，没道理就提出有养分的建议。阿姨之所以嘴比脑快，是因为每一次提出的建议没人采纳，在一次次被忽略、不被重视的状态下，自卑的情绪越来越饱满，就形成了一个恶性循环，越被否认越想要得到认可，所以不管你说什么，先反对就对了。"

丁小秋让万花筒忍受着吧，母亲这个性格的养成非一年半载，应该从年轻的时候就是这样，或许母亲在童年的成长中没有获取到满格的安全感，也或许从小没有得到应有的重视，总之，这属于性格缺陷，性格决定命运，这种性格的人多数是不成功的，越不成功越想要让人重视，说话时基本会用一定、肯定、绝对这些词，因为他们太害怕被反驳。

万花筒听得连连点头，是这样的，比如母亲炒菜忘记放盐了，父亲说你这个菜没放盐，母亲会尝都不尝，张口就说不可能，肯定放盐了绝对放盐了。父亲就不再说话了，母亲自己吃了菜发现真没放盐，便开始说一大通为什么没有放盐的理由，往往这个时候，父亲和万花筒都沉默着，谁也不想接话茬，类似于这样的事情每天都会重复几遍，导致的结果是都不想交流，有事说事没事就沉默。

万花筒有时想一想也挺为难父母，自己在快当奶奶的年龄当了妈，父母已是古稀之年，带孩子明显的精力不足，于是，大部分时间都是万花筒自己带着小孩，每天小孩吃完饭让父母帮忙看一下，自己抓紧时间吃饭洗碗洗漱，然后就把小孩抱过去，一天差不多让父母照看两三个小时。

一次，小孩拿着父亲的烟玩，父亲要拿回去，小孩不给并且哭闹着抗议，父亲说，你都打扰了姥爷的正常生活了。万花筒一听不乐意了，早就给父母讲过，把小孩不能拿的东西放在高处，小孩看不见就不会拿，但是说了多少遍都没用，该放哪还是放哪，小孩看见了当然会拿。

万花筒一言不发地把小孩抱进自己的房间，心里又委屈又难过，泪水忍不住地流，这可是亲生父亲啊，还嫌小孩打扰了他的生活。可能在父亲的内心就不赞同万花筒要小孩，到了该让孩子伺候的年龄却要再伺候孩子的孩子，心里不痛快，也不乐意再付出了。既然如此，万花筒就不把孩子抱给父母了，吃饭的时候把小孩放在专用座椅上，自己吃完饭就把小孩抱走，晚上给小孩放水洗澡，就把小孩放进安装了床围的床里，小孩哭就哭吧。万花筒想自己又不是看不了小孩，大不了让小孩多哭一哭，至于听父亲说那些不咸不淡的话吗？

213

母亲见万花筒生气不把小孩抱给他们，就趁父亲出门的时候做万花筒的思想工作，让万花筒体谅一下老的，万花筒则认为父母为什么不能体谅一下小的，一天就帮忙看三个小时的小孩都嫌打扰到正常生活了，那就不要看了。母亲又苦口婆心地劝着万花筒，万花筒的气渐渐消了，算了吧，都是一家人，小的不妥协难不成还让老的低头？万花筒又恢复到了以前的状态，但自从这次之后，万花筒明显缩短了小孩在父母那里的时间，超不过四十分钟，万花筒就把小孩抱走了。

　　万花筒发现这两天小孩在父母那里玩一会儿就干呕，有一次还吐了，但是抱到万花筒的房间，小孩从来没有恶心呕吐，父母认为是万花筒给小孩喂的饭有问题，父亲用责备的口吻说："你给孩子少喂一些，看把孩子吃的。"万花筒则不认为是饭的问题，因为这两天小孩的饮食没有变化，于是，万花筒说："应该不是饭的事，在我那里从来没有干呕过，如果是饭有问题，在我那里也一样会干呕。"父亲一听，脸立刻吊了下来，说："那你抱到你那里带吧，别往我们这里放了，搞得我们房间有毒一样。"万花筒不说话了，抱着小孩回到自己的房间。

　　父亲的话提醒了万花筒，应该是父母房间有什么东西刺激到小孩了，万花筒仔细琢磨着，以前母亲喜欢往房间里洒花露水，花露水含有避蚊胺、驱蚊酯等农药成分，而且酒精浓度高，会造成小孩过敏；母亲拖地要放84消毒液，84消毒液的主要成分是次氯酸钠，属于是一种含氯的消毒剂，有刺激性的气味，小孩的呼吸道黏膜比较脆弱，吸入这种刺激性的气体容易引起咳嗽、咽喉疼痛、呕吐、腹泻，万花筒让母亲拖地时放小孩洗澡的浴液；

父亲点蚊香驱蚊，蚊香里含有菊酯的成分，属于农药，散发出来的气体和烟尘会对小孩造成呼吸道的伤害，万花筒让父亲用孕婴的专用蚊香。

万花筒琢磨来琢磨去，排除了一个又一个的可能，忽然，万花筒想到了母亲身上贴的膏药，母亲前几天腿痛一直在贴膏药，房间里一进去就能闻见浓浓的膏药气味，万花筒立刻上网查，果然罪魁祸首是膏药，膏药中含有麝香、香料，挥发后容易导致小孩恶心、呕吐，严重的会导致中枢神经系统的损伤。万花筒倒吸一口冷气，幸亏发现得早，中枢神经是大脑的指挥中心，一旦受损就会精神失调、脑神经紊乱。万花筒恐惧地想，生了个健康的孩子，差点被养育不当变成傻瓜蛋。

万花筒把查询的结果发送到父母的微信里，没过多长时间，万花筒就听见父母两人嘀嘀咕咕的说话声，不一会儿洗衣机开始工作了，母亲把自己的衣服还有床单被罩全部换下来清洗。万花筒担心地看着怀里熟睡的小孩，希望小孩没有受到伤害。

三

刘武多久没笑了，一周？半个月？一个月？好像很久了，刘武看着镜子中的自己，眉头不由自主地紧锁着，两道法令纹像是拉长的括号把脸蛋拽到腮帮子上，嘴角下垂着，整张脸僵硬阴沉。都说笑一笑十年少，人若不笑就像阴云密布的天空，刘武感觉自己阴郁得快要拧出水了。

一股浓浓的烟味飘了进来，刘武的眉头皱得更紧了，他交往了一个女人，三十多岁，离过两次婚，都是因为她不能生孩子，遇见刘武正好是完美组合，俩人很快坠入爱河，女人搬过来与刘武同住，俩人住在一起没多久，生活中的摩擦就开始不断地上演，首先女人抽烟让刘武无法接受，刚认识的时候女人不吸烟，搬过来没多久就开始抽了，一开始还注意一点，去卫生间或者走廊里吸烟，后来干脆躺在沙发或者床上吸了。刘武不吸烟，也不喜欢闻烟味，他说了几次，女人嘴上答应去外面抽，屁股却不挪窝。

更让刘武受不了的是女人爱放屁，而且放的屁又大又臭，有时候女人撅一个大屁会把刘武吓得心怦怦直跳，紧接着一股臭气扑面而来，尤其让刘武不能接受的是女人吃饭的时候放屁，一抬屁股蹦出一个大屁，恶心得刘武直想吐，只能起身离开结束吃饭。刘武说过几次女人，女人委屈地说："哟，连放屁都不行啊，谁不放屁呢？你不也放吗？"刘武无奈地说："放屁可以，总得分场合吧，你在外面吃饭怎么不放？"女人说："这不是在家嘛，在家还要装模作样，累不累？"刘武说："在家更要保持形象，你是跟我过日子，在外面装那么好有啥用？他们是给你饭吃还是给你钱花？"

女人不再辩解了，她和刘武同居后就不去上班了，吃的喝的用的都是花刘武的钱，在网上购物也是让刘武代付。刘武也失业在家，两个人天天在家待着，共同的话题聊完后，就各人玩各人的手机。

刘武从卫生间出来，女人刚睡醒，头发凌乱地坐在床上，一边抠着脚趾缝，一边抽着烟。刘武终于忍不住，大喊起来："跟你说了多少遍了？不要在床上抽烟，你没长脑子吗？"女人抬眼看了一下刘武，见刘武发火了，起身把烟扔进烟灰缸，说："大清早的发什么火啊？神经病犯了。"女人话音未落，放了一个又长又大的屁，留下一股臭气进了卫生间，随即又传出咚咚的屁声。

刘武用手捂着鼻子，把窗户全部打开，清冷的风吹了进来，刘武打了一个哆嗦，"喂，我们下周去把结婚证领了，我跟你这么久了，你得对我负责。"女人的声音从卫生间传了出来，刘武又打了一个哆嗦，太恐怖了，跟这样的女人生活一辈子，不是被屁臭死就是被烟熏成肺癌，让他对她负责，谁又对他负责呢？

原形毕露是婚姻中两看相生厌的最大杀手，男女两人一旦确定了关系，慢慢地就把伪装美好的假面具撕了下来，不再注意形象，言行举止粗鄙，生活中的丑陋习惯袒露无遗，让对方无法接受。美其名曰给对方一个真实的自己，却不知道这个真实在折损婚姻的寿期。

放屁打呃抠脚趾不洗澡不刷牙不打扫房间不做饭不洗碗这些看似轻描淡写的琐碎习惯，往往是婚姻保鲜的基础，如果两个人自律性高，克制一下粗俗的言行，给对方展露的都是美好一面，那么婚姻就不是坟墓而是殿堂，有的人可能会认为在家还装模作样太累，在家就应该打回原形，放纵自己，却不知道在家保持体面是夫妻最好的相处之道。有的婚姻变质不是因为对方出轨也不是因为对方家暴，而是心生厌烦，对方的一些生活习惯无法接纳，相处的是习惯，相交的是真心，向对方展示真实的自己，不是指真实的外在，而是真实的内心。

干净清香的环境让人心情愉悦，杂乱污浊的环境让人心情烦躁，这是情绪的正常反应，有的婚姻结束后，回想起来是乱七八糟臭哄哄的，那是因为婚姻中的主要人物是这样的。社交需要礼仪，婚姻同样需要礼仪，而且婚姻礼仪更应该被重视起来。

刘武想起了万花筒，万花筒自我要求高，在刘武面前一直保持着体面的形象，放屁打嗝这些有损形象的行为都注意回避着刘武，刘武在万花筒的影响下，也会注意一下自己的形象。万花筒喜欢在卫生间点檀香，每天打扫房间时，先是点燃檀香，然后是打开音乐，心情舒畅地把屋里清扫得干干净净。万花筒还喜欢买鲜花，时不时地买一束鲜花摆放在房间里，空气中弥漫着淡淡的花香，两人回家时扑鼻而来的是花香，心情会不由自主地欢愉起来，而如今，扑鼻而来的不是屁臭就是烟臭，心情是一塌糊涂。

女人从卫生间出来，冷得打了一个哆嗦，见刘武站在窗前发呆，走过去重重地把窗户关上，然后跳到床上钻进被窝，埋怨道："你神经啊，冻死人啦。"

"我们分手吧。"刘武冷冷地说，女人听了又打了一个哆嗦，说："大清早的发什么神经，我跟你说领结婚证，你却说分手。"刘武叹口气，说："分吧，这日子还没开始过，我就已经够了。"女人不乐意了，从床上一下蹦了起来，居高临下地看着刘武，说："你是睡老娘睡够了吧，我告诉你，想分手没门，老娘让你白睡啊。"

刘武看着张牙舞爪的女人，不忍目睹地转过头，说："你看看你的样子，你看看你现在的样子，还有我们当初相见时的影子吗？"

女人一听这话气焰消了一大半，音量也放低了，说："你是我老公，我还在你跟前装吗？"

刘武说："不需要装，咱能不能收敛一下，不要太放纵。"女人委屈地嚷嚷着："我为你收敛得还不够吗？你不让我抽烟，我一下戒不掉，已经减少了很多，你不让我吃饭放屁，我大部分的时候不是没放吗？偶尔夹不住放一个又不是故意的，还有，你不让我往卧室搁尿盆，我不是听你的了吗？还想咋样啊，你的要求可以不要这么多吗？"

刘武无语地看着女人，和女人同居的第一晚，女人拿了一个盆接点水放在卧室，刘武以为女人嫌房间干燥，放个水盆增加房间湿度，没想到，睡到半夜，刘武被哗啦啦流水的声音吵醒，刘武迷迷糊糊地打开台灯，惊愕地看见女人蹲在水盆上尿尿，刘武大喊一声："你干吗呢？"女人吓得一哆嗦，埋怨道："大半夜的你嚷嚷啥？"刘武疑惑地问："卫生间就在旁边，你疯掉了，蹲在那里尿尿。"女人尿完后放一个屁，站起身提好内裤，钻进被窝，很快呼呼入睡了。

刘武盯着地上的盆子再也没了睡意，他感觉呼吸进来的空气中都是尿骚味，刘武实在忍不住，起身去了另一间卧室。

早晨，女人推开卧室的门，见刘武靠在床上发呆，便挤进了刘武的被窝，用手抱住刘武，刘武说："咱以后去卫生间尿尿，可以吗？"女人委屈地说："我不是习惯了嘛，在老家都是屋里搁个盆。"刘武无奈地说："那是因为在农村，屋里没有马桶，现在走几步就到卫生间了，你这个陋习也该改了。"女人更委屈了，说："我试过嘛，去卫生间小解完就没睡意了，半天都睡不着，你能不能可怜可怜我，就让我搁个盆？"刘武说："你要是改不了，那我就睡这个房间，是个人都受不了的。"女人只能妥协了，再没有在房间里搁尿盆了。

"你别想甩了我，门都没有。"女人高喊着，气得直喘粗气，指着刘武的鼻子骂道，"你们这些臭男人，光想睡女人不想负责任，睡够了就找个茬把我们女人踢出门，然后再换一个接着睡，我呸，老娘可不是好欺负的，睡了老娘就得负责。"刘武还真不是女人说的那种男人，他是真心想找一个可以陪伴到老的女人，只不过这个女人缺点毛病太多，让他无法接受。

刘武说："睡你之前如果你是现在这副模样，你就是脱光了站在我面前，我都不会睡。你是一个女人啊，哪里有一点点女人的样子？"

女人不服气地喊着："狗屁，女人还不都一个样。"

刘武想起了万花筒，愣了一会儿，慢慢地说："还真不一样。"

女人坚决不分手，还胡搅蛮缠地逼刘武结婚，男女关系有时候很微妙，发展到一定的阶段，往前迈一小步就变成夫妻关系了，往后退一小步就变成前任关系了，没有原地踏步的可能性。

刘武想方设法地要赶女人走，女人任凭东西南北风，就是不挪窝，担心刘武把门锁换了，连门都不出了，需要什么就用京东到家。

又一次争吵之后，刘武强行把女人推出门，女人抓着门槛歇斯底里地喊，喊了快一个小时，把物业和警察都喊来了，刘武不得不打开门，女人迅速地进屋，把自己关在卧室里再不出来。警察询问了一下情况，劝说两个人好好过日子，都是一把年纪的人了，理智对待感情问题，这样闹是解决不了问题的。刘武无奈地送走物业和警察，他看着紧闭的卧室门，心情糟糕透了，深刻理解了什么是请神容易送神难。

在这场博弈中，女人又多了一个法宝，她已经两个月没来例假了，女人想去医院看看，又担心一出了这个门就再进不来了，于是用百度咨询了一下大夫，大夫建议先用测孕棒检查一下是否怀孕了，于是，女人用京东到家下单买了测孕棒，很快，配送员就送上门了，女人迅速到卫生间测了一下，居然是两条红色，她怀孕了！

女人发出无法克制的叫喊声，把正在看电视的刘武吓一跳，赶紧起身朝卫生间走去，女人像中了头彩一样举着测孕棒，大喊着："靠！我怀孕了，怀孕了，老娘还以为这一辈子都不会怀孕了。"

刘武一听蒙了，老天真是会折磨人，越拒绝什么越给你什么，刘武哭笑不得，他的精子可能太旺盛了。

女人哈哈大笑着，以至于脸都变形了，女人把测孕棒在刘武的脸前晃着，说："老刘，你要当爹了。"刘武冷着一张脸说："你不是说自己不能生孩子吗？"女人兴奋地："这不是我说的，是大夫说的，这些大夫都是大骗子，搞得老娘离了两次婚，我要是能生孩子，能离婚吗？能便宜你吗？"

刘武叹口气说："去把孩子做了，我给你一些精神补偿，咱俩好合好散。"女人诧异地说："你脑子被驴踢了，我好不容易怀孕了，你让我去流产，有病吧。"刘武说："是的，我有病，心理有病，我不会要孩子的。"

刘武对女人说了自己的两次婚姻，女人听完后无所谓地说："靠，那有什么关系，她们是她们，我是我，我才没那么傻，你想不负责，门都没有。"女人又露出那副无耻的嘴脸。

刘武问："那你想咋样？"女人说："结婚！生孩子。"刘武说：

"这不可能。"女人气呼呼地嚷嚷着："为什么不可能？"刘武："我们之间还有爱吗？还有谈婚论嫁的可能吗？"女人说："你多大了？还一口一个爱，幼稚不幼稚？再说了有爱又能咋样？到最后还不是没爱，结婚就是搭伙过日子，我现在怀了你的孩子，你就得负责，这是天经地义的事情。从今天开始，你每个月给我五千块钱，我要用来养胎。"

刘武："你开个价吧，要多少钱可以离开这里。"女人用眼角瞟了一眼刘武，说："你真是好笑啊，我凭什么离开，要走你走，这个房子是你的不假，但现在有我肚子里宝宝的一半，别再想赶我走了，永远不可能。"

刘武忍无可忍把茶几上的东西都拿起来砸了，女人无动于衷地看着。

刘武约同事喝酒解闷，等他回家时被眼前的一幕惊呆了，地板上堆着行李卷，女人的父母和弟弟都来了，正在移客厅的沙发，准备在那里支张单人床。女人见刘武回来了，把刘武介绍给父母和弟弟，女人的父亲打量了一下刘武，说："个头咋这么矮？以后娃娃可不能随爹了。"

刘武气不打一处来，没好气地说："你们这是干什么？这是我家，来之前是不是应该提前打个招呼？"

女人的母亲嚷嚷起来了，嗓门和闺女的一样大："哟，这不也是我闺女家？闺女怀了你的崽，你不知心疼，自己跑出去吃香的喝辣的，你还是人吗？"

刘武说："我和你闺女的事情还没有解决清楚，你们瞎掺和什么？"

弟弟在一旁不乐意了，摩拳擦掌地过来，挑衅地说："咋了？想干仗？你把我姐肚子整大了，就想当缩头乌龟了，门都没有。"

刘武气恼地说："门没有那有窗户，从那里往下掉。"

弟弟一把拽住刘武的衣领，刘武也不示弱，与女人的弟弟打了起来，女人的父亲冲过去拉架，说是拉架，其实是拽着刘武让儿子揍，刘武的眼睛上挨了一拳，鼻子上又挨了一拳，血一下飙了出来，刘武气急败坏地一拳挥到女人父亲的头上，女人的母亲一看老头被打了，也加入进去，对着刘武又撕又咬，最终这场打斗以刘武倒在地上起不来而告终。

刘武抹了一把脸上的血，问道："你们开个价，到底要多少钱才肯放过我。"

女人在一旁幸灾乐祸地看着刘武，弟弟接话说："这套楼房留给我姐，再给我姐三百万养娃，在北京养娃没有三五百万的能行吗？三百万算是便宜你了。"

刘武骂了一句："你们一家人是强盗吗？"弟弟又气势汹汹地对着刘武踹了几脚，骂道："别给脸不要脸。"

刘武还想起来打，但浑身疼得动不了，刘武想，上辈子造了什么孽让他遇见这家垃圾人，甩都甩不掉了。

弟弟警告刘武，姐姐每个月五千元的生活费按时给，否则饶不了刘武。刘武长叹一口气，他想不能再正面交火了，他单枪匹马，对方老少皆兵，肯定打不过，得缓和一下局势再想办法。于是，刘武起身，给女人转了五千元，立刻，女人一家人的脸色由气势汹汹转为虚情假意的和气，女人妈说："哎哟哟，都是一家人，搞得鸡飞狗跳的干嘛，闺女怀着娃不能生气。"

刘武默不作声地到卫生间洗脸，一进门，差点吐出来，马桶没有冲干净，大便漂浮在水中，马桶壁上喷溅着粪便，空气中弥漫着臭味，刘武捂着鼻子出来，说："你们拉完屎能不能把马桶清洗干净，这么恶心让人咋用？"

弟弟粗声粗气地说："那玩意就是拉屎用的，搞那么干净当碗用啊？"

刘武让女人去卫生间把马桶收拾干净，女人不去，说是怀孕了不能再做这种事情。刘武让女人的母亲去打扫马桶，女人的母亲倒是好说话，去卫生间转了一圈出来了，刘武进去一看，打扫跟没打扫一样，粪便还在马桶壁上。刘武无可奈何地用手捂着鼻子，倒上洁厕灵用马桶刷使劲地刷，然后冲洗了几次。刘武对着镜子把脸上的血迹清洗干净，看着镜子里青一块紫一坨的脸，气愤得直喘粗气。

刘武的家就这样被女人一家强势地占据了，客厅里睡着女人的弟弟，次卧睡着女人的父母，一到晚上，每个人拿个盆接尿，女人的弟弟睡在客厅，半夜起来站在盆旁边稀里哗啦一通尿，尿液溅到地上，白天也不拖干净，满屋子的尿骚味、屁臭味、脚臭味，刘武烦躁得直骂娘，弟弟一听又要跳起来干架，刘武就躲了出去。

刘武联系中介打算把房子卖掉，中介领着客户去看房，结果被弟弟暴打一顿，弟弟扬言谁敢再来，来一次打一次，于是，没有中介再接手这套房子了。

刘武整天愁眉苦脸，他天天住在快捷酒店里也不是长久之事，但那个名存实亡的家是不能回了，一想起来那家人，刘武就恶心得想吐。刘武不知道自己何去何从了，他找律师咨询是否可以通过法律手段赶走女人一家，律师告诉刘武女人在孕期，法院保护弱者，不会让孕妇无处可住，虽然这套房子是刘武婚前财产归刘武独有，但女人怀了刘武的孩子，孩子会分割一部分。

刘武欲哭无泪，他搞不懂老天为什么要处处跟他做对，好不容易找到一个女人，以为可以相伴终老，却落个无家可归，快五十岁的人了天天住在酒店吃着外卖，这样的日子何时是个头呀？

第十三章　风从哪里来

一

丁小妮一家集中隔离结束后被劝返回到了北京，丁小妮第一时间赶到了堂姐家，丁小秋和点点还在隔离中，小羽住在丁小秋家，把房间打扫得干干净净，细微周全地照顾着倪东，小羽看见推门进来的丁小妮，灿烂地笑着。

丁小妮解释手机不小心掉进厕所了，又被隔离着，没法买手机，所以一直没和小羽联系。小羽说她知道，丁小秋告诉她了。丁小妮仔细打量了几眼小羽，看看地上的瑜伽垫，问小羽还在坚持锻炼，小羽点点头。丁小妮让小羽不用给倪东擦洗身体了，她来做。小羽又点了点头。小羽始终微笑地看着丁小妮。

丁小妮躲闪着小羽的目光，她不知道该如何说，陶君已经下了最后通牒，小羽不能再住在老房子了，她当然不会不管小羽，打算租一套房子让小羽住。

小羽说："姨，我爸还是不肯原谅我，是吗？"丁小妮叹口气说："男人都一个样，自私自利只为自己着想。"小羽难过得低下头，说："我爸抢你的手机，我都听见了。"丁小妮安慰地拍拍小羽的脸蛋，说："咱不理他。"小羽点点头。

丁小妮说："这两天我去租套房子，你搬过去住。"小羽想哭，咬着嘴唇，丁小妮说："你爸现在就是转不过这个弯，等过上一年半载的，气消了就好了。"小羽点点头。

对于陶君的固执，丁小妮不想离婚只能顺从他，她打算采取缓兵之计，先稳住陶君，减少和小羽的接触。

丁小妮以为一切都在操控中，没想到，小羽得了急性阑尾炎，半夜打电话给丁小妮，丁小妮火急火燎地赶到小羽的住处，把小羽送到医院，所幸没有肠穿孔，阑尾切除后需要住院观察一周。

丁小妮天天待在医院照顾小羽，她安排小铁蛋住在堂姐家，对陶君谎称去外省出差一周，打算引进一款新品砂锅。

等小羽康复出院了，丁小妮去堂姐家接小铁蛋，堂姐告诉丁小妮，小铁蛋昨天被陶君接走了，丁小妮心里有些忐忑，因为从昨天打陶君的电话，始终没有人接听。

丁小妮回到家用钥匙开门，发现门锁换了，丁小妮敲门，没人应答，丁小妮慌了，她估计陶君知道了她照顾小羽的事情。

丁小妮赶到学校找陶君，陶君看见丁小妮，把离婚协议塞给丁小妮，丁小妮自知理亏，赔着笑脸说："老陶，别生气啊，小羽不是得阑尾炎了嘛，要不我也不会去找她，总不能眼睁睁地看着她生病不管不顾吧，毕竟在一个屋檐下生活了十几年。"

陶君冷漠地说："该说的我都说完了，车轱辘话不想再说，签字吧，你那么舍不得她就去和她过。"

丁小妮低声下气地说："好了嘛，咱别闹了，小羽也好了，我以后不再和她联系了，我发誓还不行，你消消气，要不你骂我一顿，要是不解气打我一顿也行。"丁小妮一脸谄笑地看着陶君，陶君无动于衷地说："没见过你这么贱的人。"

丁小妮一听这话心中的火苗直往上蹿，没好气地说："还没见过你这么心狠的人呢，是，我是贱，真够贱的，养了她二十多年的爹说不认就不认，像丢破抹布一样扔掉了，我这个后妈还对她牵肠挂肚的，我不贱谁贱？"

陶君说："咱俩别吵了，累得慌，离婚以后你想干嘛就干嘛。"

丁小妮说："你干吗？有新欢了？找个茬故意闹离婚？"

陶君说："是，我就是要给小铁蛋找个后妈。"

丁小妮控制不住情绪了，说："你能，别打小铁蛋的主意，就算离婚，小铁蛋也得归我。"

陶君说："别想好事了，小铁蛋是我的儿子，怎么能给你？可笑。"丁小妮恶毒地说："有本事你找个女人给你生啊，生完以后再做个 DNA 检测，不要又是一个冒牌货。"

这句话像锥子一样刺向陶君，陶君气愤地喊道："你他妈的闭嘴。签完字赶紧滚，滚得远远的。"

丁小妮抓起离婚协议书几把撕碎扔到陶君的脸上，说："要离婚也轮不到你来立协议，你一个月才挣多少钱？吃的用的不全是我的钱，你天天开着上百万的车，住着上千万的房子，谁给你的？你浑身上下的奢侈品，谁买给你的？还自我感觉良好地跟我提离婚，我告诉你，你还没这个资格。说，你把小铁蛋弄哪里去了？

还想给他找后妈，你以为每一个后妈都像我这么好说话，你天天在外面上班，到时候儿子被后妈打死你就彻底断子绝孙了。"

陶君吵不过，气得跳起来要打丁小妮，丁小妮也不甘示弱，冲过去对着陶君的裆部踢了一脚，陶君惨叫一声蹲在地上。

丁小妮愤怒地骂道："活该！多大个事，你闹得鸡飞狗跳，小羽哪里得罪你了？你有本事去找你前妻算账，那样老娘佩服你是一个血性爷们，你处处跟一个孩子过意不去，她招你惹你了，你是男人吗？你的心眼比他妈的针尖还小。咱们结婚这么多年，我哪时候不是听你的，什么事都配合你，就算钱挣得比你多，也没有提高我的家庭地位，还是把你捧得高高在上，你自己心里没数吗？"

陶君顺手抓起桌子上的电话机朝丁小妮砸了过去，丁小妮躲闪不及头被砸破了，血流了下来，丁小妮痛苦地用手捂着头。

陶君骂着："你嘚瑟个屁？不是我你能有北京户口？也就是一辈子北漂，一辈子卖砂锅，每天浑身上下都是一股子砂锅味，闻着就想吐。"

陶君一个办公室的同事推门进来，被眼前的一幕惊呆了，赶紧冲过去拉架，同事说："哎呀呀，都消消气，消消气。"

丁小妮捂着头喊："这日子没法过了，说，你把小铁蛋弄哪里去了？"

陶君气狠狠地说："你让我断子绝孙，好！老子也让你断子绝孙，你这一辈子甭想见到小铁蛋。你不是嘚瑟吗？再生啊！"

丁小妮疯了一般推开拦在中间的同事，冲过去和陶君撕打起来，其他办公室的人听见动静都过来劝架，把丁小妮和陶君分开。

丁小妮一把鼻涕一把泪地说："大家都给我评评理，小羽不是他亲生的闺女，他就狠心把小羽赶出家门，小羽得了阑尾炎身边没人，我去照顾了几天，这个畜生就不让我进家了，把房门锁换掉了，还把我的儿子藏起来，要跟我离婚。你们说说，这是人干的事吗？"

陶君的脸挂不住了，他感觉自己的颜面彻底扫地了，本以为小羽不是亲生的事情可以隐瞒起来，现在可好，全部被丁小妮公布于众，他在单位本来就因为前妻搞得树不起威信，如今连女儿也不是亲生的，他这个男人的尊严已经荡然无存了。

陶君气得大喊一声："丁小妮！你不嫌丢人就在这里撒泼！啊！"陶君推开同事，快步走了出去。

丁小妮也不想像个泼妇一样大闹，她跑到陶君父母家，陶君的父母按照儿子的指示坚决不让丁小妮进屋，小铁蛋听见妈妈的声音要出来，被陶君拦着，哭得死去活来，丁小妮在门外哭得上不来气，最终，陶君的父母还是不开门。

丁小妮到堂姐家，把这一切告诉了丁小秋，丁小秋把丁小妮头上的伤口处理完，叹口气说："唉，这事闹的。"丁小妮哭着说："姐，怎么办呢？"丁小秋说："你先在我这里平静两天，小铁蛋在爷爷奶奶家还能受委屈了？等你们情绪稳定了再说。"丁小妮委屈地说："我不能没有小铁蛋。"丁小秋安慰地拍拍丁小妮的肩膀说："他是你儿子，这一辈子都会是你儿子，谁都改变不了。你不是打算再做个卧蚕吗？去整呗，等卧蚕做出来了，儿子也就回来了。"丁小妮埋怨地看着丁小秋。

丁小秋说："我没逗你玩，是认真的，转移一下注意力，别去找陶君了，没意义，再吵再闹只会让矛盾越来越激化，解决不了任何问题。"丁小妮委屈地说："我哪有那个心思。"丁小秋哈哈地笑了，说："你以前去折腾脸，担心吓着小铁蛋，不是把小铁蛋搁我这，就是搁他爷爷奶奶家，这次有人帮你看儿子，还不抓紧时间去整。"丁小妮叹口气："唉，我真没那个心思。"丁小秋说："行了行了，这次我陪你去整，你听我的话，等肿消了，儿子就回来了。"

丁小妮不说话了，她信任丁小秋，丁小秋让她去微调，一定有她的理由，只不过不想告诉丁小妮而已。

丁小秋约上小羽一起陪丁小妮去整形医院，整形大夫是老相识了，与丁小秋也认识，但他是第一次见小羽，夸小羽天生丽质，小羽是单眼皮，咨询大夫是不是也要开个双眼皮。

大夫的头摇得像个拨浪鼓，说："可不敢开哟，你就适合单眼皮，一开双眼皮整张脸的灵魂就没有了。"小羽被逗得开心地笑，问："啥是脸的灵魂呢？"大夫说："就是一个人的精气神。你这个小姑娘青春活力，配上这对单眼皮显得格外可爱，如果开成双的了，就会显成熟，配不上你的青春活力。"小羽不好意思地垂下头。

大夫看见丁小妮额头上的创伤，问怎么搞的，丁小妮遮掩地说不小心撞到油烟机上了，几个人又聊了一会儿，丁小妮便跟着大夫进手术室了。

丁小秋看了看小羽，说："小羽，你姨额头上的伤口不是撞的，是你爸打的。"小羽诧异地看着丁小秋。

丁小秋继续说道："他们出去玩的时候，你爸就威胁你姨，再和你来往就离婚，你这次生病，你姨借口去外地考察新的砂锅项目，纸终究包不住火，你爸发火了，把家门锁都换了，还把小铁蛋搁在爷爷奶奶家不让你姨见。"

丁小秋说完后沉默了，丁小秋知道这样做对小羽又是一波伤害，但能够化解丁小妮和陶君矛盾的只有小羽，矛盾因她而起，所以也只能因她结束。

小羽低头沉思了一会儿，问丁小秋："姨，我该怎么做呢？"

丁小秋说："小羽，你经历了这么多突变，渐渐地成熟了，人这一生啊，就是在遇见事和解决事中度过的，所有的快乐不快乐、伤心不伤心都会有结束的时候，我们没必要得意忘形，也没必要自怨自哀，坦然面对欣然接受就行了。"

小羽点点，低声说："我懂。"

丁小秋的内心感慨，是啊，小羽的"懂"是用教训换来的，有了那次教训，估计再犯类似的错误时就会多想想。

丁小秋说："小妮对你的感情很深，她不会不管你，这就是她和你爸之间的矛盾焦点。小羽啊，他俩的矛盾只有你才能化解，我跟你说这些，你姨不知道，如果我和她商量让你来解决问题，她一定会拒绝的。"

小羽说："我明白，我姨不会告诉我的，她担心我受伤害。"丁小秋点点头，说："是这样的，她虽然不是你亲妈，但很护犊子。"小羽认可地说："嗯，姨为了我没少遭罪，刚做的鼻子还被打断过。"丁小秋哈哈笑了起来，说："谁叫她那么臭美，不过人总得有个爱好，她除了爱做砂锅，就是爱整容了。"小羽替丁小妮辩解："是微整，不是整容，我姨底板好，只不过是小小地调整一下。"

丁小秋说："这次做卧蚕是我逼她来的，只有用这个办法让她

232

在家待着，我担心她又跑去和你爸打架。"

小羽说："姨，你做得对，小铁蛋是我姨的命根子，上次我伤害到小铁蛋，她差点把我推楼底下，我爸不让她见小铁蛋，我姨脾气上来还不活吞了他。"

丁小秋欣慰地看着小羽，小羽能说出这番话说明她和丁小妮之间的芥蒂全无了，情感已经上升到了真母女。在这场谈话之前，丁小秋还担心小羽在内心没有接受丁小妮，只不过是把丁小妮当成暂时的避风港，等羽翼丰满了就会脱离丁小妮，现在看来，她们母女是分不开了。

丁小秋有些犹豫，她知道如果说出自己的打算，小羽一定会照办，但小羽也是痛苦的。丁小秋沉默着。

小羽看看丁小秋，小心翼翼地问："姨，你说吧，我该怎么做，我都听你的。"丁小秋犹豫着，最后还是心一横说道："你离开北京一段时间，我有一个学生在杭州办的补习班，你先去那里上补习班，准备考大学。"

小羽愣在那里，她舍不得离开丁小妮，或者说害怕离开丁小妮，在这个世界上，丁小妮是唯一对她好的人，有丁小妮在身边，她内心不孤单不胆怯有底气，让她一个人去杭州，她不禁打了个哆嗦。

丁小秋心疼地把小羽搂到怀里，轻轻地拍着小羽的后背，小羽忍不住抽泣起来。

小羽这些年活得就像这座城市里的垃圾袋，无人关注无人喜欢，被风吹到哪里都惹来厌烦和嫌弃，丁小妮却不计前嫌把她视为宝贝，宠爱她心疼她，离开了丁小妮，她岂不是又成了人人嫌弃的垃圾袋了。

丁小秋语重心长地说："你现在是大姑娘了，要坚强地面对生活中的分分合合，不能天天见面，可以天天视频嘛，只要你俩的心在一起，是分不开的。"

小羽越哭越伤心，说："姨，我没做错什么啊，我不回家不就行了，为什么我爸要赶尽杀绝呢？"

丁小秋叹口气说："唉，每个人都有不可触碰的底线，你姨的底线是小铁蛋，我的底线是点点，你爸的底线是男人的尊严，你也有底线，只不过现在还没有明晰，当一件事发生后你死活都不能接纳时，那就是你的底线。"小羽思索着丁小秋的话。

丁小秋接着说："所以，你爸的态度跟你没有关系，你没有做错任何事情，小羽啊，你的路还长着呢，去杭州后好好学习，到时候考回北京，我们又可以在一起了。"

小羽点点头，她纵有万般不舍也得选择离开。

丁小秋说："谢谢你，小羽。你姨对你实心实意，心甘情愿地付出，从来没有想过要你回报，但不管是亲人也好朋友也罢，都是将心比心，你敬我一寸我还你一尺，这样两颗心才会越来越近越来越热。"

小羽说："嗯，我从来没有为姨做过什么，我离开能让小铁蛋回到姨的身边，那我心甘情愿。"

丁小秋忍不住在小羽的额头上亲了一下，说："懂事的孩子，谢谢你。你准备好了就去见一下你爸，把你离开北京的事给他说一声，我们谁去说都没用，只能你出面了。"

小羽想起陶君看她的眼神，想起那狠狠的一记耳光，胆怯地说："我怕……我爸。"

丁小秋说："你去他的单位找他，大庭广众之下他还再敢打你吗？去之前你想清楚了要说什么。"

小羽思索着，丁小秋引导着小羽的思路："发生了这么多的事情，你肯定有很多话想和你爸说，那就都说出来。"小羽点点头。

丁小妮肿着眼睛出来了，小羽赶紧迎上去，关切地问："姨，疼吗？"丁小妮摇摇头说："不疼。小羽，你是不是真想开双眼皮，要不我给大夫说一下，开个小一点的，不丢掉灵魂的那种。"小羽被逗笑了，说："那不是白遭罪嘛，开就要开了大号的眼皮。"丁小妮连连摆手："不行不行，那就太砢碜了，你看看我的脸，整了多少次了，哪里能看出来是整过的？这就叫高级。"小羽说："我不开，怕疼。"丁小妮做小羽的工作："打麻药，不疼的，哎，不行你今天就开了，来都来了。"小羽吓得直往后退，说："不开真不开。"丁小秋哭笑不得地说："你差不多就行了，人家小羽才多大，不用整也漂亮。"丁小妮说："我不是想让她更漂亮一些嘛。"丁小秋没好气地说："你就是多此一举，还有你这样的人，硬逼着孩子去受刑。"丁小妮气得嗷嗷叫："啊？受刑？这是受刑，姐，不是我说你，你就不听我的,你要是做个脸部线雕肯定年轻十岁。"丁小秋说："还不是受刑？你做完线雕到我家避难，头肿得比脸盆还大，吃饭都张不开嘴，吓得你姐夫都不敢正眼看你，怕晚上做噩梦。"小羽开心地笑了，紧紧地挽着丁小妮的胳膊，她就要离开这个爱臭美的女人了，真舍不得啊。丁小妮狡辩着："要想美，先变鬼，我现在是不是一点法令纹都没有？是不是小羽……"丁小妮扭头看向小羽，发现小羽在哭，以为自己眼花了，又仔细地凑

235

近小羽看了看，惊讶地问："呀，小羽，你哭了？怎么啦？这是怎么啦？"小羽遮掩地说："姨，你的脸都肿了，是不是很痛啊？"丁小妮说："哎呀，真的不疼，再说了为了臭美还怕疼吗？不哭啊，走，我们去吃好吃的。"

丁小秋感激地看着小羽，她知道此时此刻的小羽一定心如刀割，在所有人都抛弃她之后，只有她恶意相待的后妈收留了她，并且给她力量让她自信地面对生活，丁小妮是小羽温暖坚实的避风港，如今她要离开这个避风港，怎么能割舍得了？这个世界上最容易变的就是感情，恨时巴不得对方死掉，爱时害怕失去对方，厌时听见对方的声音就反感，喜时一分钟听不见对方的声音就焦虑。谁也不能保证从爱到恨、从恨到爱会经历几个春秋，情感的变化也许就在一瞬间。

小羽把头靠在丁小妮的肩膀上，说："姨，咱回家吃，你一直给我做砂锅，这次，我来做，让你尝尝我的手艺。"丁小秋明白小羽的心意，赶紧接话："好啊，走，回家。"丁小妮喜滋滋地拍拍小羽的脸蛋，说："姨把家传的秘方传给你啊，咱要是不想考大学就卖砂锅，和姨一起用砂锅拼天下。"丁小秋埋怨地说："你能不能教点好，啥人呢。"丁小妮嘿嘿地笑着。

在丁小妮的指导下，小羽做砂锅还算可口，丁小妮一边吃一边感慨："后继有人了，后继有人了。"小羽看着丁小妮，努力控制着泪水，她打算一会儿就去找陶君，然后今天就离开北京。

小羽拉着旅行箱出现在陶君的办公室时，陶君居然第一眼没认出小羽，小羽的外貌变化太大了，脸上的神情也和以前不一样了。小羽怯怯地喊了一声："爸……"然后又赶紧闭上嘴，换了称呼，"陶老师……"陶君被小羽叫得长叹一声，说："唉，你还来干嘛？"小羽说："我是来和您告别的，我今天就离开北京了。"陶君沉默不语。小羽说："你不想见我，但我想再看看您，您在我的心中永远是爸爸啊……小秋姨说每个人都有不可触碰的底线，您不要我了，我理解……"小羽强忍的泪水终于憋不住落了下来，"陶老师，我离开家后不知道去哪里，谁也不愿意理我，我很害怕便缠着姨，姨很善良，她不好意思拒绝才收留了我。没想到又碰触到了你的底线，对不起，我这就走，离你们远远的。"陶君除了叹气还是叹气。小羽擦干泪说："请您别怪姨了，让姨回家吧。"小羽仔细打量着陶君，陶君的头发花白了，眼角的鱼尾纹也加重了，小羽说："您的头发都白了，该让姨给染染了。"陶君抬头与小羽的目光相遇，小羽的眼中含泪含笑，陶君的心酸了一下。陶君对小羽摆摆手说："你走吧……"小羽点点头，对陶君深深地鞠躬，然后起身拉着旅行箱离去。陶君站在窗口目送着小羽离开，陶君一会儿恨得咬牙切齿，一会儿悲得泪眼婆娑。

丁小秋约陶君见面，俩人相对无语了一会儿，丁小秋说："你和小妮打也打了，闹也闹了，得饶人处且饶人吧，一家三口好好过日子比啥都强，都是奔向夕阳的人了，没必要更年期做青春期的事，身体折腾不起，你姐夫不就是个鲜活的例子吗？没得病的时候看着生龙活虎的，谁能想到一个心梗就要了半条命。什么年龄就做什么年龄的事情，到了我们这个岁数，求稳最重要。"陶君不禁后背发凉，是啊，万一哪一天他也像倪东那样，能够一把屎一把尿伺候他的只有丁小妮了，真离婚了，凭他的条件十八岁的女孩都可以娶进门，但娶回来又能像丁小妮一样伺候他吗？他病倒了能像丁小妮那样照顾他吗？毕竟十几年的夫妻了，夫妻感情也一直和睦，小羽也走了，还闹着离婚就没意义了。

陶君叹口气说："小羽去哪里了。"丁小秋看了看陶君，轻声说："去杭州了。我的一个学生在那里办的培训学校，我已经给学生打招呼了，会关照小羽的。"陶君点点头。

陶君跟着丁小秋回家，一进门看见丁小妮又整容了，脸肿得变了形，陶君哭笑不得地说："你倒有心思。"丁小妮故意气陶君，说："有人给免费看娃，我还不赶紧整整。"陶君不说话了，丁小秋说："你去看看姐夫吧，陪他说说话。"陶君不情愿地答应着，进了倪东的房间。倪东躺在床上，眼睛微闭着，陶君默默地坐到床边的椅子上，陶君想，太可怕了，我哪一天要是成这样了，该怎么办呢？他相信丁小妮一定会好好照顾他，想到这里，陶君对丁小妮的怨气荡然无存了。

丁小妮又恢复到了以前的生活状态，她是在几天后才知道小羽离开了北京，立即拨通视频质问小羽做出这么重大的决定为什么不和她商量，眼里还有她这个后妈吗？

小羽在视频中傻乎乎地笑着，说："担心你这个后妈不放行，所以才先斩后奏。"小羽用夸张的表情说，"小妮同学，卧蚕一做真成小妮子了。"丁小妮被逗笑了，两人聊了近一个小时，挂了电话后丁小妮总感觉哪里怪怪的，她问丁小秋是否知道小羽离开北京，丁小秋说这就是她的授意，丁小妮听完后，声音哽咽地说了一句：臭丫头不是白眼狼，然后控制不住地大哭起来，一边哭一边骂自己真贱。

二

好为人师是人类最原始的劣根，无论大小事，总会有人热衷以老师的姿态指导别人怎么做，有人听从了就会心满意足，从而获取一种成就感，哪怕这种成就感很低廉也无所谓。

万花筒想，如果她没有主见，完全听从父母的指挥带小孩，父母让做什么就做什么，估计父母也不会有这么大的怨言，说不定还会乐此不疲，因为可以在万花筒的身上获取被认可的满足感。如今是父母提供的养娃经验大部分都是滞后的、不科学的，被万花筒否定得七零八落，父母找不到认同感，心里当然会不痛快。

万花筒抱着小孩，时常会想起小常，想着想着就是一脸的泪水，万花筒努力控制着情绪，她担心再这样下去产后抑郁症又找上门了。

这场疫情还影响到了健身房的生意，租户交不上房租，因为是转租，万花筒还要给东家交房租，把所有积蓄都垫了进去，还是填不上窟窿。

万花筒想起了丁小秋的劝告，世事难料，做生意的风险是最大的，手头必须要留有足够生活一年的余钱。那个时候，万花筒还不以为然，认为健身房的收入是平稳的，就算转租出去也是有收入的，哪料到会暴发疫情，巨额的房租让万花筒一夜回到解放前。

丁小秋曾经说过，在这个世界上最容易消失的是钱和权，有多少人一夜之间从富翁沦为乞丐，又有多少人从皇权贵族沦为阶下囚，与其叹息命运多舛，不如惋惜自己没有防微杜渐的能力，事实证明，万花筒没有这个能力，她决定卖掉房子。

父母得知万花筒要卖掉房子，埋怨万花筒太善良，就不应该给刘武那几百万，刘武拿着那笔钱吃香的喝辣的，估计做梦都要笑醒，万花筒轻描淡写地笑了笑，她相信因果报应，刘武在她这里欠下的总会有人替她要回来，父母则认为万花筒没本事该争的不争以后就等着吃苦受穷吧。

父亲在一家人的微信群里转发了一篇文章：千万不要和子女们住在一起。万花筒忙着带小孩，看见这条微信时已经是两天后了。那天深夜，她被小孩吵醒后，给小孩喂完奶哄小孩继续入睡后，自己却睡意全无，拿出手机翻看起来，看见父亲发的这篇文章后，泪水一下就出来了，这是要往外赶她和孩子啊，她带着小孩住在父母家确实影响了父亲的正常生活，否则父亲也不会发此文。

父母年龄大了，带不动小孩了，哪怕只是帮忙看两三个小时也会感觉费劲，万花筒应该换位思考一下，到了父母的这把年龄，更希望清闲优哉的生活空间，带小孩毕竟太操心。

第二天早晨吃饭时，万花筒含笑对父亲说才看到那篇文章，看来父亲已经和女儿住够了，父亲辩解那是微信上写的，又不是他说的，万花筒说转发就代表着你的观点，万花筒让父亲再坚持一下，等小孩大一些了她就带走。

母亲唉声叹气地埋怨着，意思是房子都卖掉了，还能上哪去？万花筒说租房子一样过日子嘛，万花筒便不再说话了，专心给小孩喂粥。父母也沉默着，房间里只有吃饭的声响。

丁小妮和丁小秋来看望万花筒，俩人抱着小孩亲不够，小孩玩了一阵儿闹瞌睡了，揉眼睛打哈欠，万花筒赶紧抱过来，哼唱着催眠曲，把小孩哄睡着了。

万花筒把父亲发的那条微信给丁小秋看，丁小秋看完之后说：
"哎呀，太正常了，你不能单方面认为他们是父母就该为你付出，
亲情的世界里也不都是切肝救子，历朝历代都上演过六亲不认的
故事，刘邦为了逃命，让马车跑得快一些，一脚把老婆和儿子踹
下马车，武则天为了上位，捂死女儿栽赃给皇后，人都是先爱自
己再爱别人。"

丁小妮不赞同地摇摇头，说："那是因为有巨大的权贵诱惑，
我们平常老百姓不都是心甘情愿地为儿女付出。"

丁小秋说："付出也得有个头啊，小万的父母都多大年龄了，
他们还想让小万付出呢。所以啊，要么趁父母年轻早早要娃，要
么花钱请人帮忙带娃。"

丁小妮发愁地看着万花筒，说："唉，你一个人带娃怎么办呢？
我家老陶虽然是甩手掌柜啥也不管，但是关键时候还是可以顶个
人用，你说你，真有个什么急事，找谁去？"

万花筒无奈地说："等到了那一步再说吧。"

丁小秋也发愁地叹口气，说："你和刘武还有联系吗？你把钱
都给了他，他的日子可是好过了，你呢？"

万花筒说："无所谓了，他好不好过和我一点关系都没有了。
没那些钱，我也不会差到哪里去。"

丁小妮责备地说："都要卖房子了，还嘴犟。你说你，我都
替你急，你还没心没肺的，养孩子不花钱啊？不都是钱堆出来
的。"万花筒说："穷了穷养富了富养，只要让他健康快乐地成长
就可以了。"

丁小秋说："你以后就打算一个人带娃过日子，不再找一个人了？"

万花筒把头使劲地摇着，说："还找呢，再找一个跟刘武一样的？"丁小妮嘻嘻地笑了，说："说不定找一个和小常一样的呢。"万花筒不说话了，眼圈发红。丁小秋责备地看了一眼丁小妮，丁小妮意识到说错话了，赶紧说："你别难过啊，小常是你心里的痛，我不该提的。"万花筒苦笑一下说："我可能命中注定没有那个福气。"丁小妮握了握万花筒的手，万花筒的手冰凉冰凉的，丁小妮给万花筒暖着手，说："日子还长着呢，谁也不知道以后会发生什么，遇见什么样的人，咱别灰心丧气的。"万花筒感激地对丁小妮笑了笑。丁小秋看着熟睡中的小孩，说："有苗不愁着，一年一年快着呢。"万花筒说："你们别担心我，我没事的。"三个女人都不说话了，目光温柔地看着小孩，小孩睡得很香，不一会儿还咧嘴笑一下，三个女人无声地笑着。

万花筒说："真想吃着火锅喝口酒啊。"丁小妮说："走啊，这还不简单？"丁小秋说："省省吧，让小万父母看娃，我们出去又吃又喝，老人家心里能痛快吗？"

万花筒点点头，说："忍忍吧，等小孩大一些了再说，唉，养了小孩才知道当妈有多么不容易，你要想好好照顾小孩，就必须亲自上阵，因为只有母亲能给孩子最好的照料，如果母亲都给不了就别指望别人了。我每天跟个傻子一般，一遍遍地做着无聊的动作、夸张的神情逗小孩，只是为了让小孩开心，咯咯地笑，这种智商不对等真的需要超强大的耐心，我感觉自己挺有耐心的，就这样还会忍不住烦躁。"

丁小妮说:"没办法啊,都是这么过来的,等小孩会走了,训练大小便的时候更需要耐心,稍微看不住这边尿完那边手就抓上了,每天都得崩溃数十次,我还记得有一次训练小铁蛋尿尿,把他放在小马桶上不尿,抱起来尿了我一身,他还恶作剧般地嘿嘿地笑,我一急在他的小屁股上打了一下,哎哟,那可把祖宗惹下了,给我示威呢,哭了足足二十分钟。那一刻我真想把他扔掉不要了,太气人了,我就把他搁在床上让他哭个够,自己倒了一杯水一饮而尽,灭灭心头的火,又吃了一颗糖,让甜甜的味道缓冲一下情绪。小铁蛋哭得那个伤心哟,一边哭还一边口齿不清地喊着妈妈,我终于让情绪平稳下来,把小铁蛋抱起来哄,小铁蛋紧紧地抱着我,我就像唐僧一样又啰唆几遍,你现在是大宝宝了,要学会到你的小马桶上尿尿拉粑粑,这些话每天要说几十遍,说了也白说,没多大用处,但又不能不说,当妈就这样,都是这样一天天熬过来的。"

丁小秋认可地点点头,说:"不崩溃是不可能的,不烦躁也是不正常的,小孩到两岁时大脑才有成年人的百分之八十,才有可能理解我们的一些要求,这之前是无法理解的,只能听懂我们的一些指令,比如喝水、吃饭、穿衣服,至于需要理解的事情最好不要抱有希望,比如不让小孩玩剪刀,你说会割破手,会很痛,小孩连痛是什么都不知道,当然不会理解你说的。"

丁小妮说:"是哦,说十遍等于白说,很容易就失去耐心了,但又不能对小孩发火,会吓着小孩。"

丁小秋说:"就怕有些母亲情绪失控欺负小孩,那么小的孩子不禁吓,更不禁打的,打坏了还不是得自己照顾。网上登的有些婴儿被亲生父母虐待，那就是放纵了负面的情绪，让他们在欺负孩子的时候获得了快感，于是就变本加厉伤害孩了。这是人性恶的释放，那些欺负弱者的人都会获取精神的快感，所以才会有家暴、校园暴力，施暴的人往往都是活得比较压抑，只有在实施暴力的时候才会有一种解脱的快意。我有时候看到婴幼儿惨遭父母伤害的新闻，就急切地想要呼吁，像国外那样成立一个监管部门，剥夺那些不适合做父母或者还没有学会如何做父母的抚养权，把孩子交给合适的人家或者机构代养，让他们远离伤害，在一个健康的环境中成长。每一个孩子最终是要走向社会的，在恶劣的环境中长大的孩子不能说百分之百会成为社会的毒瘤，但也会成为隐患，说不定哪天恶的情绪就爆发了，等到报复社会伤害无辜时就晚了。"

丁小秋说完之后沉默了好久，然后幽怨地说："我又何尝是一位合格的妈妈呢？点点在我的强势之下得了自闭症，倪东为了点点能够健康成长选择离婚，我却为了夺回点点在他犯病的时候没有及时打急救电话……"丁小秋自责地直吸气，"我，我枉而为人哪。"

万花筒安慰地抓住丁小秋的手，说："小秋姐，咱不纠结过往了，点点现在不是好了吗？你不是也跳出自己的枷锁了吗？"丁小秋说："可是倪东成了植物人。"万花筒说："就算你及时打了急救电话，姐夫就不会这样吗？姐夫这是第二次犯病，能保住性命已经不错了。"丁小妮认可地点点头："我们学校有一个老师就是第二次犯心梗，一头倒在讲台上再没起来。"丁小秋沉重地说："我为人妻，这种行为就是作孽，不知道以后会得到什么报应，小妮、小万，姐在这里郑重地拜托你们，如果哪一天我遭遇不测，点点就交给你们了，不求她大富大贵，只要让她平平安安地长大成人即可。"丁小秋说完落泪了，或许作为母亲都会有这种焦虑，万一哪一天自己不在了，孩子该怎么办？万花筒也想过这个问题，她点头答应着："行，我把点点领回家，视为己出。"丁小妮的眼圈红了，说："姐，咱好好的，干嘛说这种丧气的话。"丁小秋欣慰地说："人无远虑必有近忧，有你们的承诺，我就放心了。"万花筒说："我的小孩也拜托两位姐姐了，交给你们，我放心。"丁小秋和丁小妮同时点点头。

三

倪东因为肺部感染导致心脏衰竭，在重症监护室抢救了十天后还是撒手人寰了，丁小秋哭得撕心裂肺，她几次用手捂住胸口，感觉心脏痛得无法呼吸。丁小妮和陶君赶到医院，丁小秋扑在丁小妮的怀里悲痛欲绝，丁小妮理解丁小秋的心情，倪东走到今天，丁小秋有不可推卸的责任，倪东病逝了，丁小秋肯定万分自责。

丁小妮安抚着丁小秋，陶君看着丁小秋，也想落泪，他哽咽着说："姐，您节哀啊，姐夫走了就走了，是一种解脱，他活着不好受啊，多亏了遇见您这样的好女人，把姐夫照顾得无微不至，没让他遭罪。"

丁小秋一听这话，哭得更是上气不接下气，在外人看来，他们是"最美家庭"，又怎能知道其中的秘密呢？

丁小秋为倪东举办了隆重的葬礼，又花重金买了一块墓地，

245

安葬完倪东后，丁小秋看着墓碑上倪东的照片，说："老倪，你安心去吧，我会把点点抚养长大，你在那里等着我，或早或晚我就过去与你见面了，你恨我也罢怨我也好，我都接受，是我没有尽到妻子的义务，我对不起你。"

万花筒和丁小妮一直默默地站在丁小秋的身后，丁小秋用力甩了甩头，好像要把陈年旧事全部抛掉，丁小秋说："走吧，都结束了。"

万花筒说："走，喝一杯去。"丁小妮吸吸鼻腔说："不醉不归。"

三个女人手挽着手，朝前方走去，生活还在继续，大踏步地往前走吧，没有什么可畏惧的。

图书在版编目（ＣＩＰ）数据

四十无畏 / 王跃燕著. -- 北京 ：中国文史出版社，
2022.9

（实力榜·中国当代作家长篇小说文库）

ISBN 978-7-5205-3578-6

Ⅰ．①四… Ⅱ．①王… Ⅲ．①长篇小说－中国－当代
Ⅳ．①I247.5

中国版本图书馆 CIP 数据核字(2022)第 121960 号

责任编辑：全秋生

出版发行：中国文史出版社

地　　址：北京市海淀区西八里庄路 69 号　　　邮编：100142

电　　话：010－81136602　　81136603　　81136606　（发行部）

传　　真：010－81136655

印　　装：廊坊市海涛印刷有限公司

经　　销：全国新华书店

开　　本：787mm×1092mm　　　1/16

印　　张：15.75　　字数：240 千字

版　　次：2023 年 1 月北京第 1 版

印　　次：2023 年 1 月第 1 次印刷

定　　价：58.00 元